Herbert Hufnagl

KOPFSTÜCKE

1988–2005

Herbert Hufnagl

KOPFSTÜCKE

1988-2005

In 17 Jahren erschienen im
KURIER über 5000 Kopfstücke.
Nur ein kleiner Teil von Herbert Hufnagls
journalistischem Lebenswerk
findet sich hier wieder.
Aber die Auswahl der Kolumnen
kann sich lesen lassen . . .

Mit Unterstützung der Post AG

Post.at

Stadt Krems

VORWORT VON ALFRED DORFER

Herbert Hufnagl war nicht nur einer der größten österreichischen Journalisten seiner Zeit, er war auch Literat. Und was für einer. Seine Sprache war höchst kunstvoll im Kurzen, Knappen, die Ironie immer fein, Bildung als Hintergrundstrahlung immer spürbar und zwischen den Zeilen stets lesbar. Die Kritik traf in den allermeisten Fällen die Richtigen, aber es war nie der Gassenhauer, es war das Florett. Seine Worte machten die Benützerinnen und Benützer des KURIER erst zu Leserinnen und Lesern.
Seine Augen konnten Dinge erkennen, erahnen, die fast allen anderen erst im Prozess des Lesens quasi im Nachhinein aufgingen. Er war schneller, präziser im Blick, was zuweilen zu einer kleinen Ungeduld führte gegenüber den langsamer Erkennenden. Ungerecht vielleicht, aber unumgänglich. Diese Ungeduld, im Umgang mit Freunden übrigens fast nie zur Anwendung gebracht, war ein Verweilen in der Zukunft. Die Rückschau sozusagen auf die Langsamen machte ihm vielleicht Angst, nahm ihm eventuell die Zuversicht im Hinblick auf Möglichkeiten der Veränderung. Die war nämlich sein Thema bis zum Schluss.
Er glaubte an die Menschen und ihre Entwicklungen. Ein hartes Schicksal, wenn man bedenkt, dass Wien seine Wirkungsstätte war. Er fühlte sich als Steirer hier nie ganz verwurzelt, sagte er mir einmal. Doch die Distanz schärfte offenbar den Blick.
Im Spaß zweifelte er manchmal den Menschen an, in seinem Animo und seinen Fähigkeiten, was Entwicklung generell betrifft. Doch auch in dieser Ironie, in diesem traurigen Sarkasmus schwang nicht Bitterkeit mit oder gar Resignation. Es war, als ob diese Pointe auch Antrieb hätte sein sollen für die nicht anwesenden Zuhörerinnen und Zuhörer. Ein Anstoß zur Bewegung, eine kleine Initialzündung mit auf dem Weg aus der Lethargie. Die von

ihm Kritisierten waren für ihn nicht Gegenstand persönlicher Rachegelüste, sie waren Stellvertreter für Zustände, Bedingungen oder Missstände, an denen er einfach nicht vorbeizusehen bereit war.
Zu viel wäre es auch gesagt, dass er die „Opfer“ seiner Satire mochte, aber der Umgang mit ihnen war in einer Art und Weise behutsam, zu behutsam manchmal, wie manche fanden. Doch durch diese Behutsamkeit und dem ihr zugrunde liegenden Respekt waren die Treffer nachhaltiger, ernst zu nehmender. Hufnagl respektierte, doch er tolerierte nicht. Er tolerierte keine Korruption verbrämt mit Dummheit, keine Ignoranz oder Wurschtigkeit, kein „Laissez faire“ ohne Rücksicht auf die Zukunft, keine Freunderlwirtschaft unter Ausschluss von Qualitätskriterien.
Diese Liste ließe sich nun fast unendlich fortsetzen und unter dem Titel „Österreichisch“ zusammenfassen. Der Satiriker weiß, dass besonders das auf der Hand Liegende nicht Gegenstand seiner Aufmerksamkeit sein darf, sondern das Auffällige im Unauffälligen. Erst diese Sichtbarmachung macht die Satire zur Kunst, ergo war Herbert Hufnagl natürlich Künstler.
Er übersetzte aber nicht wie der kongeniale Reinhard Tramontana vom Zornigen ins Deutsche, sein Antrieb war eher medizinischer Natur. Das therapeutische Interesse an gesellschaftlichen Stagnationen fesselte ihn und die Sprache war ihm das Skalpell.
Wie fast bei jedem, der sich mit Humor im weitesten Sinn beschäftigt, divergierte der Schriftsteller Hufnagl vom Privatmenschen. Unzählige Begegnungen, fast immer in der „Stadt Krems", unterstrichen das. Wir blieben nicht nur unserem Treffpunkt treu, sondern auch dem dortigen Menü. „Probier ma was Neich's heite?“ Die Frage, die uns abwechselnd der Kellner und wir einander selbst stellten, wurde meistens abschlägig beschieden. Faschiertes, Erdäpfelsalat (aber klein), die unvermeidliche Suppe, der Apfelsaft, der Kaffee und statt der aufgegebenen Rauchlust zu guter Letzt die Zahnstocher.

Die Zahnstocher waren das Fanal für die Beendigung des Mittagessens, doch die Themen waren unerschöpflich. Er war mir Regulativ, Kritiker, Freund. Als ich begann, für die „Süddeutsche Zeitung" zu schreiben, verfolgte er dies mit der nötigen Distanz und Kompetenz. Eine Kolumne von ihm darüber war einer Art Abschiedsgeschenk.
Bis zum Schluss war die Krankheit kein Gast in unseren Gesprächen, bis auf unser letztes Treffen, als wäre uns das klar gewesen. Nicht die Verdrängung war der Grund dafür, es war kein Platz in Herberts Themenangebot, so schien es. Beim letzten Mal „Stadt Krems" auf einmal war die Ironie versiegt. Herbert Hufnagl saß vor mir, gezeichnet, doch in keinster Weise angekränkelt von Resignation. Wir unterhielten uns über seinen geliebten Wagner, zu dem er mir den Weg zumindest ansatzweise öffnen konnte, und seine Augen glänzten. Seine Begeisterung war ungebrochen und die Worte klar und luzide.
Von der Zukunft dieser Gesellschaft war die Rede, ein großer Sprung dazu von Lohengrin und Tannhäuser. Beim Abschied drehte er sich vor dem Eingang des KURIER — seine Schicksalshassliebe und vielleicht der Grund für seine Leiden und Erfüllung gleichermaßen — noch einmal um und fragte mich, wann wir uns wieder sähen. Etwas Vages wurde dann wie immer ausgemacht, so vage, dass es dazu niemals kam.
Mir fiel am Grab dann ein, dass eben diese Tage vereinbart wurden, um sich „zusammenzurufen". Wir taten es dann irgendwie doch, ich hielt die Rede für ihn und seine Familie; und erst dann war klar, was fehlte. Herbert Hufnagls Worte, seine Ironie der eigenen Grabrede gegenüber, es war plötzlich leer.
Dieses Buch soll helfen, ohne Trauer, diese Leere aufzufüllen.

Unser Hufi

Herbert Hufnagl war als Journalist und Autor populär im besten Sinne. Sein tägliches Schaffen, kritisch und fröhlich, hatte nur einen Wermutstropfen. Das Dasein als Einzelkämpfer entsprach im Grunde nicht seiner Leidenschaft, ein überzeugter Familienmensch zu sein. Er diskutierte gerne, er führte gerne Schmäh. Er hatte Freude daran, zu reden, zuzuhören, zu lachen. Ein Weihnachtsabend, ein Ausflug, ein Sonntagstisch im Kreise seiner Lieben, das brauchte er zu seinem Glück. Unbedingt. Kreativität, das war seine Überzeugung, wuchs nicht im stillen Kämmerlein, sondern immer nur in der Gewissheit, dass sie den zärtlichen Diskurs, den liebevollen Augenblick, die verbindende Umarmung benötigt. Er verstand es, seiner Familie den Rücken zu stärken, und das stärkte ihn.
Umso mehr fehlt er. Er fehlt uns als Ehemann und Vater, mit seiner Kraft, seiner Herzlichkeit, seinem Witz. Er fehlt seiner großen Familie mit seiner Liebesfähigkeit, seiner Aufrichtigkeit, seinen Visionen. Er fehlt seinen Freunden mit seiner Treue, seinem Feingeist, seinem Sprachschatz. Und er fehlt der Zeitung und seinen Lesern mit seiner Ironie, seiner Wortakrobatik, seiner Verlässlichkeit.
Sein journalistisches Vermächtnis sind Milliarden von Buchstaben, die, zusammengefügt, als einzigartige Harmonie ihren sicheren Platz in der österreichischen Medien-Geschichte haben. Dieses Buch, das ein Streifzug durch eine wunderbare Kolumnisten-Ära ist, sollte ein Beweis mehr dafür sein.
Sein menschliches Vermächtnis hingegen ist nicht mit Buchstaben in Einklang zu bringen. Aber wenn wir die vielen Puzzlesteine unserer Erinnerung ein ums andere Mal zusammenfügen, entsteht immer das gleiche Bild: Unser Hufi ist da. Spürbar. Ganz nah. Und das ist schön.

VIEL SPASS BEIM LESEN WÜNSCHEN SUSANNE, BARBARA UND MICHAEL

KOPFSTÜCKE IN KÜRZE

AMTLICHES

ARGE EIBU — Arbeitsgemeinschaft Einnahmen durch Busspur
AZUB — Abteilung zur Verwirrung der Bürger
BEZZLZLG — Bezugszettellesezulage
GAFFKUL — Geheimes Amt für Formulierkünste und Logik
GAFFKUL — Unterabteilung ÜBK – Überraschende Begriffs-Kreationen
GAZBÜV — Geheimes Amt zur Bürger-Verwirrung
LB (Stempel) — Lange Bank
LBS — Lange-Bank-Syndrom
ÖBBA — Österreichischer Beamtenbeschäftigungsapparat
ÖBIS — Öffentlich Bedienstete
ÖZU (=GPA) — Österreichische Zulagen-Anstalt
PAVO — Parkraumbewirtschaftungsvollzugsorgane
USU — Unergründliche systematische Umständlichkeit, Adjektiv: USUell

MEDIALES

GröWAZ — Größter Wiederholungssender aller Zeiten (ORF)
ULFI — Unser lieber Fernseh-Intendant

ÖSTERREICHISCHES

BMP — Bademeisterprüfung
BO — Betriebsordnung
BROP — Bäuerliches Rotationsprinzip
GENZADEB — Geheimes Nachdenkzentrum zur Ablenkung der Bevölkerung
HÄTTIWARI, der — Hätt i net so viel Pech, war i scho Weltmeister - Gerhard Berger als österreichisches Symbol
ÖAAB — Österreichischer Aufsehens- und Anpumperer-Bund
ÖTV — Österreichischer Trinkerverband
PDA — Platz schaffen durch Angst machen
ULBH — Unser Liebes Bundesheer
VUpS — Verein zur Unterbindung permanenter Störungen
WUTUS — Motorradraser (am Exelberg) aus Wien-Umgebung oder Tulln
ZT — Zahltrottel

PARTEILICHES

EPAZ — Einfachstes Parteimitglied aller Zeiten
ÖKP — Österreichische Krankenstandspartei
ÖMP — Österreichische Musikantenstadl-Partei
PDA — Partei der Arbeitslosen
PDGK — Partei der gesunden Krankenständler
PDSA — Partei der Schwarzarbeiter
WTP — Weintrinkerpartei

POLITISCHES

GEFU — Gewerkschafts-Funktionär
GRÖÖPAZ — Größter Ölprinz aller Zeiten (Jörg Haider)
MiBUR — Mitglied der Bundesregierung
SKK — Schmutzkübelkampagne
KHG-SKK — Karl Heinz Grasser-Schmutzkübelkampagne
UFAM — Unsere Frau Außenminister
UFBP — Unsere Frau Bundespräsident
UHBK — Unser Herr Bundeskanzler
UHBP — Unser Herr Bundespräsident
UHABP — Unser Herr Altbundespräsident
HBPK — Herr Bundespräsident-Kandidat (Rudolf Streicher)
UhBP — Unser hurtiger Bundespräsident
UHQ — Unsere Hofburg-Queen
ULFMRK — Unsere Liebe Frau Minister Rauch-Kallat
UMFI — Unser Minister für Inneres
UMFISMUS — Kommt von UMFI und ist die Kunst der Verwirrung mittels Verbalakrobatik

POLIZEILICHES

PRUPA — Privilegiengenuss unter Polizeiaufsicht
PUSTI — Polizeiumstrukturierungsirrsinn
VEPO — Verwaltungsjurist bei der Polizei

POSTALISCHES

GEBEZER — Geheimnummernbekanntgabezettelverteilungsrevident:
Er ist bei ULP tätig und muss sehr viel zu tun haben
GULP — Glaubt an unsere Liebe Post

ÖPL — Österreichische Pflanzanstalt, im Handelsregister unter Post & Telekom AG
QUuLVO — QuerundLängsReißordnung der Post
ULP — Unsere Liebe Post
ULPIANER — Postler
UNP — Unsere Neue Post, vormals ULP
UMP — Unsere Merkwürdige Post
UNPLER — Unsere Neuen Postler
ULUP — Unser Liebes Unterhaltungsunternehmen Post

VERKEHRSTECHNISCHES (Öffis & Auto)

FGT — Fahrgasttrottel
HD — Hupdodel
IG FASCHMA — Interessensgemeinschaft Fahrschulen/Magistratsabteilung 46
IG MEFAN — Interessengemeinschaft Mehrfachantreter
MAZUVES — Magistratsabteilung zum Umdrehen von Einbahnstraßen
ÖSFmbH — Österreichische Schnellfahrervereinigung mit beschränktem Horizont
POLFASCH — (fiktive Arbeitsgemeinschaft) Polizei und Fahrschulbesitzer
SiB — Stau im Bild

DIVERSES

AA — Anonyme Auskenner
AST = (E x BAS) : EST — Adventstimmung ist gleich Event mal Blutalkoholspiegel gebrochen durch Einkaufsstress
AZUK — Ausheckungen zur Verwirrung der Kunden
DEPP — Digitaler Profi Plauderer (Erfindung einer Leserin für Männer im Handel, Abteilung Technik und Elektronik)
ED — Elektronikdodel
EF — Elementarfrage
KT's — Katastrophen-Touristen
MESCHAUFS — Menschenschicksalsaufspürer
VEVEKU — Vereinigung zum Vergrämen von Kulturfreunden

15. NOVEMBER 1988, DIE ERSTE KOLUMNE

Kudern mit Kreisky

„Wir haben immer Fachleute herangeholt“, lobt Bruno Kreisky sich und die Partei. Schnitt. Kreisky: „Ich halt nix von solchen Experten.“
„Kreisky – eine Videobüste“ zählt zu den Hits der soeben eröffneten Ausstellung „Die ersten 100 Jahre“ im Simmeringer Gasometer. Kudernde Besucher umlagern die auf drei Monitoren laufende Montage von Zitaten des Medienkanzlers erster Wahl.
Ein Hit für Freunde der Langzeitvergeltung findet sich anderswo: 1981 nannte Thomas Bernhard in einem *profil*-Gastkommentar Kreisky einen „Kleinbürger in der handgestrickten Kleinbürgerweste“. Kreisky jetzt, mehr als sieben Jahre später, im *profil*: „In Wirklichkeit ist der Bernhard ein Kleinbürger.“

Das Volk beging den Tag des Apfels und aus diesem Anlass telefonierte eine flotte Moderatorin von Ö3 live mit einem Wiener namens Apfel. Es wird noch lustiger: Zuletzt versprach die ORF-Dame, Herr Apfel bekäme fürs Mitmachen ein paar Kilo Äpfel.
Äpfel für Apfel zeigt, dass ein Schuft ist, wer behauptet, in der Ö3-Redaktion sei der Wurm drin. Nur ein besonderer Hausdepp hätte Herrn Apfel anders belohnt. Zum Beispiel mit Birnen.

10. DEZEMBER 1988

Von den Beschallern

Musikberieselung, so wird behauptet, gaukelt uns Geborgenheit, Wärme und heile Welt vor. Eine logische Folge daraus ist erhöhte Bereitschaft zur Konsumation. Klar, wer erst einmal von Mantovanis hunderttausend schluchzenden Geigen eingelullt wird, der kauft sich auch einen quarzgesteuerten Fleischwolf, obwohl er Vegetarier ist.

„Und bist du nicht willig, so brauch' ich Musik" (oder so ähnlich) hat ja schon Goethe gedichtet und der war bekanntlich ein gescheiter Mann. So leben wir denn beschwingt vor uns hin, lassen uns nicht nur widerspruchslos durch musikalische Geräusche zwangsbeglücken, sondern folgen sogar willig dem Trend zur Schwerhörigkeit. Die Zeit, als vorrangig dezent berieselt wurde, ist nämlich längst vorbei. Man bedient sich heute des treffenderen Ausdruckes „Beschallung". Wir werden beschallt: Es klimpert, es bläst, es dudelt, es singt, es jodelt, es kreischt, es dröhnt, es trommelt, es brüllt – heißa, möchte da überhaupt noch jemand seine Ruhe haben? Also, ich schon. Unsere natürlichen Hörapparate können nichts dafür, dass sie dauernd in Betrieb sind, und das nützen die berufsmäßigen Beschaller gnadenlos aus. Allein deshalb gehörten sie so lange unter die selbst produzierten Lärm-Glocken gesteckt, bis ihnen die Ohrwascheln abfallen.

15. JÄNNER 1989

Der Kreativraum Klo

Eine am John-Radcliffe-Hospital in Oxford erarbeitete Studie raubt mir den Schlaf: Wer lange auf dem Klo sitzt, gefährdet seine Gesundheit! Zwar sorgt – so die Mediziner – ausdauerndes Sitzen für größere Entspannung des Schließmuskels, jedoch erhöht sich zugleich das Risiko der Bildung von Hämorrhoiden.
Pfui Gack, die Berücksichtigung dieser Erkenntnis bedeutete für weite Kreise der Bevölkerung Verlust an Lebensqualität. Das Zueinanderfinden von Backen und Brille hebt bekanntlich die Lesefreudigkeit der Menschen – „Besetzt" heißt ja in Wahrheit oft „Noch nicht fertiggelesen". Daher auch die alte Volksweisheit. *Es wohnt mancher im Klosett, der kein Scheißer ist.*
Für viele ist das Klo auch Studierstube (beim Wiener Indogermanisten Professor Manfred M. fand ich einst neben der Muschel zwei Meter *Encyclopædia Britannica*), für viele auch Kreativitätszentrum. So soll Sultan Saladin die Eroberung von Aleppo bei einer längeren Klo-Sitzung ausgetüftelt haben und Wilhelm Busch – so hat's mir schon als Kind meine selige Großtante Anna erzählt – fiel folgender Reim sicher nicht grundlos auf dem Klo ein: „Aber hier, wie überhaupt, kommt es anders, als man glaubt." – Und weil auch wir einfache Leute am Örtchen dank längerem Verweilen schon manche Idee gebaren, huste ich auf die Mediziner. Das ist noch das Mindeste.

10. FEBRUAR 1989

Krankengeschichten

Hypochondrie, das weiß der dümmste Diagnostiker, ist in ihrer harmlosen Art tief im Volk verwurzelt. Die geistige Beschäftigung mit dem Gesundheitszustand des eigenen Körpers wird allerdings noch von der verbalen übertroffen. Ein Merksatz unseres Seins lautet daher: Erzähle keinem Hypochonder etwas über deine Krankheiten oder sonstige Wehwehchen.

Denn erstens hört dir keiner wirklich zu, zweitens lieferst du dich (zumindest als höflicher Mensch) dem Krankheits-Autodidakten wehrlos aus. Er wird dich nämlich zunächst scheinbar bedauern, aber dann zu einem fürchterlichen Gegenschlag ausholen, indem er dich durch Überbieten zum Krankheits-Zwerg degradiert. Er wird dir die schlimmsten Leiden seines bisherigen Menschenlebens unbarmherzig (weil in allen Details) schildern. Er wird jeden deiner schwachen Versuche, das Thema zu wechseln, mit einer verdächtigen Harnprobe nach einer Nierenentzündung oder seinen erhöhten Cholesterin-Werten aus den Jahren 1978—84 im Keim ersticken.

Lässt du dich dann in ohnmächtigem Zorn hinreißen, über eine eigene Krankheit aus der Vergangenheit zu erzählen, bist du vollends in die Falle gegangen. Nichts, aber auch schon gar nichts hast du im Vergleich zu deinem Gegenüber erlitten.

Ihm kann überhaupt nur eines imponieren: Du musst auf der Stelle tot umfallen.

9. MÄRZ 1989

Wisch und (nicht) weg!

Im Wiener Sicherheitsbüro stieß Kollege Peter Grolig in großer Not auf eine Neueinführung, die ihrer Vorbildwirkung wegen in Büros, Ämtern und anderen öffentlichen Orten landesweit Beachtung finden wird:
Aus Spargründen wird das Klopapier rationiert. Im konkreten Fall bedeutet das etwa, es werden pro Klopapierausgabeturnus (alle zwei Monate) für 20 diensthabende Kriminalbeamte nur noch acht Rollen ausgehängt. Heutzutage besteht eine seriöse Rolle Klopapier aus durchschnittlich 250 Blatt und das heißt: 250 Blatt mal acht Rollen ist gleich zweitausend, dividiert durch 60 Tage ist gleich 33,3 periodisch, dividiert durch 20 potenzielle Klogänger ist gleich 1,65.
1,65 Blatt pro, na ja, sagen wir, Kopf und Nase ist ja nicht allzu viel. Es kommt ja noch dazu, dass mitbenützende Parteien das Blattangebot verschlechtern. Nicht einmal durch Krankenstände lässt sich dieses Manko ausgleichen. Eine entscheidende Rolle wird jedoch die Papierqualität spielen: Bietet man den Polizisten Doppelflausch oder Dreilagiges? Womöglich sogar das mit der Sensitivstruktur samt Camilleflair? In dem Fall kämen an harmlosen Tagen wenigstens besonders raffinierte Wischkünstler mit 1,65 Blatt durch. Ich fürchte aber, im Sicherheitsbüro ist extradünnes Kakadu, einfach-rau, ausgehängt. Und das ist nun wirklich ein Scheiß! Dann schon liebe alte Akten, glatt.

14. MÄRZ 1989

Supermarkt-Kassen

Am vergangenen Samstag besuchte ich zwangsläufig einige Supermärkte und prompt träumte ich gestern die merkwürdigsten Dinge:
Überall im Land brachen Unruhen aus. Aus Graz hörte man von dem Fall einer Kassierin, der die wütenden Steirermenge eine Prodixan-Waschtrommel übers langsam rechnende Haupt stülpte. In Innsbruck zerrten aufrechte Tiroler einen Filialleiter, der eine Lieferung Gummibärli neben der unbesetzten Kassa gemächlich und liebevoll in ein Regal schlichten wollte, an den Haaren durch die Maria-Theresien-Straße. In Stockerau, Krumpendorf, Dornbirn und Stinatz wurden Terrorkommandos gesichtet, die bis an den Rand gefüllte Einkaufswagen vor den unbesetzten Kassen entleerten, auf den Waren herumtrampelten und anschließend unauffällig aus den Geschäften verschwanden.
Aber es kam noch schlimmer. Hunderttausende Hausfrauen und -männer rotteten sich zusammen, stürmten sämtliche verfügbaren Supermärkte und SB-Läden, schwangen Transparente mit Aufschriften wie „Wir haben lange genug gewartet!" und skandierten brüllend. „Wer sperrt die zweite Kassa auf?" Viele Demonstranten drehten durch, Hunderte Tag für Tag, besonders aber zu den Stoßzeiten unbesetzte Kassen gingen in Trümmer – es war furchtbar.
Es handelte sich aber, wie gesagt, nur um einen Traum.
Freut euch Leute!

24. APRIL 1989

Arme Markensammler

In der Angelegenheit besteht, so würde unser Kanzler sagen, Hinweisungsbedarf.
Ich weise also zunächst auf etwas hin, ohne das Postgeheimnis zu verletzen: Die Post verdient sich an den Briefmarken-Sammlern eine goldene Nase. Wer wüsste das besser als die Mitarbeiter in Rudolf Streichers Ministerium, Sektion III, Abteilung 05, Referat 053. Die Markentanten und -onkel also. Sie herrschen über eine Abonnenten-Kartei, in der sich die Namen von weit mehr als 200.00 Kunden befinden. Für Laien: Jeder Abonnent hat ein Anrecht auf neu aufgelegte Marken.
Es folgt die zweite Hinweisung: Ausländischen Kunden werden die Marken ins Haus geschickt. Inländer müssen die Marken hingegen im Postamt abholen. Damit aber den Beamten vorher nicht fad wird, versenden sie jährlich Zehntausende Verständigungs-Briefe: „Ihre Sondermarken liegen zur Abholung bereit."
Ein mir bekannter Sammler besaß die Tollkühnheit, der Post vorzuschlagen, anstelle der Briefe gleich die Marken zu senden. „Man werde die Anregung prüfen", lautete die Antwort. Man prüfte tatsächlich und – bedauerte. Und so steigt die Zahl der Abonnenten, die sich über ausländische „Deckadressen" österreichische Marken heim nach Österreich schicken lassen. Gegen Devisen selbstredend.
Neben Hinweisungsbedarf, liebe Post, besteht da auch Änderungsbedarf.

1. AUGUST 1989

Um Stau betrogen!

Der Stau, behaupten die Psychologen, ist für viele unverzichtbares Urlaubserlebnis.
Wem sagen sie das! Und so begab ich mich selbstredend am „verkehrsreichsten Tag des Jahres", also vorigen Samstag, auf die Heimreise.
Jedoch, die Prognosen über meine 460 Kilometer vom Osttiroler Kalsertal über den Felbertauern, das kleine deutsche Eck nach Salzburg bis nach Wien waren enttäuschend: „normale Verkehrslage". Ich schlug meiner Frau vor, über Kufstein und Rosenheim zu fahren und somit am 60-Kilometer-Stau ein bisschen teilzuhaben. Aber während wir das noch diskutierten, kam die Rettung in Form der Ö3-Verkehrsinformation. Diese verhieß uns für Zell am See drei Kilometer Stau und 30 Minuten Durchfahrtszeit in beide Richtungen. Nicht viel, aber man freut sich.
Ängstlich verfolgten wir mehrere Stunden die Ö3-Informationen – unser Stau „hielt" zum Glück und so fuhren wir um 16 Uhr los.
17 Uhr Eintreffen in Zell am See. Welch ein Skandal! Kein Stau, Ortsdurchfahrt in 4 Minuten, die Kinder heulten, meine Frau bockte. Da teilte Ö3 frech via Autoradio mit:
„Drei Kilometer Stau in Zell am See, 45 Minuten Durchfahrtszeit."
Betrug, dachte ich verbittert, nicht einmal die versprochenen 30 Minuten bieten sie uns. Un als wir um 18 Uhr in Salzburg einfuhren, tönte es:
„Drei Kilometer Stau in Zell am See, 45 Minuten Durchfahrtszeit."
Die Alternative zu „Zurück nach Zell" war „Radio abdrehen, auf Stau verzichten".

24. SEPTEMBER 1989

Lustgewinn durch Post

Zu den erhebenden und zugleich irgendwie beglückenden Dingen des Lebens zählen die uns von Amts wegen verordneten Synonyme. Wenn wir zum Beispiel ein Paket erhalten, dann sind wir im postalischen Alltag der *Empfänger*, streng genommen aber (laut Postordnung) der *Übernahmsberechtigte*.

Als solcher hat man allerlei Rechte und Pflichten. Auf einem Informationsblatt unserer Post lese ich:

„Der Empfänger hat, wenn seine Nämlichkeit nicht außer Zweifel steht, durch Urkunden oder durch einen Zeugen, der dem Postbediensteten persönlich bekannt ist, nachzuweisen, dass er die in der Anschrift genannte Person ist. Der Übernahsberechtigte hat außer der Nämlichkeit auch die Übernahmsberechtigung nachzuweisen, wenn diese nicht außer Zweifel steht."

Also ich finde diese Formulierung außerordentlich imponierend. Allein Nämlichkeit jagt mir wohlige Sprachschauer über den Rücken, auch wenn der arrogante DUDEN das Wort mit *veraltet* und *selten* abtut. Und überhaupt: Die amtsdeutsche Aufklärung ist auch Freizeit-Rätsel, Herausforderung an den Intellekt, Kopf-Spiel und Lustgewinn in einem. *„...hat auch die Übernahmeberechtigung nachzuweisen, wenn diese nicht außer Zweifel steht."* Wer könnte so was auf Anhieb lösen, ha? Über *„Im Zweifelsfall ist neben der Nämlichkeit auch nachzuweisen, dass eine Ersatzzustellung zulässig ist"* vielleicht demnächst mehr.

12. NOVEMBER 1989

Im Jahr nach „Heldenplatz“

Vor einem Jahr wurde unter beachtlichem innenpolitischem Gegacker am Burgtheater das Stück *Heldenplatz* von Thomas Bernhard uraufgeführt. Auch Spitzenpolitiker aller Couleurs hatten vorher gegen die „infame Besudelung“ durch den Dichter gewettert, ja sogar zum Boykott aufgerufen. Seither hat sich mehrerlei ereignet. Höchste Staatsdiener und andere Würdenträger erwiesen sich als tiefste Moralisten, egal, ob sie die Unwahrheit sagten, zur Schonung des Millionenbesitzes in die Steuertrickkiste griffen oder ahnungslos Geld kassierten, das ihnen nicht zustand.
Thomas Bernhard hat das alles nicht mehr erlebt. Aber in *Heldenplatz* ließ er sagen:

es ist ja nicht so dass gegen diese unheilvollen Vorgänge nichts gesagt wird und nichts geschrieben wird / jeden Tag wird dagegen etwas gesagt und wird dagegen etwas geschrieben / aber dieses dagegen Gesagte und dieses dagegen Geschriebene wird nicht gehört und wird nicht gelesen / die Österreicher hören nichts mehr / das heißt, sie hören etwas über katastrophale Zustände, tun aber nichts dagegen / und sie lesen auch über katastrophale Zustände, tun aber nicht dagegen / die Österreicher sind ein Volk völliger Gleichgültigkeit gegenüber ihren katastrophalen Zuständen geworden / das ist ihr Unglück, das ist ihre Katastrophe.
Der Text ist, wie gesagt, etwas älter als ein Jahr. Aber so arg ist’s natürlich nicht bei uns. Und überhaupt war ja der Bernhard ein *Übertreibungskünstler*, das weiß ohnehin ein jeder. Ach, wie das beruhigt.

9. DEZEMBER 1989

Zeit der Einkehr

Die Zeit der Besinnung und inneren Einkehr bringt auch die Menschen auf dem Arbeitsplatz näher zueinander. Erst vorvorgestern sagte der aus dem Norden zugewanderte Redaktionskollege Zander im kleinen Kreis: „Ach, lasst uns doch eine Adventsause machen! So eine Trinksache!"
Der Mann ist gut! Wer hat jetzt, Anfang Dezember, noch einen Termin für eine Weihnachtsfeier frei? Nach statistischen Erhebungen kehrt der arbeitende österreichische Mensch in der Adventzeit durchschnittlich bei 7,3 Betriebsfeiern ein. Die große Weihnachtsbetriebsfeier ist umrankt von den Weihnachtsabteilungs- und Weihnachtsunterabteilungsfeiern, auch die Teilnahme an außerhäusigen Weihnachtsfeiern setzt sich immer mehr durch. Experten sollen es auf 14 und mehr Stück bringen.
Der Weihnachtsfeierteilnehmer an sich konsumiert pro Veranstaltung 5,2 Achterln Wein, drei Sandwich normal, ein Sandwich trocken, 6 dag Liptauer, 2,4 Käsewürfel, eine Handvoll Popcorn (oder Kartoffelchips), zwei Blatt Krakauer, 11 Vanillekipferln und einen Schluck Mineralwasser.
Der allgemeine Fest-Rausch hat mit sich gebracht, dass einzelne Betriebe die Weihnachtsfeier schon Ende Oktober ansetzen, was den Vorteil hat, dass in der feierreichen Vorweihnachtszeit der eine oder andere Abend doch zu Hause im Kreise der Familie zugebracht werden kann. Am ehesten geeignet ist dafür der 24. Dezember.

17. DEZEMBER 1989

Einkaufen für das Fest

Halt! Nicht so schnell laufen. Tu Dir einen Langos kaufen!
Aufschrift bei Stand 67 und 115 auf dem Wiener Christkindlmarkt

Direkt unter den Amtsräumen des Bürgermeisters begibt sich das Wunder des Wiener Christkindlmarktes. Er ist insoferne ein Wunder, als man auf dem ausgedehnten Areal innerhalb kürzester Zeit Geschenke für die ganze Familie findet, was den Menschen das vorweihnachtliche Leben erleichtert. Ich kaufte:
Einen Christbaum-Dreifachspitz mit sechs kleinen Glocken, gelb, um S 115,–. Eine Riesenschaumrolle, Länge 30, Durchmesser 12 Zentimeter (praktisch zum Abbeißen) um S 80,–. Ein Vogelnest mit Friedenstaube und grünen Girlanden um S 128,–. Eine Kinderausrüstung „Power Man", bestehend aus Schwert, Hackbeil und goldenem Brustpanzer um S 165,–. Eine Fünferpackung Herrensocken, Spitze und Fersen verstärkt, um S 149,–. Einmal „Immergrün", die Natur-Dauerpflanze aus der Nordsee, um S 88,–. Einen Ramona-Damen-Body, schwarze Spitze mit Silbereinsatz (Weihnachten!) um S 360,–. Einen Feuerwehrhelm um S 80,–. Einen Sitzlöwen 55 Zentimeter hoch, feinst bemaltes Porzellan, um S 795,–. 30 Knoblauch-Dragees aus dem Aktionsangebot um nur S 150,–. Einen „Original Börner V-Hobel" (mit Handschutz) zum Zerkleinern von Erdäpfeln und Zwiebeln um S 200,–. Nirgends aufzufinden war ein aufblasbarer Zilk. Aber man kann eben nicht alles haben auf dem Christkindlmarkt.

21. JÄNNER 1990

Karrierist, Ausgabe B

Aus meinem enzyklopädischen Werk ***Typologie des Österreichers*** verrate ich heute einiges über den ***Karrieristen von Politikers Gnaden, Ausgabe B*** (kein oder nur ganz wenig Format) an sich.

Bevor ihm die Gunst der Stunde schlägt, hat er einen harten Weg als ***Anbiederer*** und ***Anpumperer*** hinter sich. Er muss Mitglied zumindest einer politischen Organisation werden, er muss die Bekanntschaft von wichtigen Leuten suchen, die ihn im Grunde nicht interessieren, er muss zuerst ständig vor und dann in den Vorzimmern der Macht herumwuseln, er muss sich um ***Bekanntwerdung*** bemühen und daher die Nähe von Journalisten suchen (die ihm später vielleicht nützlich sind), er muss im ***Bereich der Kleinintrige*** tätig werden, er muss versuchen, neben Polit- und anderen Promis aufzutauchen und muss gerade da nicht Wende-, sondern ***Propellerhals*** sein.
Hat er dann endlich sein vorläufiges Ziel erreicht, verfällt er (weil Ausgabe B) in den ***kleinen Machtrausch***, gebärdet sich als Wichtigmacher, Dreinreder und Großintrigant, lässt unwichtig gewordene Helfer oder Freunde fallen und mutiert von ***In-die-Großen-Hineinkriecher*** zum ***Mit-den-Kleinen-Herumspringer***.
Er merkt aber nicht, dass ihn niemand so ernst nimmt wie er sich selber, und er merkt noch weniger, dass ihn auch seine Gönner durchschauen. Wenn sein Ende naht, ist er der Einzige, der sich wundert. Und das liegt daran, dass er in Wirklichkeit ein ***Dummkopf*** ist.

27. JÄNNER 1990

Goldig und zum Anbeißen

Am Donnerstag kurz vor Mitternacht sah ich im Fernsehen live und in Großaufnahme einen undefinierbaren gelben Knödel in schwarzem Gatsch, der mit goldglänzenden Streifen durchzogen war. Ein Koch, der vorher schon *„Advocato"* (offenbar ein juristisches Birnengericht) angepriesen hatte, erläuterte: *„Das Wiener Russische Ei – einmal anders. Es ist Steinbuttsulze mit russischem Kaviar, dazu ein pochiertes Ei, eine kleine Crème fraîche – das wär's. Ja, und das Goldene ist Blattgold. Reines Blattgold, 24 Karat."*

Blattgold, natürlich. Schon die Renaissance-Fürsten aßen es gerne. Jeder Anhänger von Design-Food, lehrte ich daher schon längst meine Kinder, konsumiert heutzutage sein Blattgold. Das sei wichtig, denn es heißt schließlich, dass man ist, was man isst und wie man isst. Blattgold, besonders das 24 karätige, isst man wahrscheinlich vor allem mit Bedacht. Dachte ich immer.

Aber ein vielleicht vom letzten *Wachtelbraten in Senfsauce mit Morchelkompott auf Brüsseler Spitzen* ermatteter Esslokalberichterstatter zertrümmerte meine kulinarische Blattgoldwelt. Für Blattgold, dozierte der Gourmet in der TV-Runde, habe er beim Essen kein besonderes Interesse. Der Grund: *„Es schmeckt nach nichts!"*

Kleiner Tipp für ökonomisch denkende Blattgoldesser: Der Feinschmecker schlucke die meist nur 0,00014 Millimeter dicken Blattgoldeinlagen im Stück. Das erleichtert spätere Sicherstellung.

14. MÄRZ 1990

Petition ans Verkehrsamt

Heute biete ich ein österreichisches Telefongespräch an, das eine Petentin mit einem Beamten im Wiener Verkehrsamt (in der Folge **Amtsrat Taferl** genannt) führte.
Petentin: „Guten Tag, ich habe da ein Problem. Zwischen den Kennzeichenbeleuchtungen meines Puch 500 sind nur 47 Zentimeter Platz. Das neue Kennzeichen ist aber 53 Zentimeter breit."
AR Taferl: „Abschneiden tun Sie's mir aber nicht, weil dann haben S' eine Anzeige, so schnell können S' gar net schauen."
Petentin: „Äh, ich hab' ja gar nicht gesagt, dass ich es abschneiden will, ich wollte Sie fragen, was ich tun soll."
AR Taferl: „Des is a Wahnsinn. Dauernd machen s' neue Gesetze und denken sich nix dabei. Haben Sie eine Ahnung, wie viele Leute anrufen? Wir müssen des alles ausbaden. Also, biegen Sie's halt auf."
Petentin: „Das geht aber nicht, weil dann ist ja die Beleuchtung verdeckt."
AR Taferl: „Des ist mir Wurscht. Tun Sie's irgendwie drauf und dann suchen Sie um eine zweizeilige Tafel an."
Petentin: „Aha. Aber im Typenschein steht ausdrücklich *einzeilig* drin, ist das dann nicht eine Typenänderung?"
AR Taferl: „Ja, natürlich."
Petentin: „Und muss ich das alles zahlen?"
AR Taferl: „Ja."
PS: Ich rufe beim Verkehrsamt an. Was muss die Petentin für die Ummeldung picken? Beamter: „ Einmal 300, viermal 120, einmal 30 plus 200 für die Tafel." Ich: „Also 1010 Schilling. Ist das alles?" Beamter: „Ja, aber mit Vorbehalt." Ich: „Bitte?" Beamter: „Na eben mit Vorbehalt!" Aha.

20. MAI 1990

Neues aus dem GAFFKUL

Auch das Innenministerium schöpft Personal aus dem GAFFKUL (Geheimes Amt für Formulierungskünste und Logik). Durch Zufall fiel mir der *Nachhang zum ho. Erlass vom 2. 3. 1990, Zl. 48 080/90-II/13/90* in die Hände. Das Schriftstück betrifft das Meldewesen, und zwar die *Entrichtung von Stempelgebühren bei Beantragung einer Auskunft.* Es erging an alle Sicherheits- und Bundespolizeidirektionen und lautet so:
Der die Frage der Gebührenpflicht bei in einer Eingabe gestellten Ansuchen um Erteilung einer Meldeauskunft gemäß §12 Abs. 1 des Meldegesetzes 1972 und einer Auskunft gemäß §294 a EO betreffende letzte Absatz des o. e. Erlasses wird insoweit eingeschränkt, als in einer Schrift enthaltene Ansuchen um Bekanntgabe sowohl der Anschrift als auch der Geburtsdaten ein und derselben Person ***keine** Vervielfachung der Eingabegebühr zur Folge haben. In diesen Fällen ist daher lediglich eine Eingabegebühr* (pro angefragter Person) zu entrichten. Ergeht zur Kenntnisnahme und Darnachachtung.
Das ist zwar eine GAFFKUL-mäßig elegant verschlüsselte, aber doch gute Nachricht. Mit großem Dank nehmen wir zur Kenntnis, dass Meldeauskünfte in bestimmten Fällen somit doch noch zum günstigeren Stempeltarif zu haben sind als ursprünglich vorgesehen.
Ich persönlich bin für das Wort ***Darnachachtung*** besonders dankbar, weil es mir bisher nicht geläufig war.

10. JUNI 1990

Tücke des Ersatzteils

Die Durchführung von Reparaturen in erträglichen Zeiträumen scheitert vor allem am Ersatzteil. Wie man weiß, ist der Ersatzteil zunächst einmal nicht da. Dann ist er lange unterwegs, dann liegt er beim Zoll. Dann trudelt er in der Firma ein und wird eingebaut. Aber selbst das ist nicht die Regel, denn nach wochenlangem Warten hat sich schon oft herausgestellt: Es gibt ihn gar nicht mehr. Heimtückische Konsumenten behaupten immer wieder, dass die Ersatzteillieferzeittragödie überhaupt nur eine blöde Ausrede von säumigen Reparateuren ist. Sie wollen nämlich einfach nicht einsehen, dass z. B. ein von Graz nach Wien zu transportierendes Gummiringerl bis zu sechs Wochen unterwegs sein kann. Per Schiff.
Ich halte alles für möglich, besonders seit ein Verkäufer aus der *Kaindl*-Filiale Herbeckstraße (Wien 18) davor warnte, dass eine in der Firmenzentrale in der Burggase (Wien 7) angeforderte Gartensesselschraube *„drei bis vier Wochen unterwegs ist"*, weswegen er empfahl, die Schraube lieber selbst dort abzuholen. Bei günstiger Verkehrslage ist dieser Weg mit dem Taxi in rund 20 Minuten zu absolvieren, was aber nichts sagt. Womöglich verfügt die Firma *Kaindl* nur über einen fußmaroden Schrauben-Boten, der alle Filialen abgeht und außerdem nicht alles auf einmal tragen kann. Andererseits muss man zugeben: Ein individuellerer Kundendienst ist kaum noch vorstellbar.

24. JUNI 1990

Muster für Reden

Kürzlich wurde ich eingeladen, redemäßig ein privates Fest zu eröffnen. Das ist eine schwierige Sache und so besorgte ich mir die im Wiener Weka-Verlag erschienene Hilfe namens *„Erfolgreiche Musterreden für Führungskräfte"*. Rasch fand ich im *Teil 5: Reden zu privaten Anlässen* die passende Einleitung – und schon war der Erfolg meines Auftritts garantiert. Unter anderem, weil ich mich strikt an die Anleitung *„Sprechen Sie den Text sehr emotionsgeladen und mit viel ironischem Unterton"* hielt. Der Mustertext (in Klammern die Reaktion meiner Freunde): *„Liebe Freunde, was ich kaum für möglich gehalten habe, ist eingetreten. Jeder hält ein Glas in der Hand und zur allgemeinen Überraschung haben die meisten das Buffet entdeckt."* (Einzelne Lacher, zwei witzige Hervorrufe, nämlich „Wo?" und „Bravo".) *„In mir regt sich der Verdacht, dass bereits jetzt der Inhalt der verschiedenen Teller, Platten und Schüsseln aufgeteilt wurde."* (Lang anhaltendes Gelächter sowie mehrere „Köstlich!"-Rufe.) *„Es sollen ja auch schon die wilden Indianer ihre Beute unter sich aufgeteilt haben"* (brüllendes Gelächter), *„noch bevor die Schlacht begonnen hat"* (Johlen, Trampeln).
Der Hauptteil der Rede ging bereits in allgemeinen Glückwünschen von allen Seiten unter, weswegen ich auch den Schlussgag (aus Kapitel 10/6.3, Zitatenschatz) *„Alter Wein und junge Weiber sind die besten Zeitvertreiber"* nicht mehr unterbrachte. Leider.

19. AUGUST 1990

Eine geniale Post-Idee

Aus der *Phänomenologie Österreich*: Der Wiener Familienbund wollte eine Nebenausgabe seiner Zeitung *Familie* an 195 Personen verschicken. Nach dem Postgesetz ist aber der verbilligte Zeitungstarif erst ab 300 Exemplaren möglich. Deshalb verfiel der Absender auf den wahnwitzigen Gedanken, für 195 Exemplare den Tarif von 300 Exemplaren zu zahlen. Einfach so.
Das ist natürlich verboten, wobei nicht herauszukriegen war, warum. Ja, wären die Zeitungen als *Massensendung* (um eine Spur teurer) aufgegeben worden, hätte man für die fehlenden 105 Exemplare aufzahlen dürfen. Aber das scheiterte daran, dass die 195 Exemplare bereits den vermerk P.b.b. (= Postgebühr bar bezahlt) trugen, während für *Massensendungen* der Vermerk *Postgebühr bar bezahlt* vorgesehen ist. Kein Kürzel also. Es hätte daher einer Umstempelung bedurft, was wegen zu großer Kompliziertheit verworfen wurde.
Stattdessen verfiel der Postmann (Amt Mondscheingasse) auf die Idee, der Familienbund solle sich 105 Exemplare selber schicken, womit die geforderte Zahl von 300 erreicht wäre. So geschah's. Man holte die 105 Exemplare ins Amt, gab sie *P.b.b.* auf und schon am nächsten Tag schleppte ein braver Briefträger das Zeitungspaket zurück ins Büro des Familienbundes (3. Stock). Das heißt, er stellte zu.
Wir lernen daraus, dass unsere Post um die Lösung von kniffligen Problemen nicht verlegen ist. Gratulation!

12. NOVEMBER 1990

Eine Frage des Formats

Zu den erlesensten Hervorbringungen unserer Post zählt sicher ***Das kleine Post-Abc 1990***, durch dessen Studium wir bis zu den letzten Postgeheimnissen vordringen können. Zum Beispiel zu den Mysterien der ***Standardsendungen***. Nur sie dürfen nämlich ***zur Gebühr der ersten Gewichtsstufe*** aufgegeben werden. Dazu muss der Postkunde natürlich wissen, was eine Standardsendung überhaupt ist. Dank ***Post-Abc*** ist das kein Problem. Dort steht:
Standardsendungen sind Sendungen in rechteckiger Form, deren Länge mindestens der mit √2 (etwa 1,4) multiplizierten Breite entspricht und die darüber hinaus folgende Bedingungen erfüllen: Mindestmaße: 90 x 140 mm (Toleranz: 2 mm).
Höchstmaße: 120 x 235 mm (Toleranz 2 mm).
Das gefiele mir (im Hinblick auf erschöpfende Information) an sich sehr gut, wäre da nicht die für ein österreichisches Amt geradezu fahrlässige Oberflächlichkeit mit der Quadratwurzel aus 2. Jedem halbwegs vernünftigen Staatsbürger wird selbstverständlich einleuchten, dass die Länge einer Standardsendung notwendigerweise der mit √2 multiplizierten Breite entspricht. Mindestens. Anderes könnte ich mir gar nicht vorstellen. Aber die Quadratwurzel aus 2 mit ***etwa 1,4*** anzugeben, das halte ich für unösterreichisch schlampert und somit fragwürdig. Multipliziert man nämlich die Breite mit 1,4124135 (√2), dann schaut die Sache gleich anders aus.

25. NOVEMBER 1990

Amtliche Erfahrung

Öffentliche Dienststellen mit bestimmten Aufgaben, im Volksmund Ämter genannt, haben unter anderem die Aufgabe, es den Menschen nicht zu leicht zu machen, weil ja das Leben auch außerhalb von Ämtern schwer ist. Was im Amt geschieht, ist durch präzise Vorschriften geregelt. Einfache Bürger wollen das nicht immer begreifen, weswegen ich zur Illustration den Fall eines Wieners erzähle, der das Glück zu haben vermeinte, *zwei* Amtsgeschäfte auf *einen* Schlag erledigen zu können. Denn *Passamt* und *Meldeamt* befanden sich im selben Zimmer. Tisch an Tisch. Um seinen neuen Pass ausgehändigt zu bekommen, benötigte der Mann eine Kopie des Meldenachweises. Kostet 140 Schilling. *Könnten Sie*, fragte er das Passamt, *nicht bei der Kollegin vom Meldeamt Einblick nehmen?* Nein, das ginge nicht, meinte das Passamt, *die Vorschrift besagt, dass Sie den Meldenachweis b r i n g e n. Dass ich nachschaue, steht nirgends.*
Der Sparefroh (140 Schilling sind 140 Schilling) versuchte es nun andersherum. *Könnten Sie*, fragt er das Meldeamt, *den bei Ihnen aufliegenden Originalmeldezettel dem Passamt zur Einsicht über den Schreibtisch reichen?* Nein, das ginge nicht, meinte das Meldeamt, *ich bin hier das Meldeamt und habe mit dem Passamt nichts zu tun.*
Ich begreif' das alles nicht, sprach der Bürger, während Pass- und Meldeamt im Chor *Vorschrift* riefen. So zahlte er denn endlich, der Querulant.

3. DEZEMBER 1990

Anmerkungen zum Weg

An jedem Werktag verschwinden Tausende Österreicher von ihren Arbeitsplätzen, wobei niemand, nicht einmal die Betroffenen selbst, genau weiß, wann sie wiederkehren.
Sie verlassen uns und sagen einfach: *Ich habe einen Weg.*
Der *Weg* hat, ganz im Unterschied zum *Termin*, mehr persönlichen, privaten Charakter, weswegen es logischerweise Termin-, aber keine Wegekalender gibt. Der *Weg* erfolgt nämlich spontan, soferne es sich nicht um den beliebten *Amtsweg* handelt.
Der Weg hat aber auch etwas Geheimnisvolles, ja oft sogar Mysteriöses. Kein echter Österreicher würde auf die Idee kommen, jemanden, der einen *Weg* ankündigt, zu fragen, wohin ihn dieser führt.
Wer nämlich zum Zahnarzt, auf die Bank oder auf die Post muss, erzählt das ohnehin ungeniert. Wer aber einen *Weg* hat, der weiß, warum er nicht mehr als *Weg* sagt.
Niemals jedoch ist der *Weg* Vorwand. Wenn zum Beispiel im Wiener Innenstadtbeisl „Gutruf", wo rund um die Uhr zu den letzten Wahrheiten der Medienwelt vorgedrungen wird, am helllichten Tag sieben Journalisten zusammensitzen, haben garantiert alle nur einen Sprung hereingeschaut, weil sie in Wirklichkeit einen *Weg* haben.
Im Übrigen war es kein Zufall, dass die SPÖ seinerzeit mit dem Slogan *Der österreichische Weg* den Höhepunkt ihrer Erfolge erreichte. Viele Wähler bröckelten allerdings wieder ab, als sie merkten, dass dieser Weg nicht ihr *Weg* war.

Von der Zückung bis zum Appell des Jahres

Alle blicken zurück – ich auch. Schließlich war diese Kolumne auch 1990 voller bemerkenswerter Erscheinungen. Hier meine Jahres-Hits, wahllos herausgegriffen.
ZÜCKUNG DES JAHRES: Bundeskanzler Franz Vranitzkys televisionär ins Bild gerückte Pompfüneberer-Entlohnung am offenen Grab von Bruno Kreisky.
JUBLER DES JAHRES: „Die weiblichen Raucher werden – Gott sei's gedankt – immer mehr" (Tabak-General Beppo Mauhart).
EXKLUSIV-STORY DES JAHRES: „Drogenboss aus Burma übt für die Hofreitschule" („Der Standard").
LITERATURWURF DES JAHRES: „Die SPÖ schmückt ihren brennenden Hut mit fremden Federn" (Helmut Kukacka).
HELD DES JAHRES: „Spartacus, der in der griechischen Mythologie für die Unterdrückten kämpfte" („Die ganze Woche").
ENTHÜLLUNG DES JAHRES: „Die Dechantenkonferenz hat mit ihm Tacheles geredet" („Der Standard" über Bischof Eder).
RÄTSEL DES JAHRES: „Weidende Schafe ließen die hungrigen Bären bisher allerdings ungeschoren" („Krone"). Wer hat nun wen ungeschoren gelassen?
KNALLER DES JAHRES: „Kugelstoßer Bodenmüller explodierte" (KURIER).
WUNSCH DES JAHRES: „Auch Kanzler will Mindestlohn" („AZ").
SCHNELLFAHRER DES JAHRES: Chauffeur mit UHBP (195 km/h, Südautobahn), Chauffeur mit FP-Gugerbauer (200 km/h), Richter Ernest Maurer mit Richter Leiningen-Westerburg (210 km/h), beide Westautobahn.
FRAGE DES JAHRES: Pflegte Bruno Kreisky den Intendanten Johannes Kunz im kleinen Kreis „Doktor Nuderl" zu nennen oder nicht?

NAME DES JAHRES: Erunsuto-Uorufuramu Maruho (Ernst Wolfgang Marboe in selbstbestellter japanischer Übersetzung).
WETTERNACHRICHT DES JAHRES: „Der Wind, der in Wien immer zu wehen pflegt, weht nicht" (Horst Friedrich Mayer).
MISTKÜBEL-AUFSCHRIFT DES JAHRES (im Urnenteil des Inzersdorfer Friedhofes): „Bitte keine heiße Asche einfüllen".
ANKÜNDIGUNG DES JAHRES: „Für eine Nacht wird die Ratio zugunsten der Sinne abgelegt. Der Puritaner unterwirft sich dem Fleisch und taucht ein in das Reich der Fantasie, das kein Wenn und Aber kennt" (Rathaus-Aussendung über den Ball „La notte di Figaro").
GESTÄNDNIS DES JAHRES: „Ich bin so was von schlecht drauf, ich komm' rüber wie das Allerletzte" (Falco).
JÄGERMEISTER DES JAHRES: „Mir geht es nicht um das Überleben der Jäger, mir geht es um das Überleben des Wildes" (Landesjägermeister von Tirol).
FUSSBALLER-WORT DES JAHRES: Infäriör.
AUFRUF DES JAHRES: „Der Verschollene wird aufgefordert, sich spätestens bis zum 10. Dezember 1990 bei diesem Gericht zu melden, widrigenfalls er für tot erklärt werden kann" (Bezirksgericht Eisenstadt an Leopold Hacker, geboren am 1. Oktober 1846, zuletzt gesehen im Sommer des Jahres 1900).
ANALYSE DES JAHRES: „Ich bleibe dabei, dass das Volk einem fatalen Irrtum aufgesessen ist" (ÖVP-Bezirksvorsteher von Wien-Neubau über die Wahlniederlage der ÖVP).
ERKENNTNIS DES JAHRES: „Vor ihrer Verwendung muss die Speise beschafft werden" (Aus dem Ernährungsbericht der „Deutschen Gesellschaft für Ernährung").
VATERSCHAFTS-ERKLÄRUNG DES JAHRES: „Ich möchte 30 Kinder haben!" (André Heller).
APPELL DES JAHRES: „Einzelöfen soll man das Kohlen nicht verbieten" („Der Standard").

27. JÄNNER 1991

Vom Warten auf Ersatzteile

Geduld, so hat es ein kluger Mann definiert, ist eine als Tugend getarnte mindere Spielart der Verzweiflung. Sie steht naturgemäß in engster Verbindung mit der Zeit, welche im Falle untätigen Wartens bekanntlich äußerst zäh verrinnt. Jeder von uns wartet täglich auf irgendetwas, meistens ist es ein Ersatzteil.

Die Besonderheit am Ersatzteil ist, dass er *unterwegs* ist, unterwegs seiende Ersatzteile begleiten unser Leben. Viele Menschen verfallen deshalb von der minderen Spielart der Verzweiflung in unkontrollierte Wut, aber das ist oft ungerecht. Ich gab zum Beispiel am 21. Dezember 1990 eine Halogenlampe italienischen Ursprungs zur Reparatur und habe vollstes Verständnis dafür, dass der nötige Ersatzteil bis heute nicht in Wien eingetroffen ist. Es handelt sich zwar nur um eine winziges Stück aus Metall, aber darauf kommt's ja nicht an.

Erstens dürfte die Ersatzteil-Anforderung aus Wien im Trubel der Weihnachtspost erst gegen Silvester in Mailand eingetroffen sein. Anfang Jänner wurde vermutlich bearbeitet, dann fuhr mein Ersatzteil mit der Bahn nach Genua, wo er wahrscheinlich auf ein Schiff verladen wurde. Dieses müsste nach einem Zwischenstopp in Tanger Mitte Jänner im Hamburger Hafen eingelaufen sein, wo man den Ersatzteil einem Boten aushändigte, der sofort losmarschierte. Er könnte, soferne er nicht über Mailand geht, schon Anfang März Wien erreichen. Ich erwarte ihn mit Geduld.

30. JÄNNER 1991

StVO und Gleichheit

Mit Recht ist der Bürger stolz, dass vor dem Gesetz alle gleich sind, immerhin garantiert ihm das unsere Verfassung. Sollte da und dort das Vorkommen Gleicherer registriert werden, ist das garantiert nur ein blöder Zufall. In diesem Land sind sogar vor der Straßenverkehrsordnung alle Bürger gleich. Bitte, es mag sein, dass z. B. Falschparken vor dem Westbahnhof am Dienstag doppelt so viel kostet wie am Mittwoch, nur weil der zuständige Polizeijurist schlecht geschlafen hat. Aber das ist schon in Ordnung, denn das Strafausmaß für Verkehrsvergehen ist ja einzigartigerweise Ermessenssache.
Würde ich zum Beispiel jemanden anzeigen, der sein Auto mit allen vier Rädern auf dem Gehsteig geparkt hat, weshalb ich mich in meinem Fortkommen als Fußgänger behindert fühlte, was wäre dann? Vermutlich nichts, wenn ich einen Mercedes mit dem Kennzeichen BP 78 führe. Die Polizei ist ja immer im Einsatz, so auch am 21. Jänner zwischen 12.40 und 12.50 Uhr auf dem Gehsteig vor dem Pharmazeutischen Institut der Universität Wien. In dem Fall mit aufgeblendeten Scheinwerfern und gehwegblockierend, allerdings ohne Folgetonhorn und ohne Blaulicht, obwohl beides dem Uniformierten in der Warteschlange vor dem Würstelstand vielleicht geholfen hätte, schneller dranzukommen. Daher ist es an der Zeit, dass der Polizeipräsident *Würstelholen* zum offiziellen Einsatz erhebt. Das würde im Volk gut ankommen.

3. FEBRUAR 1991

Tücke der Schlange

Es gibt Situationen, da muss der eilige Mensch blitzschnell entscheiden: Links, rechts oder in der Mitte?
Vor Autobahn-Mautstellen, in Postämtern, Abfertigungshallen für Bahn- und Flugreisende, vor Sesselbahnen und Passkontrollen, also überall dort, wo sich Menschen zu ein und demselben Zweck auf mehrere Warteschlangen verteilen.
Was habe ich als zukünftiger Wartender nicht schon fürgedankliche Kombinationen angestellt, um in der richtigen Reihe zu landen! Allein, mein Warteschlangen-Pech ist unübertrefflich. Links oder rechts von mir bewegt sich's, doch meine Reihe steht still. Mit untrüglichem Instinkt finde ich mich an der Staatsgrenze dort ein, wo die Zöllner meinen, einen besonders raffinierten Schmuggler auszumachen, beim Check-in auf dem Flughafen steht unter Garantie der Mann in meiner Reihe, der ein falsch datiertes Ticket der *Royal Jordanian* nach Amman hat, nun aber lieber mit *SAS* nach Oslo will, in der Bank lande ich in neun von zehn Fällen hinter jemandem, der um seine Restbestände von US-Dollar, Lire und Cruzeiros zyprische Pfund kaufen will.
Jeder Versuch, das Schicksal durch überfallsartiges Wechseln der Warteschlange oder durch Körpertäuschung zu überlisten, schlägt fehl – der Passagier mit dem Ticketproblem ist immer vor mir und hemmt mein Fortkommen.
Interessanterweise soll es Millionen anderen Menschen auch so gehen. Die Welt besteht somit aus Pechvögeln.

22. FEBRUAR 1991

Nichts Neues aus Italien

Es sei schon wieder fast ein Monat vergangen, stellt die Leserin Susanne H. fest, und fragt neugierig bei mir nach, ob ich schon etwas über den Verbleib jenes am 27. Jänner hier erwähnten Ersatzteils wüsste, auf den ich seit 21. Dezember 1990 warte. Es geht um die neue Fassung für eine Halogenlampe italienischen Ursprungs.
Wie könnte ich etwas wissen? Ich hatte ja nur die Vermutung ausgesprochen, dass der Ersatzteil mit der Eisenbahn von Mailand nach Genua und von dort per Schiff nach Hamburg transportiert wird, wo ihn ein Bote übernimmt, der sofort in Richtung Wien losmarschiert. Er könnte Anfang März mit meiner Fassung in Wien ankommen.
Ich gebe allerdings zu, dass mich die Vorfreude doch zum Telefon greifen ließ, um bei der Firma Rampf in Wien-Alsergrund (wo meine Lampe seit 63 Tagen ihrer Fassung entgegenharrt) nachzufragen.
Es wird noch eine Woche dauern, sagte eine freundliche Stimme, *der Ersatzteil kommt nämlich aus Italien.*
Die Dame wusste zwar nicht, wie lange ich schon auf meinen Ersatzteil warte, aber sie wusste auf jeden Fall, dass es *noch eine Woche dauern wird.*
Diese Auskunft erhielt ich vor 12 Tagen. Meine Transporttheorie wurde von der Firma allerdings nicht bestätigt. Schade, denn ein Freund berichtete mir, er habe im Raum München jemanden eilig in Richtung Wien gehen gesehen, der ein Fassungs-Bote hätte sein können.

3. APRIL 1991

2 Szenen aus Österreich

1. Szene. Im Passamt auf dem Elterleinplatz in Wien-Hernals. Es ist 8.00 Uhr, ein Beamter öffnet die Tür.
Beamter: *„Nur net drängan, es kumman olle dran – Österreicher zuerst!"* (Es bilden sich zwei Gruppen, ein Mann und ein Wiener Ehepaar treten vor, die Gattin will sich an dem fremden Mann vorbeiwuzeln.)
Gatte: „Do bleibst! Siehchst net, des is a a Österreicher!"
Gattin: „Ah so!"

2. Szene. Im *Transalpin*, irgendwo zwischen Bregenz und Wien. Ein ÖBB-Kunde, Journalist, entdeckt die Welt des *Manager-Abteils* der 1. Klasse (Telefon, Arbeitstisch) für sich. Das Abteil ist leer, glücklich lässt sich der dienstreisende Kollege in einen Sitz fallen und beginnt zu arbeiten.
ÖBB-Schaffner (betritt das Abteil): *„Do dürfen S' net bleiben!"*
ÖBB-Kunde: „Ich zahle auf! Wie viel macht's?"
ÖBB-Schaffner: *„Normal 400 Schilling, aber Sie dürfen trotzdem net sitzen bleiben, es müssen nämlich mindestens zwei Plätze im Abteil belegt sein. Sie könnten allerdings zwei Tickets kaufen."*
ÖBB-Kunde: *„Seien S' mir nicht bös' aber das ist doch idiotisch!"*
ÖBB-Schaffner: *„Ja, eigentlich schon! Also ich mach' Ihnen einen Vorschlag. Sie zahlen auf und bleiben einfach sitzen. Und wenn wirklich ein Kontrollor kommen sollte, dann sagen S' ihm einfach, der zweite Mann sitzt grad im Speisewagen!"*

27. AUGUST 1991

In den Zeiten der Gelsen

Da allgemein behauptet wird, seit dem Hochwasser herrsche Gelsenplage, nahm ich in Spillern und Wördern bei wohlhabenden, also luftdichte Häuser in surrenden Gärten besitzenden Familien einen zweitätigen Lokalaugenschein vor. Ich war ein umschwärmter Gast – mancher in meiner Umgebung fand gestern allerdings, ich sähe irgendwie entstellt aus.
Daher einige Richtlinien in Zeiten der Gelsen:
- Jeder Gast(geber) darf auf andere ohne Vorwarnung einschlagen. Allerdings nur mit der flachen Hand.
- Beim Verlassen des Pools ist der Katapultsprung anzuwenden: Blitzartiges Ausdemwasserschnellen mit anschließendem Wiesensprint in Richtung geschlossene Räume.
- Auf dem Tennisplatz setzen Begegnungen mit den kleinen Saugern die geltenden Regeln außer Kraft (out ist in, keine Doppelfehler usw.)
- Jede Grillparty ist gerettet, wenn der Hausherr den praktischen Ganzkörper-Grillanzug mit Polyurethanbeschichtung und Nackenleder überzieht, während die vollautanisierten Gäste in hermetisch abgeschlossenen, schwülen Räumen verweilen.
- Kratzen und Scheren an sämtlichen Körperteilen ist auch bei Tisch erlaubt.
- Diskussionen sind zu vermeiden, da infolge drohender Luftangriffe ohnehin keiner dem anderen zuhört.
Alles in allem: Einladungen zu Gartenfesten am besten nur zwischen Dezember und März annehmen.

20. OKTOBER 1991

Freude mit Zugauskunft

Ein Erkundigungsgespräch. Geführt in Wien mit einer ÖBB-Stimmer:
„Bitte wie viel kostet eine Retourkarte nach Retz?“ – *„Wann woin S' fahr'n?“* – „Am Samstag. Gibt es verschiedene Tarife?“ – *„Naaa. Wann woin S' fahr'n?“* – „Am Samstag.“ – *„Die Zeit wü i wissen.“* – Möglichst früh hin und möglichst spät zurück!“ – *„Wo woin S' einsteigen?“* – „Was hat das mit dem Preis zu tun? Also in Wien.“ – *„Oissa, wo wohnen S' denn?“* – „In Hernals.“ – *„Oissa der Praterstern is für Ihna des beste, da fahrn S' mitn 43er und dann...“* – „Danke, ich kenn' mich aus, aber wie viel kostet die Fahrkarte nach Retz?“ – *„Oissa Sie können um hoiba åchte fahr'n, um ... und um ... bis Hollabrunn und dann geht's um ... weiter bis Retz.“* – „Gibt es keine Züge direkt?“ – *„Ojå, oba des wird Ihna zu zeidich sein – um hoiba siebene.“* – „Das wäre mir recht, wie viel kostet nun die Fahrkarte?“ – *„Acht Einheiten.“* „Was ist eine Einheit, bitte?“ – *„San S' no nie mitn Zug g'fåhrn?“* – „Nein, wie viel kostet also die Karte nach Retz?“ – *„Eine Einheit kostet 15 Schilling.“* – „Hin und retour?“ – *„Einfåch, einfååch!“* – „Ist es billiger retour?“ – *„Naaa!“* – Das sind also 16 Einheiten, das macht was?“ – *„Na 16 moi 15.“* – „Des ist w o o o s ?“ – *„Des miassen S' Ihna scho söba ausrechnen!“*
Kein Problem. Und außerdem: Inklusive Tramway kostet Retz hin und zurück für zwei Personen 540 Schilling. Mit dem Auto 100 Schilling Sprit.

28. NOVEMBER 1991

Im Zeitalter der Maschinen

Dieser Tage hat unsere Post damit begonnen, *die Briefpost mit Hilfe von Maschinen* abzufertigen. Dafür bedarf es aber auch der *Erfüllung gewisser Minimalforderungen* durch die Konsumenten, weswegen die Post nun die 16 seitige Broschüre *„Adressieren, aber richtig!"* herausgegeben hat. Das neue Adressieren ist eigentlich ganz einfach, die Faustregel lautet: *Unbedingt „linksbündig" (= Beginn aller Schriftzeichen in einer Fluchtlinie links).* Sodann braucht der Briefschreiber von heute im Wesentlichen nur ein gutes Lineal, allenfalls noch einen Winkelmesser oder ein Dreieck zum Parallelverschieben. Das ist notwendig um z. B. die *Freimachungszone* auf einer Ansichtskarte (40 mm vom oberen Rand, 74 mm vom rechten Rand) zu berücksichtigen. Die Karte selbst muss links von der Adresse einen *mindestens 1,2 mm breiten Trennungsstrich* aufweisen. Links vom *Trennungsstrich* braucht der Kartenschreiber *keinen Abstand* zu halten, rechts jedoch *mindestens 5 mm*. Das gilt auch für den Kartenrand rechts außen. Am unteren Kartenrand muss sowohl links als auch rechts vom *Trennungsstrich* eine *Codierzone* von 15 mm freibleiben. Usw. usw.
Wichtiger Hinweis: Lassen Sie sich bei den auf Seite 11 der Broschüre angegebenen Länder-*Unterscheidungszeichen* durch das Beispiel DDR nicht verwirren. Es stimmt schon, dass es die DDR nicht mehr gibt, und eines Tages wird das auch irgendjemand unserer Post schreiben.

17. DEZEMBER 1991

Kommunikation rund ums Fest

Die anstrengendste Woche des Jahres hat begonnen, denn selbst für den, der sich bis jetzt erfolgreich gegen die Beschaffung von Weihnachtsgeschenken aufgebäumt hat, naht unbarmherzig die Stunde der Bescherung. Und somit auch die der Bewährung. Einfallsreichtum macht ja beliebt, daher muss viel und still gelitten werden.

Das Schöne an der Vorweihnachtszeit ist aber, dass niemand mehr Zeit hat. Das liegt einerseits an den immer dichter werdenden Einkehrterminen bei unterschiedlichsten Vorfestlichkeiten, andrerseits daran, dass die allgemeine Hektik vielen äußerst gelegen kommt. Der wichtigste und daher am häufigsten angewendete Advent-Leitsatz lautet bekanntlich: *„Vor Weihnachten wird sich's nicht mehr ausgehen!"* Gefühlvollere Menschen setzen noch ein *„Ich fürchte"* davor.

Kommt in der ersten Dezemberhälfte für Treffen, die kein potenzieller Kandidat wirklich will, noch gerne der hinhaltende Ganzjahres-Evergreen *„Ruf' ma uns zsamm!"* zur praktischen Anwendung, so rückt anschließend (mit fließendem Übergang) das *„Vielleicht klappt's zwischen Weihnachten und Silvester"* in den Vordergrund.

Das tut es natürlich in den wenigsten Fällen, weswegen sich die prophylaktische Absicherung durch den vielleicht beliebtesten vorweihnachtlichen Standardsatz *„Alles Liebe – und schönes Fest, falls wir uns nicht mehr sehen!"* nachträglich als günstig erweist.

1. JÄNNER 1992

Freizeit in der Schlange

Das Freizeitverhalten der mitteleuropäischen Menschen ist hoch interessant. Zu Hunderttausenden verlassen sie ihre komfortablen Wohnungen (um in Einzelzimmer zu ziehen) und leben fortan in der Schlange. Die einen quetschen sich zum Auftakt in überfüllte Züge oder reihen sich mehrmals vor den Abfertigungsschaltern der Flughäfen ein, die anderen erleben in ihren Autos den mobilen Stillstand.
170 Kilometer lang war z. B. dieser Tage eine gegen Süden hin ruhende deutsche Autoschlange, aber das macht nichts. Derlei ist ja die Einstimmung für weitere Schlangen.
In den Wintersportorten (soferne die Zufahrt infolge Verstopfung überhaupt möglich ist) gilt es zunächst, die *Skipassschlange* zu absolvieren, dann erst kann der erholungssuchende Mensch Teil der *normalen Lift-* bzw. *Seilbahnschlange* werden. Raffinierte stehen zeitiger auf als zu Hause und finden sich mit anderen Raffinierten in der *Frühschlange* wieder. Alle treffen sich dann wieder in der *Mittagsschlange* der gleichmäßig über die Alpen verteilten SB-Restaurants.
Ein anderes Ernährungsproblem haben hingegen z. B. Wien-Urlauber. Wenngleich die Stadt derzeit so voll ist wie noch nie, entschied sich ein erheblicher Teil der Gastronomen für Urlaubssperren. Am 1. Jänner geöffnete Restaurants zu finden, zählt zu den großen Ferienerlebnissen.
Alles miteinander kann in der *Heimkehrerschlange* ausführlich besprochen werden.

9. MÄRZ 1992

Schuld ist der Computer

Dass wir ohne Computer nicht mehr leben können, ist eine Binsenweisheit. Dass der Computer an allem schuld ist, auch. Der meist vorkommende Satz im Umgang mit Behörden, Firmen usw. beginnt ja so: *„Ich tät Ihnen ja gerne helfen, aber der Computer..."*
Wenn jemand zum Beispiel bei der „EA-Generali" eine Lebensversicherung abgeschlossen hat und seit Jahren monatlich einen Erlagschein zugeschickt bekommt, obwohl er seiner Bank einen Dauerauftrag gegeben hat, könnte ihm das im Prinzip egal sein. Er wirft den Erlagschein halt einfach weg. Zwar hat man ihm schon zwei Mal versichert, die sinnlose Zusendung würde abgestellt, aber nichts dergleichen geschah. Beim letzten telefonischen Vorstoß kam endlich die erlösende Antwort: Die Nichtzusendung von Erlagscheinen sei im Computer nicht programmierbar und daher nicht abzustellen.
Nun brachte der Versicherungskunde ein Anliegen vor, das geradezu querulatorischen Charakter hat: Man möge nicht vergessen, am Ende der Laufzeit des Versicherungsvertrages, ihm 1080 Schilling gutzuschreiben (S 5,50 Porto, S 0,50 Papier- und Druckkosten mal 12 Monate mal 15 Jahre). Der Mann meint nämlich, dass diese unnötigen Ausgaben letztlich auch durch seine Versicherungsbeiträge finanziert werden. Da lachte die Dame am Telefon und lobte ihn für seinen guten Witz. Und der Wegwerferlagschein für den laufenden Monat ist auch schon eingetroffen.

1. MAI 1992

Raser werden bald weniger

Donnerstag Abend hat ein sogenanntes langes Wochenende begonnen, dem vor allem der Innen- sowie der Finanzminister mit Freude entgegensehen. Sie ziehen aus der Unvernunft des größten Vereins im Lande, dem Autofahrerverein, beträchtliche Gewinne. Zu Ostern rasten ja beispielsweise an einem einzigen Tag rund 20.000 Schnellfahrer in die Radarfalle. Insgesamt waren es dann 46.432. Auch die Jahresbilanz 1991 kann sich sehen lassen: 792.064 Anzeigen wegen Überschreiten der zulässigen Höchstgeschwindigkeit. Ein Millionengeschäft.
Es wird nun noch einträglicher, weil eine neue Wunderwaffe zum Einsatz kommt. Allein in Wien harren schon 300 Laserpistolen der Autofahrer, und diese Tatsache kann für Raser teurer als gewohnt werden. Ja, es ist sogar mit einem raschen Schrumpfprozess dieser Spezies zu rechnen. Wie ich nämlich einem der zwei mir gratis ins Haus gelieferten Exemplare der beliebten Zeitung „Unser Wien" entnehme, passiert folgendes:
„Im Gegensatz zu den herkömmlichen Geschwindigkeitsmessgeräten wird das Fahrzeug nicht geblitzt, sondern durch einen Laserstrahl erfasst und der Lenker vor Ort exekutiert."
Ob die Exekution am Straßenrand mit der Laserpistole selbst oder mit der Dienstwaffe erfolgt, weiß ich leider nicht. Ich hoffe aber, dass die Raser – wenn's so weit ist – wenigstens noch einen letzten Wunsch äußern dürfen.

30. MAI 1992

Enthüllung und Post-Service

In letzter Zeit ist es um den Eismann vom Similaungletscher etwas still geworden. Die wichtigsten Erkenntnisse über ihn lieferten bekanntlich *BILD* („Der Gletschermann war ein Vorzeitrocker"), die *BUNTE* („Der Eismann hieß Brac, weil vor 5000 Jahren fast alle Männer Brac hießen") und der *SPIEGEL* („Der Mann geriet in ein Schneegestöber, wenig später war er steif gefroren wie Bananensplit in der Tiefkühltruhe").
Zum Glück haben wir aber noch die Lamda-Nachrichten (herausgegeben von der Homosexuellen-Initiative HOSI), die nun etwas enthüllten. Exklusiv. Ötzi war schwul. — Schade für den Eismann, dass es diese Zeitung vor 5477 Jahren noch nicht gegeben hat.

*

Anlässlich des Todes ihres Mannes, mit dem sie 43 Jahre glücklich verheiratet war, erhielt Frau Ingrid B. aus Wien auch ein Beileidstelegramm. Mit schwarzem Rand und Kreuz, denn unsere Post hat ja nicht nur Nelkengebinde, Rosensträuße, Störche oder musizierende Käfer im Schmuckblatt-Angebot. Als die Witwe das Telegramm aus dem Kuvert zog, wurde hinter dem Adressenfenster folgender freundliche Gruß sichtbar: „Auch die Post wünscht alles Gute!" — Da die Post für Schmuckblatt-Telegramme nur eine Kuvert-Drucksorte zur Verfügung hat, bietet sich für die Zukunft eine ökonomische Lösung an: „Auch die Post wünscht alles Gute/Herzliches Beileid — Nichtzutreffendes bitte streichen."

23. JUNI 1992

Plädoyer für die Zulagen

Von Zeit zu Zeit bricht im Privilegienland eine Diskussion über die Abschaffung diverser Zulagen im öffentlichen Dienst aus. Das gefällt mir nicht, denn ohne die Zulage an sich wäre Österreich nicht Österreich. Schließlich habe ich an dieser Stelle selbst schon einmal die – wie sich nun zeigt – gar nicht so absurde Forderung nach einer *Erscheinungszulage* erhoben. Sie erhielte, wer zur Arbeit erscheint.

profil hat im Zuge eines Berichtes über die Zustände bei der Sozialversicherung auch die dort üblichen Zulagen aufgelistet. 26 Hauptarten (von der *Gefahrenzulage* bis zum *Sterbegeld*) sind es, wenn ich richtig gezählt habe. Das macht Freude, wenngleich ich nicht genau weiß, wann einzelne dieser Zulagen fällig werden. Aber ich kann es mir irgendwie vorstellen.

Zum Beispiel die *Abgeltung der Arbeitsbereitschaft.* Jemand ist bereit, zu arbeiten, hat aber nichts zu tun.

Oder die *Abgeltung der Rufbereitschaft.* Jemand wird gerufen (zum Chef, zum Essen, zur Zulagenauszahlung usw.), stellt sich nicht taub, sondern ist bereit, dem Ruf zun folgen.

Oder das *Entgelt für ausgefallene Arbeitszeit.* Jemand muss zum Zahnarzt, dadurch fällt logischerweise Arbeitszeit aus. Neben dem *Entgelt* sollte aber in dem Fall auch noch *Schmerzenszulage* fällig werden. Mindestens. Was es bei der AUVA leider noch nicht gibt: Das *Entgelt für entgangene Zulagen.*

17. AUGUST 1992

Auf den Spuren der QUuLVO

Unsere Post ist ein straff organisierter Betrieb, weswegen der Kunde z. B. im Falle des Einkaufs größerer Mengen von Briefmarken mit größter Umsicht vorzugehen hat. Stellt er sich nämlich einfach irgendwo an, ist er nach den tückischen Gesetzen der Schlange garantiert in der Falle bzw. mit der Unzuständigkeit des Schalterbeamten konfrontiert. Zu spät erkennt der Markenkäufer, dass unsere Post zwischen *Wertzeichen im Großen* und *Wertzeichen im Kleinen* unterscheidet.
Dem Kunden ist allerdings von vorneherein ein Grenzwert oder eine Grenzzahl nicht bekannt. Hartnäckige Käufer, die diesem Postgeheimnis auf die Spur kommen wollen, erzielen aber gelegentlich Teilerfolge – es hängt offenbar mit der *Reißtechnik* zusammen. Wertzeichen können bekanntlich von großen Bögen (10 mal 10) unter Ausnützung der Performation senkrecht und/oder waagrecht getrennt bzw. abgerissen werden.
Nun begab sich, dass ein Beamter im PA 1080, Maria-Treu-Gasse, „Schalter *Wertzeichen im Großen*", die Herausgabe von 15 Stück à S 2,– mit dem Argument „hier wird nicht quer gerissen" verweigerte. Ob beim Schalter *Wertzeichen im Kleinen* umgekehrt „nicht längs gerissen wird", ist noch unklar.
Vielleicht gibt es eine Quer- und Längsreißverordnung (QUuLVO), vielleicht erfolgt die Trennung der Aufgabenbereiche auch auf Grund von Arbeitsschutzbestimmungen. Denkbar ist alles bei der Post.

7. SEPTEMBER 1992

Im Dienste der Kunden

Kundendienst ist ein Zauberwort unserer Zeit – alle sind um ihre Kunden bemüht, daher auch die Magistratsabteilung 16 der Gemeinde Wien, in deren Bereich die Verwaltung des Allgemeinen Krankenhauses fällt. Dort hat der Kundendienst natürlich einen besonderen Stellenwert, denn es geht ja um die Gesundheit. Das kann zum Beispiel so aussehen:
Sie wurden vor etwa (Zahl fehlt, Anm.) *Jahren an unserer Klinik wegen eines Herzklappenfehlers operiert. Da Sie wahrscheinlich bei Ihrem Kardiologen oder Internisten in Kontrolle sind, wollen wir uns brieflich nach Ihrem Befinden erkundigen. Daher erlauben wir uns, Ihnen einen Antwortbrief zu senden. Bitte füllen Sie ihn gemeinsam mit Ihrem Hausarzt aus und senden Sie ihn im beiliegenden Kuvert zurück.*
Ein solcher Brief der 2. Chirurgischen Universitätsklinik ging in diesem Sommer auch an die Adresse von Franz N. in Favoriten, der aber leider Fragen wie *Haben Sie Atemnot?* oder *Haben Sie Brustschmerzen?* nicht beantworten konnte, weil er in ebendieser Klinik (im Zuge einer solchen Herzklappenoperation) verstorben ist. Vor fast fünf Jahren.
Ich weiß nicht, wie viele Angehörige von Toten, die fürs Amt noch leben, auf diese Art pro Jahr in begreifliche Aufregung versetzt werden. In Zeiten totaler Computerverblödung ist ja alles möglich – nur der weniger schlampige Umgang mit vorhandenen Daten offenbar nicht.

15. SEPTEMBER 1992

Eiffelturm, armer Wurm!

Obwohl Österreich ein Kulturland ist, führen seine Dichter ein Schattendasein. Das ist meistens ungerecht, weswegen ich heute einen Helden der Lyrik präsentieren will, der zugleich Generaldirektor der *Österreich Werbung* ist. Klaus Lukas sammelte seine Gedichte in einem Büchlein, das *Liebes Riesenrad* heißt, und prompt nannte ihn der Literaturkritiker der Zeitung „tourist austria" einen *kundigen Seher* und attestierte ihm *ungemein viel Sprachgefühl.* Im Vers „Geteiltes Land" liefert der Dichter mit Hilfe eines Kollegen („Der Österreicher hat ein Vaterland, er liebt's und hat auch Ursach', es zu lieben") den Wahrheitsbeweis, indem er fortsetzt:

Heute teilt er's mit Millionen an Gästen, die bei ihm wohnen.

Dann die „Quallenflucht":

Ein Mensch, der geht ins Hallenbad / weil es dort selten Quallen hat. Dafür kommt Chlor dort häufig vor. Doch in den Kärntner Badeseen / ist das Wasser trinkbar schön.

Sehr gelungen ist auch, wenn Eiffelturm und Riesenrad einander schreiben:

Liebes Riesenrad! / Mir ist schrecklich fad. / In Paris allein / ist es gar nicht fein. — Lieber Eiffelturm! / Bist ein armer Wurm. / Ich bin nur ein Zwerg, / schau zum Kahlenberg.

Lukas hat auch Rat parat:

In den tiefen Keller / komm ich schneller / als auf die Malediven. Also auf in die Tiefen!

Oder Erkenntnisse:

Ohne Weinkultur ist es Kleinkultur. Gastronomie ist es nie.

Im Gedicht „Glocknerhut" heißt es auch:

Und im Eisgedränge der Pasterze brennt noch eine Osterkerze.

Die könnte für den Musensohn entzündet worden sein: Klaus, jetzt ist es aus.

27. SEPTEMBER 1992

Hirnen über die Sprache

Spätestens seit der frühere Operndirektor Drese eines Tages auf eine von mir gestellte Frage die Nachdenkpause mit *Moment, ich hirne!* einleitete, weiß ich: Die Dingwörter sind nicht mehr aufzuhalten. *Peymann pressekonferenzte* („Falter"), *es wird davisgecupt* („Standard") oder des Innenministers Erwähnung im Fernsehen, wonach Menschen, die auf der Durchreise sind, *transitieren*, legen davon Zeugnis ab.

Beim Frühstück wird *geeiert* und *geschinkt*; wer verreist, *koffert* zuerst, dann *zillertalt*, *linzt* oder *kost* er; wer liebt, *techtelt* bzw. *mechtelt* usw.

Das ist fein, denn die Sprache soll ja leben. Ich hoffe daher auf die Durchsetzung der Menschwörter. *Seegern* ist schon längst ein Synonym für Geschwätzigkeit geworden; jemand, der *lichalt* oder *zilkt*, gilt als Polterer; Adabeis *anteln*, Tennisspieler *mustern*, Vergessliche *kurten*, Pechvögel *bergern*, Kabarettisten *hadern* oder *schneydern*, Komiker *schenken*, Dicke *heinzln*.

Man muss aber aufpassen: *Der Festredner mockte*, kann falsch verstanden werden, denn *mocken* heißt am Land beleidigt sein. Auch einem Schreiber nachzusagen, du *löfflerst*, ist nicht ungefährlich, zumal diesbezüglich hierzulande nicht nur ein geschlechtsspezifischer Unterschied besteht.

Wie auch immer: Bald werden die Kinder in der Schule (z. B. vor dem Muttertag) konjugieren: *Ich blume, du blumst, er, sie, es blumt.* Und darüber dürfen dann alle hirnen.

19. FEBRUAR 1993

Freude beim Einkauf

Wenn es etwas wirklich Beglückendes im Leben des Einkäufers gibt, dann ist es das Gespräch mit dem Verkäufer, der die im Verkäuferseminar erworbenen Kenntnisse und Überredungskunststücke praktisch anwendet. Am wichtigsten ist dabei, dass wir im Verkäufer wie durch ein Wunder stets unser geschmackliches Ebenbild finden. Was uns gefällt, gefällt automatisch auch ihm, was besonders im Textilhandel oft von großer Tragweite ist. Hat er erst einmal seinen zentralen Satz fallen lassen, nämlich *So ein Buschhemd trage ich selbst auch,* gibt es kaum noch ein Halten. Selbstredend, dass er *Buschhemd* bedarfsweise durch *Glockenhose, Ringelsocken, Boxershort* usw. ersetzt. Nimmt er dann immer noch leichte Zweifel beim Einkäufer wahr, folgt der letzte Überzeugungsschub: *Ich bin damit sehr zufrieden.* Manche fügen sogar noch ein *wirklich* ein. Wer kann da noch widerstehen? Nur zynische Einkäufer antworten gerne mit einem *Das freut mich für Sie!*, ehe sie dann doch nicht den Mut aufbringen, dem Geschmack des Verkäufers zu widersprechen.
Erfreulicherweise gibt es auch mitleidige Verkäufer, die dem wankelmütigen Einkäufer bei der Entscheidung helfen. Dabei bedienen sie sich eines der stärksten Verkäuferargumente überhaupt: *Das trägt man jetzt.* Und so bin ich zum Beispiel glücklich, dass sich neuerdings eine Krawatte mit einem 30-Zentimeter-Papagei (rot) auf grellgelbem Grund in meinem Besitz befindet.

23. FEBRUAR 1993

Reisen mit Bim und Bus

„Darling, ich bin in der Bim" hinterließ ich letzten Samstag zu Hause, weil ich es auch einmal lustig haben wollte. Die Attraktivität der *Öffis* (Verkehrsbetriebe über die öffentlichen Verkehrsmittel) wird ja allgemein unterschätzt. Also:

18.55 Uhr: Eintreffen bei der Haltestelle Neubaugasse/Siebensterngasse der Linie 49.
19.00 Uhr: Die Bim kommt. Ich fahre drei Stationen, meine Körpertemperatur erwärmt sich rasch auf ca. 40,1 Grad, weil ich auf dem Heizungssitz Platz genommen hatte.
19.05 bis **19.07 Uhr:** Kühlende Wanderung zur U-Bahn-Station Burggasse.
19.10 Uhr: Eintreffen des Zuges Richtung Heiligenstadt. In den folgenden 12 Fahrminuten erfahre ich unaufgefordert die Lebensgeschichte der Schwiegertochter (Schneiderin) einer mir unbekannten Passagierin.
19.22 bis **19.36 Uhr:** Aufenthalt bei der Station des Busses 38A. Eisige Füße. Sehnsucht nach dem Heizungssitz von 19.00 bis 19.05 Uhr.
19.36 Uhr: 38A kommt. Einsteigen, doch keine Abfahrt, weil Fahrerwechsel.
19.36 bis **19.38 Uhr:** Durchlüftung. Rescher Wind bläst durch die weit geöffneten Bustüren.
19.38 Uhr: Es geht los.
19.39 Uhr: Notbremsung in der Grinzinger Straße, weil ein Pkw mit WD-Kennzeichen bei Rot über die Kreuzung fährt. Aufsammeln der Abendausgabe der Sonntags-Blätter.
19.42 Uhr: Eintreffen in der Armbrustergasse. Fröhlich.
Endabrechnung: 47 Minuten Reisezeit teilen sich in 21 Minuten Fahr- und 26 Minuten Wartezeit.

Die Heimfahrt um 23.26 Uhr (Taxi) dauert 12 Minuten, was ziemlich langweilig war.

19. MÄRZ 1993

Propulsion im Antrum

Seit die Berufskomiker den Satz *Über mögliche unerwünschte Wirkungen informieren Gebrauchsinformation, Arzt oder Apotheker* für sich entdeckt haben – jeder, der etwas auf sich hält, variiert ihn irgendwie –, ist auch der Medikamenten-Beipackzettel mehr ins Bewusstsein der Menschen eingesickert.
Das ist sehr wichtig, jeder will schließlich genau wissen, was ihm die Mediziner verschreiben. Schon Thomas Bernhard hat ja gewarnt: *Wenn man den Ärzten auf die Schliche kommt, ist es meistens zu spät.*
Das Schöne am Beipackzettel ist, dass dem Patienten nach seiner Lektüre nichts mehr verborgen bleibt. Wenn zum Beispiel ein Zweijähriger mehr von sich gibt, als er behält (Antiperistaltik), hilft das Medikament *Motilium*. Und die besorgte Mutter ist ganz glücklich, weil sie vor der Verabreichung erfährt:
Motilium erhöht den Druck im unteren Oesophagus-Sphinkter, normalisiert die Propulsion im Antrum und Duodenum und vermindert den Tonus im Pylorus. Dadurch wird die verzögerte Magenentleerung normalisiert. Zudem besitzt Motilium durch seinen dopaminantagonisierenden Effekt in der Chemorezeptor-Trigger-Zone eine ausgeprägte antiemetische Wirkung.
Aber man muss trotzdem aufpassen, weil es – so der *Warnhinweis* – nach der Absetzung zu einer *reversiblen Serumprolaktinspiegelerhöhung* kommt. Gut zu wissen.

14. APRIL 1993

Kleine Tipps für Fußgänger

In Ö3 läuft diese Woche eine Art Radfahrer-Serie, welche interessant begann. Eine Autofahrerin (Chefin des Ö3-Verkehrsfunks), ein Radler (bekannter Soziologe) und ein Fußgänger (beliebter Fernsehmoderator) starteten zu einem Wettrennen bzw. -gehen durch Wien. Der Radler traf am schnellsten am Zielpunkt ein, unter anderem, weil er stellenweise darauf verzichtete, die Straßenverkehrsordnung einzuhalten und gegen Einbahnen radelte.
Das augenzwinkernde Eingeständnis via Äther fällt in die Rubrik *Alltag eines Radlers*, wobei er in Einbahnstraßen vorsichtshalber lieber auf den Gehwegen unterwegs ist.
Daher nun Tips für Fußgänger:
- Wenn Ihnen ein Radler auf dem Gehsteig entgegenkommt, vermeiden Sie unkontrollierte Bewegungen, es könnte ihn irritieren.
- Nähert sich ein Radler von hinten, so gilt (nach Ertönen der Fahrradklingel) die Faustregel: Sofort stehen bleiben und so lange verharren, bis der Radler vorbei ist. Alternative: Rascher Sprung auf die rettende Straße.
- Verlassen Sie einen Hauseingang nie in blindem Vertrauen. Der Gehsteigradler hat einem ungeschriebenen Gesetz zufolge immer Vorrang, auch wenn er von links kommt.
- Lassen Sie sich mit dem Gehsteigradler auf keine Diskussion ein, er ist Ihnen dialektisch garantiert überlegen.
- Steigen Sie lieber selber aufs Rad um, es erhöht Ihre Sicherheit auf Gehwegen.

27. APRIL 1993

Im „wie" liegt die Chance

Immer wenn man glaubt, dass schon alles dagewesen ist, kommt die Überraschung. So geschah am vergangenen Wochenende, dass ein ORF-Sportreporter, der uns seit vielen Jahren durch seine künstliche Aufgeregtheit an den Sport-Nebenschauplätzen erfreut, über einen Motorsportler sagte: *... er war eine Klasse für sich — um eine Phrase zu verwenden.*

Der kleine entschuldigende(?) Zusatz ist in zweifacher Hinsicht interessant. Erstens gab der Reporter zu erkennen, dass er weiß, was eine Phrase ist, woran bisher niemand geglaubt hatte. Zweitens war das ein Fingerzeig in die Zukunft österreichischen Sportreportertums: Wer sich ins Phrasenrennen begibt und das zugleich laut sagt, steht über den Dingen. Ansatzweise wird dergleichen ja schon von einigen Kollegen praktiziert. Ein ORF-Sportler, der kürzlich von der *Süddeutschen Zeitung* auf höchst ironische Weise durch den Kakao gezogen wurde (um eine Phrase zu verwenden), sich deshalb aber stolz als Sprachjongleur feiern ließ, pflegt zum Beispiel hinter abgedroschenen Wortkaskaden gerne ein *... wie es so schön heißt!* anzuhängen.

In diesem Vergleichs-wie liegt möglicherweise die ganze oben erwähnte Zukunft.

... wie fantasielose Menschen oft sagen!

... wie nur ein Trottel sagt!

... wie Volksschüler gerne sagen! oder überhaupt gleich

... wie wir Reporter immer sagen, weil uns sonst nichts einfällt!

7. JULI 1993

Blick in die Medien

Das profil schreibt in einer Reportage: *„Dominus nostrus ...", sagt Krenn, schließt die Augen, während die Messgemeinde in die Knie geht.* – Also ich traue dem Bischof Krenn viel zu, aber das Risiko, *nostrus*-halber einen *Casus belli* mit Lateinprofessoren zu schaffen, geht wahrscheinlich nicht einmal er ein.

„... der Lederne spazierte gerade übers Feld, als er einen wuchtigen Hieb eines Argentiniers erhielt, hoch über Waidmannsdorf dahinflog, ehe er herabstürzte vor dem österreichischen Strafraum und sich innerlich schon auf den Gegentritt des zeitgemäß herauslaufenden Klaus Lindenberger gefasst machte." – Wie leicht zu erkennen, handelt es sich um einen *Standard*-Fußballbericht aus der Sicht der Wuchtel. Leider war sie so sprachlos wie ich als Leser.

Aus einem Sportbericht von „Täglich Alles": *Steffi Graf leidete bei der Siegerehrung auch mit Jana Novotna mit.* Der dazugehörende Titel *So stark war Steffi noch nie* bezog sich eher nicht auf die Zeitwort-Biegung, sonst hätte das der Autor wahrscheinlich nicht geschreibt.

Telegramm an die Redaktion der beliebten Fernsehsendung „Seitenblicke": *gestern seitenblicke gesehen —* **stop** *— in keinem beitrag waltraut haas und erwin strahl entdecken können —* **stop** *— nicht stumm im hintergrund —* **stop** *— nichts sagend vor dem mikrofon —* **stop** *— was ist da los?*

13. JULI 1993

Von Faxen ums Faxen

Am Telefon. Es sprechen ein Versicherungsmann (wollte per Fax die Zusendung eines Unfallprotokolls) und ein Polizeijurist aus Döbling, bei dem der Anrufer zuletzt landet:
„Warum ist es nicht möglich, ein Protokoll zu faxen?" – **„Weil das Faxgerät ständig kaputt ist."** – Falls es aber zwischenzeitlich funktionieren sollte, könnte man dann etwas faxen? – **„Nein, weil es dadurch wieder kaputt wird."** – „Gibt es eine Dienstanweisung, dass die Versendung von Protokollen per Fax verboten ist? – **„Nein."** – „Wurde das Faxgerät nicht angeschafft, um etwas zu faxen?" – **„Ja, das schon."** – „Es spricht also nichts dagegen, für den Fall, dass das Gerät gerade nicht kaputt ist, ein Protokoll zu faxen?" – **„Nein."** – „Warum faxt man es mir dann nicht?" – **„Weil wir Protokolle mit der Post verschicken."** – „Aber könnte es nicht sein, dass Faxgeräte deshalb erfunden worden sind, um lange Postwege zu ersparen?" – **„Es ist viel aufwändiger, etwas zu faxen, da muss ein Beamter danebenstehen."** – „Muss nicht beim Versenden auch ein Beamter das Schriftstück in ein Kuvert stecken, eine Marke draufkleben und es zur Post tragen? Das ist doch auch ein Aufwand." – **„Ja, aber ein geringerer. Beim Fax verwurschtelt sich dauernd das Papier und dann wissen wir nicht, ob es angekommen ist."** – „Ich könnte danach aber nochmals anrufen und bestätigen, dass das Fax angekommen ist. Könnten Sie mir nun nicht doch das Protokoll faxen, falls das Gerät grad funktionieren sollte?" – **„Nein."** – „Und warum nicht?" – **„Weil wir Protokolle mit der Post schicken."** (Macht keine weiteren Faxen und legt auf.)
Ende eines österreichischen Telefongespräches.

21. SEPTEMBER 1993

Ein Samstag auf der Post

Ein österreichisches Post-Gespräch, geführt im PA Gasgasse, 1150 Wien.
Personen: 1 Kunde, der schon in drei anderen Postämtern (geschlossen bzw. unzuständig) erfolglos war, 1 Paketannahme-Beamter.
Zeit: Samstag Vormittag, genau 10.05 Uhr:
„Ich hätte da ein kleines Paket ..." – **„Gerne!"** – „Bitte unfrei, das Porto zahlt der Empfänger, es handelt sich nämlich um eine Rücksendung". – **„Das geht nicht!"** – „Wie bitte?" – **„Unfrei geht nur bis 10 Uhr!"** – „Bitte, ich fliege heute noch weg, ich versäum' sonst die Reklamationsfrist." – **„Was soll ich dagegen tun?"** – „Sie haben die Aufkleber doch vor sich liegen. Picken Sie einen drauf und lassen Sie das Paket halt bis Montag früh liegen." – **„Das darf ich nicht, das ist strengstens verboten."** – „Sie haben doch bis spätabends offen, da muss doch etwas möglich sein?" – **„Sicher, aber nicht unfrei."** – „Ich versteh' es zwar nicht, aber bitte, dann eben mit Bezahlung." – **„Das kostet aber viel Geld!"** – „Wie bitte?" – **„Ja, das kostet Paketgebühr und Spätlingsgebühr und Eilgebühr."** – „Bitte, wieso Spätlingsgebühr?" – **„Es ist nach 10 Uhr."** – „Finden Sie nicht, dass es ein bisschen früh für eine Spätlingsgebühr ist?" – **„Nach 10 Uhr ist es zu spät!"** – „Und wieso Eilgebühr?" – **„Es werden nur mehr Eilsendungen angenommen."** – „Die werden doch auch erst nach dem Wochenende zugestellt ..." – **„Das sind trotzdem Eilsendungen."**
Der Kunde verzichtet dankend und geht, eine Nachbarin erledigt für ihn Montag Früh die unfreie Paketaufgabe. Sicherheitshalber vor 10 Uhr. Ende einer österreichischen Postgeschichte.

16. OKTOBER 1993

Himmelreich Zugabe

Des österreichischen Kulturmenschen Himmelreich ist die Zugabe. Nichts sehnt er so herbei, wenn er im Theater- oder Konzertsaal sitzt, denn erstens heben sich die Künstler das besonders Beliebte für die Zugabe auf und zweitens ist nach ihr der Abend zu Ende. Viele Kulturmenschen gehen ausschließlich der Zugaben wegen zu einer Kulturveranstaltung — stumm leiden sie vor sich hin, während ein Tenor hingebungsvoll Arien von Kaiser Leopold I. darbietet, aber dann bei *O sole mio* oder *Granada* kennt die Begeisterung keine Grenzen. Es kann ja kein Zufall sein, dass der Begriff *Zugabenteil* in unserem Kulturleben längst fest verankert ist.

Dabei ist das Recht des Zuhörers auf Zugaben umstritten. Er zahlt ja nur für das offizielle Programm. Trotzdem kann ich mir nicht vorstellen, dass z. B. der bekannt sparsame Otto Schenk es wagen würde, einen Leseabend ohne Ringelnatzens *Bumerang* abzuschließen. Unter den Besuchern bräche wahrscheinlich ein solcher Tumult aus, dass der arme Schenk vor Schreck in Ohnmacht fiele und womöglich die Stimme verlöre.

Raffinierte Künstler stellen von vorneherein relativ kurze Programme zusammen, weil sie die nicht angekündigten Zugaben insgeheim in ihren Zeitplan einrechnen. Im Übrigen frage ich mich, warum noch kein Künstler auf die Idee kam, etwas zu tun, was ihm garantiert ein volles Haus und größten Jubel bescherte: Nämlich einen Abend zu geben, der überhaupt nur aus Zugaben besteht.

22. NOVEMBER 1993

Jede Minute zählt

Aus dem Leben mit dem Amte: Eine Ärztin, die nicht aus Hetz Ärztin ist, sondern den ganzen Tag arbeitet, packt ihre zweijährige Tochter ins Auto und reist, wie man amtshalber sagt, infolge Erhaltenhabens einer Verständigung zur Abholung einer Geldsendung zum Postamt 1060 Wallgasse. Dort trifft sie kurz vor 17.00 Uhr ein und behebt als erstes ein Paket. Plötzlich ein Geräusch aus dem Hintergrund – der Rollbalken am Geldschalter senkt sich. Es ist 17.01 Uhr. Da auf der Verständigung aber der Vermerk *bis 18.00 Uhr* festgehalten ist, nimmt die Postkundin die Verhandlungen auf. In stark gebückter Haltung, was am Amt zwar immer gut ist, in dem Fall aber gar nicht anders möglich war, da der Rollbalken schon fast geschlossen war. Es tue ihr leid, sagte die Beamtin durch den Schlitz, aber da habe sich der Briefträger eben geirrt, der Schalter sei nur bis 17.00 Uhr geöffnet — die Kassa sei schon abgerechnet (geschah vermutlich irgendwann zwischen *17.00 Uhr* und 17.01).
Für die Kundin bedeutete das die Planung einer Neuauflage des Amtweges für nächsten Tag, es geschah jedoch Außergewöhnliches: Die Beamtin griff durch den Schlitz und korrigierte — eigenhändig — die auf dem Verständigungszettel eingetragene Uhrzeit auf *17.00*. Dieser Vorgang muss sich gegen 17.02 Uhr abgespielt haben, er fand also bereits in der Freizeit der Beamtin statt. Da kann man wirklich nur sagen: Hut ab!

24. DEZEMBER 1993

Das Hotel Mama ist ein Erstes Haus

Kinder, speziell im jugendlichen Alter, zählen zu den bedauernswerten Wesen unserer Gesellschaft, die unter besonders großem Zeitmangel leiden. Das ist einzusehen, denn zwischen der morgendlichen Erhebung vom Lager, dem Schulbesuch und was damit verbunden und der aufreibenden Freizeitbeschäftigung kann man einem heranwachsenden Menschen nicht noch zusätzliche Leistungen abverlangen. Wenn sie dann an die Universitäten strömen oder womöglich in den Arbeitsprozess eintreten, nimmt ihre Tagesbelastung geradezu monströse Formen an. Manche bewältigen ihr kompliziertes Leben überhaupt nur, weil sie immer noch im Hotel Mama wohnen.

Beim Hotel Mama handelt es sich im Normalfall um den klassischen Typus eines Ersten Hauses: Perfektes Service, individuell abgestimmte Küche, familiäre Atmosphäre. Natürlich schätzen die kleinen oder größeren Gäste auch, dass die Vollpension gratis ist.

Wenn der erschöpfte Ruf „Was gibt es heute?" aus dem Kinderzimmer dringt, schlägt für die Küchenchefin die Stunde der Bewährung. Sie weiß ja nie, ob ihre Menüauswahl auch ankommt. Denn die Daueresser haben auch keine Zeit, selbst mit hilfreichen Vorschlägen einzugreifen. Höchstens den prüfenden Blick in den Kühlschrank schaffen sie noch – man trinkt ja gerne was zum Essen. Die Frage, wer für die Heranschleppung von Mineralwasser und Fruchtsäften sorgt, wird allerdings selten diskutiert. Auch eines der großen Wunder im Hotelleben, nämlich wie kleinere Abraumhalden plötzlich verschwinden, wie zusammengeknödelte T-Shirts, Hemden, Blusen oder Jeans immer wieder gereinigt und wohlgeordnet in den

Kästen landen, gibt keinen wirklichen Gesprächsstoff her. Irgendein kleines Geheimnis soll ja die Chefaufräumerin, -wäscherin und -büglerin auch bleiben.
Nichts für sich behalten darf sie jedoch in ihrer Eigenschaft als Rezeptionistin. Da sind es vor allem telefonische Nachrichten über Kinotermine, Disco-Besuche und Ähnliches. Sie notiert, legt Zettel ab, informiert die Bewohner anderer Mama-Hotels über mögliches Eintreffen oder Verbleib der Gesuchten usw. Da heißt's präzise arbeiten, denn diesbezügliche Ungenauigkeiten haben sie nicht gern, die lieben Kleinen.

Zuletzt noch ein Wort über die Bankfunktion des Hotels Mama. Sie ist essenziell, denn wo sonst gibt es Kleinkredite, die erstens zinsenlos sind und zweites nie mehr zurückgezahlt werden müssen? Eben nur in einem Ersten Haus dieser Art.

6. FEBRUAR 1994

Vorfreude auf olympische Fernsehspiele

Die Schlagzeile *„Lillehammer, wir kommen!"* (KURIER) hat mich irgendwie bekümmert. Unter anderem, weil von uns nicht alle kommen können, die kommen möchten. Aber *live mit dabei* sind wir wenigstens an den Fernsehschirmen. Und dieses Vergnügen hat sogar einen gewissen Bildungswert. Besonders bei Skirennen.

Das Interessante an deren Fernsehübertragung ist ja, dass die in die Welt entsendeten Reporter alles auch nur auf Bildschirmen sehen, die noch dazu kleiner sind als die bei uns zu Hause. Das versetzt sie dennoch in die Lage, uns Dinge zu erzählen, die wir ohnehin selber sehen. Weil aber das allein zu wenig wäre, wurde der Begriff *Reporter* abgeschafft und gegen Kommentator ersetzt. Heutzutage wird der Kommentator oft des Plauderwasteltums bezichtigt, ja manchmal sogar der Ahnungslosigkeit. Aber das ist sehr ungerecht. Wahrscheinlich.
Indem der *Kommentator* kommentiert, weist er ja laufend sein Spezialistentum nach. Wir Laien zu Hause würden mit freiem Auge nie erkennen, wo der Skiathlet die Zeit *herausholt* bzw. *liegen lässt.* Ein wirklicher Kommentator sieht das aber schon und liefert zum Beispiel die Expertise aller Expertisen ab: *Hat einen guten Zug am Ski.* Er sieht aber auch, ob ein Läufer *wie auf Schienen,* also *optimal*, unterwegs ist, eine *saubere Fahrt* vorlegt, die *Idealposition einnimmt,* sich mit *maximalem Risiko herunterkämpft,* das *Tempo richtig dosiert.* Und zum Glück vergisst er nie auf die Erwähnung, *dass es darauf ankommt, den Schwung ins Flachstück mitzunehmen,* was den Vorteil hat, dass dies im Lauf der Jahre auch schwerfälligere Zuschauer begreifen.

Dank solcher Kennerschaft kann es den Kommentator nicht überraschen, wenn der Läufer nach einer Drei-Kilometer-Abfahrt im Ziel um drei Hundertstel schneller bzw. langsamer ist als der im Moment Führende. Imponierend, wenn man bedenkt, wie schnell die Zeit vergeht. Ein gewöhnlicher Mensch, der einmal *Guten Tag!* sagt, braucht im Durchschnitt dafür immerhin 1,08 Sekunden.

Mag sein, dass dem Kommentator die am Bildschirm mitlaufende Zeit als kleine Orientierungshilfe dient. Die Tatsache, dass er meist im Moment des Auftauchens der Zwischenzeit lobt oder tadelt, jubelt oder enttäuscht ist sowie ahnungsvoll festhält, *dass sich das noch ausgehen könnte für einen Spitzenplatz,* wenngleich vielleicht nicht für einen *absoluten,* kann aber auch nur ein Zufall sein. Je näher jedenfalls der Läufer dem Ziel ist, desto souveräner werden die Prognosen, um dann logischerweise mit einem selbstbestätigenden *Jawohl!* bzw. *Nein, nein!* zu enden. Was die Vorfreude auf die olympischen Fernsehspiele noch mehr hebt, sind die Randinformationen. Kein angegriffener Schleimbeutel, kein gezogener Weisheitszahn bleibt uns verborgen.

Wer all das unter *Phrasenrennen* subsummiert, auf den trifft halt leider die *optimale* Kommentatoren-Generalfeststellung zu: *Hat Probleme!*

9. FEBRUAR 1994

Im Krankenstand

Nichts interessiert die Österreicher mehr als ihre Gesundheit bzw. ihre Krankheiten. Diesem Bedürfnis trägt die Wiener Gebietskrankenkasse insoferne Rechnung, als sie ein *Jahrbuch* herausgibt.
Statistiken üben ja seit jeher auf die Menschen große Faszination aus, eine noch größere aber offenbar auf jene, die sie erstellen. Dahinter steckt enorme Arbeit, daher liegt das *Jahrbuch* immer erst gegen Ende des folgenden Jahres vor. Aber das Warten zahlt sich aus, ich weiß zum Beispiel jetzt, dass 1992 in Wien 23 Frauen und 19 Männer wegen *Wurmerkrankungen, Krankheitsgruppe 7* insgesamt 728 Tage im Krankenstand waren. Dem stehen als Rekordposten *Krankheiten der oberen Luftwege, Krankheitsgruppe 31*, gegenüber: 294.412 Erkrankungen hatten genau 2,383.487 Krankenstandstage zur Folge, Männer und Frauen halten sich die Waage.
Davon kann in der *Krankengruppe 40* natürlich nicht die Rede sein: 8.559 Frauen fehlten infolge von Komplikationen bei Schwangerschaft, Entbindung und Wochenbett 112.658 Tage, während aus demselben Grund laut Tabelle nur 804 Männer für 9.699 Tage in Krankenstand gingen. Und wegen *Fehlgeburten, Krankheitsgruppe 39* befanden sich überhaupt nur 298 Männer im Krankenstand (2.600 Tage).
Das wundert mich nicht, zumal ich an die Theorie, dass Frauen widerstandsfähiger als Männer sind, ohnehin nie glaubte. Schon gar nicht in Zeiten der Schwangerschaft.

16. FEBRUAR 1994

Der Schachspieler

Jörg Haider, der bekannte Reformator des politischen Treibens in diesem Land, setzt zu einem Reformwerk an, das weit über unsere Grenzen hinausgehen dürfte.
Wir wissen ja: Kaum etwas erfordert mehr Geist, Strategie und Vorausdenken als das Schachspiel. Es ist daher kein Wunder, dass der intellektuelle Kopfarbeiter Haider Schachspieler ist. Eine Illustrierte beweist das durch ein Foto auf der Titelseite. Dass Haider, wie man dabei sieht, nun mit den *Altschachspielern* aufräumt, also eine Art *Bewegung der Erneuerung* auch auf diesem Gebiet anstrebt, ist nur logisch. Wer sonst außer ihm könnte von der tausendjährigen Geschichte des Spiels und seiner Regeln unbeeindruckt bleiben? Haider (Weiß) zieht mit einem *Springer,* und zwar während der schwarze (auf dem Foto braune) *König* im Schach steht — gegeben von Haiders zweitem *Springer.* Derlei wäre bei den Altschachspielern unmöglich, dass nämlich jemand zieht, der gar nicht am Zug ist. Aber das ist eben das Typische an Haider, der das Spiel auch insoferne aufregend gestaltet, als beide seiner *Läufer* auf weißen Feldern stehen. Mit einem könnte er sogar die *Dame* des Gegners schlagen, aber er wählt (s. o.) den Zug mit dem *Springer.*
Natürlich ist auch möglich, dass Haider von Schach überhaupt keine Ahnung hat, also nur den Denker mimte. Aber das glaube ich nicht. Und selbst wenn: Ein Spieler wie er macht sich bei Bedarf ohnehin selbst die Regeln. Matt!

23. MÄRZ 1994

Eigentlichkeiten

Eigentlich ist *eigentlich* eines jener Füllworte unserer Sprache, ohne das niemand auskommt. Es heißt viel und zugleich nichts. Zum Beispiel *ursprünglich* oder *wirklich* oder *im Grunde, wenn man es genauer betrachtet.*

In der Verbindlichkeits-Sendung „Sportarena" fand die nach meiner Beobachtung bisher größte *Eigentlich*-Orgie der letzten zwei Jahre statt. Das Schöne dabei war, dass wir jeden Satz mit *eigentlich* auch ohne *eigentlich* verstanden hätten. In der Reihenfolge ihrer Auftritte sagten:

„Wir sind eigentlich ziemlich gleiche Mannschaften" (Kicker Manni Bender). *„Was sagen Sie denn eigentlich, meine Herren, zu diesen Emotionen?"* (Moderator Erich Weiss). *„Da hab' ich eigentlich nie Probleme gehabt"* (Kicker Leo Lainer). *„Wir haben in Monte Carlo eigentlich gebuddelt wie die Tiere"* (Horst Skoff). *„Wir sind eigentlich gut"* (Landesrat Gerhard Hirschmann). *„Eigentlich ein kleines steirisches Weltwunder"* (Reporter Gernot Lercher). *„Wenn Sie's so sagen wollen, eigentlich ja!"* (Hallenbauer Karl Schwarzl). *„Wir sind jetzt in einer Phase, wo das Geld eigentlich nicht mehr das Wichtigste ist, sondern wo es eigentlich allen darum geht, Erfolg zu haben." – „Das ist eigentlich der Erfolg!"* (Manager Ronald Leitgeb). *„Eigentlich nicht!"* (Thomas Muster auf die Frage, ob er sich schon einmal gedopt hat) *„Und so war's eigentlich a!"* (Andi Goldberger).

Eigentlich kam nur Plauderwastl Robert Seeger ohne *eigentlich* aus. Und das war die eigentliche Sensation der Veranstaltung.

31. MÄRZ 1994

Postinterne Kunst

Unter Postlauf versteht man, dass ein Stück Post läuft. Oder mehrere. Für Verzögerungen im Postlauf ist schwer ein Verantwortlicher zu finden, weil man ja so gut wie nie dahinterkommt, an welcher Stelle sich die Postlauf-Stockung ereignet. Ein weiterer Bestandteil postinterner Kunst ist die Verbindung zwischen Postlauf bei der Post und der Bearbeitung bzw. Erledigung von Kundenwünschen.
Hiezu ein Fallbeispiel: Eine junge Wienerin namens Claudia lebte neun Jahre glücklich mit ihrem Telefon. Doch eines Tages fiel ihr Anschluss 22 22 22 (Nummer geändert, Anm.) einem unbekannten Dodel in die Hände, der sie fortan mit ziemlich unangenehmen Anrufen quälte. Zu jeder Tages- und Nachtzeit. Claudia beantragte daraufhin eine Geheimnummer. Da nun logischerweise der Postlauf einsetzte, war mit einer längeren Wartezeit zu rechnen. Jedoch: Die Post stellte sich während der Bearbeitungsphase mit einer Art Übergangsnummer ein, auf dass die Kundin ruhig schlafen konnte.
Kaum waren ein paar Monate vergangen, kam es auch schon zu einem glücklichen Ende des Postlaufes: Die Geheimnummer traf ein. Sie heißt 22 22 22, was insoferne günstig ist, als sich Claudia die eigene Nummer nicht neu einprägen musste, wie das halt so ist, wenn man die abgemeldete Nummer als Geheimnummer zugeteilt bekommt. Dass den Telefongebühren fortan 120 Schilling zugeschlagen werden, ist klar. Jedes Geheimnis hat ja seinen Preis.

11. APRIL 1994

Der Feind im Kino

Während sich der Kino-Freund von heute auf dem von Besuchern der vorangegangenen Vorführung gelegten Popcorn-Teppich knirschend in Richtung Sitzplatz bewegt, hält er schon Ausschau nach dem Feind. Es handelt sich hiebei um den Sitznachbarn bzw. um die elementarste aller Kinobesuch-Fragen: Wer beherrscht in den kommenden zwei Stunden die trennende Armlehne?
Die Eroberung der Lehne wird zwar wortlos, aber dafür tückisch betrieben. Obwohl auf ihr zwei Ellbogen Platz hätten, will ein echter Sitzer auch Raum für den Unterarm. Und so sinkt der Feind in einen der bequemen Kinosessel und breitet sich aus. Möglichst rasch. Die einmal okkupierte Lehne gibt er so leicht nicht auf, es sei denn, er muss beidarmig kämpfen, weil sein zweiter Sitznachbar nicht seine Begleiterin ist. (Frauen zeigen nur selten Lehnenkampfnatur, was aber keinerlei Schlussfolgerung zulässt. Gott bewahre!)
Der Feind geht nur ganz kurz auf Tuchfühlung, indem er den ins Territorium eingedrungenen Fremd-Ellbogen einfach wegschiebt und dabei so tut, als sei das nur Zufall. Quetscht sich ein Spätling durch die Reihe, gilt die goldene Faust- bzw. Armregel: Wer zuerst wieder sitzt, ist Lehnen-Chef.
Übrigens: Wirklich erfahrene Lehnen-Kämpfer führen niemals die Popcorn-Hand zum Mund, sondern neigen den Kopf zur Popcorn-Hand. Das sieht zwar seltsam aus, ist aber die ideale Lehnen-Verteidigungstaktik.

27. APRIL 1994

Obermans beim Fußball

Spätestens seit der Bürgermeister von Wien das Rathaus vorübergehend violett tapezieren ließ, um für die Fußballmannschaft von Casino Austria Salzburg vermittels Klubfarben beim Mittagessen eine heimische Atmosphäre zu schaffen, war klar: Eine Stadt bekennt sich. In Wahrheit bekannte sich gestern das ganze Land zu *unseren Salzburgern* und es ist ein Riesenglück, dass Barics Herzeige-Mannschaft das Wörtchen *Austria* im Klubnamen führt. Ganz zu schweigen von *Casino*.
Die Tage vor dem Europacup-Finale wurden selbstverständlich vom klassischen Satz *Da muss man dabeigewesen sein!* beherrscht. Man weiß ja, wer *man* ist. Das sind alle, die der Magie eines Supermegaereignisses nicht widerstehen können, wobei zwischen normalen Mans und Obermans zu unterscheiden ist. Interessant ist, dass viele Obermans nur deswegen herbeieilen, weil sie wissen, dass andere Obermans herbeieilen werden. Dabei darf man dann eben nicht fehlen. Für Obermans aus dem Bereich der Politik könnte sich das irgendwann womöglich zur Katastrophe auswachsen. Wahrscheinlich wäre es sogar taktisch klug gewesen, das gesamte Ernst-Happel-Stadion für diesen Dienstag zur Ehrentribüne zu erklären. So etwas hat man gern.
Aber man darf auch nicht ungerecht sein. Vielleicht wurden die Obermans gestern vom Fußballbazillus angefallen und kommen schon am Freitag in der Südstadt wieder zusammen — bei Admira-Wacker gegen Vorwärts Steyr.

7. MAI 1994

Neue Muttertagsgestaltung

Zu den zahllosen Großbaustellen Wiens zählt auch eine, die „Neugestaltung der Neubaugasse" heißt. Als Bewohner dieser Neubaugasse bin ich jetzt schon voller Glück, weil drei Viertel meiner Familie dank *Wiengas* endlich die Chance erhalten, aus einem jahrelangen Trott auszubrechen. Am morgigen Sonntag wird nämlich um 7 Uhr früh (bis mindestens 14 Uhr) das Gas abgesperrt und das bedeutet in unserem Fall: Keine Heizung, kein Warmwasser, keine Kochmöglichkeit.
Das Reizvolle daran ist, dass Muttertag ist. Der Tag, an dem die Kinder und ich gewohnt sind, Mutter bzw. Frau in unbeschreiblicher Weise zu verwöhnen.
Diesmal wird aber alles anders verlaufen müssen und das ist schön. Da es in Wien leider noch kein Heißwasser-Catering gibt, werden die Kinder und ich sicherheitshalber schon Samstag Abend vorduschen. Am Muttertag gegen zehn Uhr heben wir dann meine Frau aus dem Bett und tragen sie blumengeschmückt ins nahe Tröpferlbad (Hermanngasse), wo wir mit anderen Mütterträgern beraten wollen, was weiter geschieht. Da sämtliche Wirtshäuser im Bezirk längst ausgebucht sind, wäre die Errichtung einer öffentlichen Feuerstelle zu überlegen. Weitere Ideen will ich hier nicht verraten.
Zum Glück entschied *Wiengas*, die Gasleitung nicht erst am Montag abzusperren, da wäre nämlich niemand daheim und es hätte keine Kreativität hinsichtlich Muttertags-Neugestaltung gegeben.

28. JUNI 1994

Auswärtige und Mündige

Das Wiener Donauinsel-Fest, bei dem trotz 2,5 Millionen Besucher erfreulicherweise nur 20 Nasenbeinbrüche registriert wurden, bot auch am Montag noch Gesprächsstoff. Dem *Hörer-Telefon* von Radio Wien verdanke ich die Kenntnis folgenden Dialogs Anrufer/Moderator: *„Super war's! A bissel vü Auswärtige worn hoit do!" – „Ist doch schön, wenn auch die Grazer ..." – „Naa, naa, die maan i net, die inländischen Auswärtigen. Kollega von die andere Straßenseite ..." — Das zeigt, wie sensibel und weltoffen der Wiener geworden ist — das Wort Ausländer kommt ihm nicht mehr über die Lippen. Lieb.*

Einer aus dem vom ORF zur Fußball-WM entsandten Team zum Wundern stellte uns einen italienischen Schiedsrichter vor und sprach: *„Von Beruf ist er Systemanalytiker, was immer das ist. Es steht jedenfalls so in der Beschreibung."* — Was immer das im Zuhörer an Überlegungen auslöst — zu analysieren wäre einmal, nach welchem System am Küniglberg die mittlere Mikrofonreife ausgesprochen wird.

Peymann verlängert. Manchmal passiert es, dass Politiker Entscheidungen treffen, obwohl Zeitungskommentatoren anderer Meinung sind oder sein müssen. Das haben sie nicht gern, die Journalisten, und so dringen sie (s. „Krone") zum tiefsten aller Gedanken vor: *„Eines kann ich mir aber nicht vorstellen: dass Österreichs mündige Steuerzahler das alles bis zur nächsten Wahl vergessen werden."* Achtung: Es geht um unsere Mündigkeit!

2. SEPTEMBER 1994

Neues von ULP

Durch kleinere Zufälle kommt immer wieder ans Licht, dass Unsere Liebe Post (ULP) in ihrem Bemühen um besseren Kundendienst unermüdlich ist. Ich sehe förmlich vor mir, wie die ULP-Postkundenbefriedigungskommission in regelmäßigen Abständen zusammentritt und überlegt. Kommt sie zu einem Ergebnis, wird dies mittels internen Erlasses an das Personal weitergegeben und schon haben wir's wieder schöner.
Da zum Beispiel die langen Wartezeiten bei der Telefonauskunft ein steter Quell des Ärgernisses sind, wird derzeit an deren Behebung gearbeitet. Und das geht so: Eine viel beschäftigte Unternehmerin wollte bei der Auskunft die Telefonnummern von vier Firmen erfragen, worauf sie zunächst eine Auskunft über die Auskunft erhielt. Nämlich: *Wir dürfen nur drei Nummern bekannt geben.* Und zwar deshalb, *weil sonst die Leitungen zu lange blockiert sind.* Für die vierte Nummer müsse die Auskunftheischende eben noch ein zweites Mal bei der Auskunft anrufen. Blöderweise wollte die Postkundin aber nach Bekanntgabe der ersten gewünschten Nummer auch die dazugehörende Faxnummer wissen. *Das sind jetzt aber schon zwei Nummern,* sagte die Dame vom Amt warnend, was natürlich stimmte. Nach der dritten Nummer legte die Postkundin gehorsam auf und rief noch einmal an. Und dann noch einmal. Dazwischen hatte sie in der Warteschleife viel Zeit, um über ULP nachzudenken. Das Ergebnis ist vorstellbar.

19. SEPTEMBER 1994

Über die ARGE EIBU

Über die Eigenheiten der *Busspur* in der Großstadt ist nicht mehr viel zu sagen, zumal sie ohnehin schon in jedem besseren Kabarettprogramm Aufnahme gefunden hat. Was aber die wenigsten wissen: Es muss entweder in den Tiefen des Wiener Rathauses oder in einem finsteren Keller der Polizeidirektion die *Arbeitsgemeinschaft Einnahmen durch Busspur* (ARGE EIBU) ihren Sitz haben. Dort sitzen Spezialisten und denken darüber nach, wie die Finanzsituation der Stadt verbessert werden könnte, z. B. bei *Busspurwechsel.*

Alles ist ganz einfach, wie ein Beispiel aus der Burggasse beweist: Die Busspur auf der rechten Straßenseite endet (laut Bodenmarkierung) im Nichts, ehe sie 100 oder 200 Meter weiter auf der linken Straßenseite wieder beginnt. Im Busspurniemandsland befindet sich der Autofahrer daher

a) in keiner Busspur,

b) jedenfalls in einer Busspur, egal ob er rechts oder links fährt.

Nun tritt der polizeiliche Vertreter der ARGE EIBU in Aktion, der sich, weil nicht deppert, für die Variante **b)** entscheidet. Und so müssen Autofahrer wegen *vorschriftswidrigen Befahrens eines Fahrstreifens für Omnibusse* zahlen, was 600 Schilling kostet (siehe z. B. Anonymverfügung 9426 06 139201).

Vielleicht könnte die Bezirksvertretung Abhilfe schaffen, indem sie Freiwillige aufbietet, die zwischen Anfang und Ende der doppelten Busspur die Autos über den Gehsteig tragen. Um der ARGE EIBU ein Schnippchen zu schlagen.

11. JÄNNER 1995

Schalterlogik

Nicht eingelöste Versprechen zählen zu den Unerfreulichkeiten des Lebens. Deswegen legen sich zum Beispiel Telefonbautrupp oder Gaszählerableser bei der Ankündigung von Hausbesuchen nicht fest, sondern teilen mit, in welchem Zeitraum sie erscheinen werden. Meistens *zwischen 7 und 12 Uhr.* Das hat der Heimzusuchende gern, soferne er sonst nichts zu tun hat. Beispielsweise einem Beruf nachzugehen.

Ämter, Behörden und ähnliche Institutionen organisieren häufig unseren Tagesablauf, wobei sie mit unserer Zeit (die meistens wartend verbracht werden muss) ziemlich großzügig umgehen. Kollege G., einer dieser lästigen Journalisten, die sich mit eingefrorenen Zuständen nicht einfach abfinden, wollte bei der Wiener Gebietskrankenkasse den Impuls für ein großes Reformwerk auslösen. Jeder, der z. B. ein Rezept umschreiben lassen will, kennt ja die Situation: Es gibt drei Schalter, vor denen sich der Kassenkunde je nach Anfangsbuchstaben seines Namens anzustellen hat, was im Computer-Zeitalter ohnehin seltsam anmutet.

Da in dem Moment vor *A—H* etwa 30 Personen warteten, vor dem zweiten aber niemand, fragte G. die unbeschäftigte Beamtin keck, ob sie nicht einen Teil der Leute vom Nebenschalter abfertigen könnte. Da sprach diese: *Das geht nicht. Oft steht vor mir eine Schlange und die anderen Schalter sind leer.*

Solcher Logik kann man sich einfach nicht verschließen. Sie ist immerhin einzigartig.

10. FEBRUAR 1995

Prominentendefizit

Spätestens auf dem Wiener Opernball wird eine der essenziellsten Fragen des gesellschaftlichen Lebens wieder aktuell: Wer ist ein Prominenter? Daran knüpft sich eine weitere Frage: Wer adelt Menschen mit dem Prädikat prominent? Der Höhepunkt des Wiener Faschings leidet angeblich seit Jahrzehnten an Prominentenauszehrung, was ihn naturgemäß abwertet. Denn ohne Prominentenschneider, Prominentenwitwe oder Prominentenurologen ist ein Fest für die Nichtprominenz weniger lustig.
Die bisherige österreichische Faustregel *Wer schon öfter als zwei Mal in „Seitenblicke" etwas sagen durfte, ist prominent* gilt nicht mehr. Der Seitenblickewanderzirkus zieht ja geschlossen von Veranstaltung zu Veranstaltung. Die Repräsentanz der Prominenz ist somit inflationär, was alle miteinander aus der Sicht der Berichterstatter wieder in die Bedeutungslosigkeit zurückfallen lässt. Und wenn die dann sagen oder schreiben, dass keine Prominenten da waren, ist auch das Volk traurig. Allein der in die Durchschnittsprominenz hineingepflanzte Super-, Mega- oder Gigastar vermag noch, Ansätze von Stimmung aufkommen zu lassen.
Die Rettung kann nur Prominentenbörse heißen. Wer auf ihr notiert und festeshalber verpflichtet werden kann, müsste von einer Prominentenjury festgelegt werden.
Das Problem ist allerdings: Wer bestimmt diese? Da liegt Stunk in der Luft — ein Fressen für Prominentenanwälte.

18. FEBRUAR 1995

Verstaatlicht Rex!

Niemand soll glauben, dass in der (quantitativ) intensivsten Rücktrittsforderungswoche seit Bestehen der Republik nicht auch andere Wünsche unerfüllt blieben. Die Hiobsbotschaft kam aus heiterem Himmel: Kommissar Rex durfte nicht nur nicht gegen das Atomkraftwerk Mochovce unterschreiben, es bleibt ihm auch der Besuch des Opernballes verwehrt. Obwohl zwei gewichtige Protagonisten heimischen Balltreibens, nämlich Professor Antal Festetics und Lotte Tobisch, absolut dafür wären, den Fernsehhund in einer Loge zu platzieren. Rexens Frauerl, offenbar eine Ballbanausin, ist einfach dagegen.
Die Vorstellung, dass an der Seite von Sophia Loren statt Richard Lugner das televisionäre Wundertier über die Feststiege schreitet, ist atemraubend. Nur mit diesem Doppelpack könnte internationales Aufsehen erregt werden und der Opernball würde endlich jene Bedeutung erlangen, an die bisher nur seine Veranstalter glauben: Mittelpunkt des Weltgeschehens.
Aber noch ist nichts endgültig entschieden. Unterdessen wäre immerhin die Enteignung der Hundebesitzerin und eine Verstaatlichung des Volkslieblings zu überlegen. Der Abgerichtete als Ablenker. Rex als Beisitzer auf Löschnak-Pressekonferenzen, Rex neben dem Rednerpult im Hohen Haus, Rex mit Hesoun auf Imagetour usw. Die Republik braucht diesen Hund.
Tun Sie was, Herr Bundeskanzler! Oder treten Sie zurück!

3. APRIL 1995

Volk der Brasiler

Die Leserin Friederike H. aus Wien sah im Fernsehen ein Fußballspiel und fragt nun an, warum die Staatsbürger von Lettland *Letten* und nicht *Lettländer* heißen. Und nach welcher Logik überhaupt wir irgendwelche Staatsbürger so nennen, wie wir sie nennen. Ihr gefiele zum Beispiel im Falle von Burgenland bzw. Grönland die Bezeichnung *Burgen* und *Grönen* besser. Gar nicht zu reden von *Russländer*.

Mich beschäftigt diese Frage auch, denn seit vor geraumer Zeit einer der unvergleichlichen Sportreporter des ORF die Zuschauer mit der Wendung *Brasiler* überraschte, habe ich zumindest innerhalb der eigenen Familie den Einwohnerbezeichnungsliberalismus ausgerufen. Die nun schon erwachsenen Kinder kennen praktisch nur noch *Belger, Portugaler, Dänemärker, Frankreicher, Keniatoren, Großbritanner, Kubasen, Kanader, Tirolen, Indier, Costaricesen* oder *Bophuthatswaninger.*

Der von mir aus aktuellem Anlass konsultierte Wiener Sprachgelehrte Univ.-Professor Dr. Manfred Mayrhofer mochte sich zu dieser Sprachregelung nicht äußern, weil er ein seriöser Mann ist. Grundsätzlich meinte er, die Sache sei schwierig, weil eine automatische Bildung so gut wie unmöglich sei. Oft hänge sie mit der Sprache des betreffenden Landes zusammen. Analogien und Gegenbeispiele fänden sich immer. Sein Kernsatz: Wer nach der Regel bilde, blamiere sich regelmäßig.

Das merke ich mir — so wahr ich ein geborener Steiermarker bin.

2. APRIL 1995

Von Rekord bis Krokodil

Leser M. fragt bei mir an: *Ich gab in Götzis, Vorarlberg, an einem Mittwoch früh einen Expressbrief nach Wien auf, der Dienstag darauf gegen 16 Uhr am Bestimmungsort eintraf. Was sagen Sie dazu?* Unglaublich, das würde ja bedeuten, dass der Expressbote täglich 93,4 km zurückgelegt hat, um schon am Dienstag Wien zu erreichen. Wahrscheinlich schaffte das Zustellungskunststück eine aus laufwilligen Postlern bestehende Expressboten-Stafette.

Eine Wienerin war über die Tatsache irritiert, dass ihr verstorbener Vater auf einem amtlichen Dokument unter seinem Namen als *Pensionistin* bezeichnet wurde. Ihre telefonische Nachfrage in der betreffenden Schreibstube brachte keine Klärung, jedoch eine Gegenfrage: *Na und tuat Ihnen des weh, wenn dort Pensionistin steht?* — Nein, das tut es nicht. Weh tut höchstens, dass man am Bezirksgericht Hietzing einen Fehler so kommentieren zu müssen glaubt.

Kleinanzeige in der „Presse":**„KÄRNTNER** sucht seine Biofrau — groß, schlank, gesund an Seele und Körper, amateriell und frei — als Pendant für ein erfülltes, gemeinsames Leben." — Wer weiß, ob es außerhalb von Kärnten so ein Wesen überhaupt gibt?

Steffi Werger löste in Ö3 das Rätsel, warum es zuletzt um sie stiller wurde: *„I lass net gern mein Oasch unter der Bettdeckn fotografieren."* Schade, es wäre schon rein technisch eine Herausforderung für jeden Fotografen gewesen.

Die schlechte Nachricht: Franz Antel wurde auf Sumatra von einem Krokodil gebissen. Die gute: Er hatte noch die Kraft, den Zwischenfall per Fax dem KURIER zu melden.

22. APRIL 1995

Flexibilität bei ULP

Diese Nachricht wird sogar jenen Linzer Postgewerkschafter freuen, der mir einst brieflich empfahl, mich wegen eines offensichtlichen Postsyndroms in psychiatrische Behandlung zu begeben: ULP, also Unsere Liebe Post, ist flexibler, als wir glauben.
Den Nachweis dafür erbrachte eine Beamtin auf dem Postamt von Ternitz, Niederösterreich. Dort wollte ein Kunde, der einen Einschreibebrief aufgab, eine Bestätigung für den bezahlten Betrag haben. Die Beamtin verwies darauf, dass dieser ohnehin auf der „Einschreibe"-Bestätigung aufscheine, aber der Kunde wollte dennoch eine eigene Bestätigung. Für die Buchhaltung seiner Firma. Die Zusatzbestätigung koste sechs Schilling, sagte nun die Beamtin, worauf der Kunde logischerweise fragte, ob auch eine Bestätigung für diese Zusatzbestätigung etwas koste. In diesem Moment muss im Kopf der Postbeamtin eine horrible Vision abgelaufen sein: Sie sah sich an ihrem Schalter sitzen, Bestätigung um Bestätigung einer Bestätigung ausfüllend — und kein Ende ist abzusehen. Zwar würde ILP, also ihre liebe Post, an der Bestätigungsorgie jeweils öS 6,— verdienen, aber die Frage, ob der eigene Arbeitsaufwand dafürsteht, muss bei der Beamtin den entscheidenden Impuls für die folgende Amtshandlung ausgelöst haben: Sie stellte die ursprünglich gewünschte Zusatzbestätigung aus und verlangte — nichts. Wenn das nicht flexibel ist, was dann?

Tutnichtszursache

Im österreichischen Beamtentum ist die *Formalität* ein unumgänglicher Bestandteil des Arbeitslebens. Die reine *Form*, also die Art des Umgangs unter Menschen, ist im Beamtenleben hingegen keineswegs zwingend. Aber sie kann Rätsel aufgeben.
Dieser Tage rief ein österreichischer Untertan bei der Familienbeihilfestelle des Finanzamtes 1050 Wien, Kriehubergasse, an. Nach angemessener Wartezeit kam um 11.40 Uhr eine Verbindung zustande.
„Familienbeihilfestelle", sagte eine männliche Stimme, worauf der Anrufer Namen und Begehr nannte. Wie immer in solchen Fällen war der Gesprächspartner nicht zuständig. Er verwies auf eine Kollegin, die sei jedoch bis 13.30 Uhr in der Mittagspause. *„Mit wem spreche ich?"*, fragte der Untertan, worauf der Beamte sagte: *„Tutnichtszursache!"* Der Untertan fragte weiter: *„Und wie heißt die Dame?" – „Tutnichtszursache!"*
Die Wahrscheinlichkeit, dass auf einem Wiener Finanzamt ein Ehepaar namens Tutnichtszursache arbeitet, ist natürlich nicht auszuschließen, trotzdem wollte der Untertan an eine solche Möglichkeit nicht glauben. Er fragte also noch einmal nach dem Namen. *„Warum wollen Sie das wissen?"*, fragte der Beamte zurück. Weil das unter kultivierten Menschen kein unbilliges Verlangen sei, sagte der Untertan, worauf der Beamte meinte: *„Das ergibt nur Schwierigkeiten!"*
Gegen ein solches Argument ist kein Kraut gewachsen. Da fährt der Bundesstempel drüber.

15. MAI 1995

Utopie und Realität

Ich weiß nicht, wie lange es noch dauert, aber eines Tages wird sich in diesem Land jemand hinsetzen und ein Buch über den Kundendienst der Post schreiben.
Es könnte ein Bestseller werden, z. B. dann, wenn ein Kapitel so heißt: *Als ich es ein Mal schaffte, mit nur einem Anruf und ohne Wartezeit an den zuständigen Beamten zu gelangen.*
Das ist natürlich reine Utopie, denn der Autor, dem solches Glück widerfährt, wird erst irgendwann geboren werden. Wenn überhaupt.
Von den schon lebenden berufsmäßigen Schreibern könnte immerhin Marie-Thérèse Kerschbaumer einen anderen Postaspekt literarisch verarbeiten. Die Autorin der „Versuchung" konnte diese Woche einer solchen nicht widerstehen, sie wollte kühnerweise bezüglich einer Unklarheit bei ihrer Telefonabrechnung telefonisch eine Auskunft einholen. Und erlebte die bekannt bunte Mischung aus Tonband, Warteschlange, Freizeichen, tote Leitung, Besetztzeichen, Weitervermittlung, falsche Verbindung, Nummernbekanntgabe, Weiterempfehlung usw.
Aber als sie sich in der Postdirektion endlich bis zur gewünschten Amtsaufsicht vorgekämpft hatte, kam der aus einer bemerkenswerten Pointe bestehende Lohn für alle Mühen.
Es hob zwar eine Dame ab, sie erklärte jedoch mit dem Ausdruck des Bedauerns etwas, dem nichts mehr hinzuzufügen ist:
„Der zuständige Beamte ist in Pension gegangen!"

10. JULI 1995

Der Brücken-Gag

Wenn ein Mitglied der vom Magistrat beschäftigten Geldbeschaffungstruppe stundenlang durch Wien streift, um nach sündigen Verkehrsteilnehmern Ausschau zu halten, kann das natürlich fad werden. Gut möglich, dass daher so mancher plötzlich beschließt: Heute lass ich mir einmal was Lustiges einfallen.
Der ideale Platz dafür ist z. B. ein sogenannter Stadtbahnbogen auf dem Hernalser Gürtel. Dort setzt der Geldbeschaffer einen Akzent, dessen vorläufiges Ende in einer *Anonymverfügung* besteht: 600 Schilling Strafe für *Abstellen des Fahrzeuges auf einer Brücke*. Das Heitere an dem Fall ist: Da es unter der *Brücke* weder ein Halteverbot noch ein Parkverbot gibt, wurde der Standort des Fahrzeuges vom Geldbeschaffer *auf* die Brücke verlegt. Dort gibt es zwar nur die Schienen für die U6, aber das macht nichts.
Die wirkliche Gaudi beginnt ja erst. Und zwar für den Autobesitzer. Der muss in einer Berufung nachweisen, dass er sein Fahrzeug (in Ermangelung einer Auffahrtsrampe) n i c h t auf die Brücke getragen und somit n i c h t den U-Bahn-Verkehr behindert hat. Berufen kann er aber erst, wenn er die Anonymverfügung wegschmeißt und wartet, bis die Strafanzeige eintrifft. Die Strafe wird sich bis dahin erhöht haben, denn 200 Schilling Verwaltungsgebühr für die nicht bezahlte Anonymverfügung kommen dazu.
Das Schöne ist jedenfalls, dass bei uns auch Schwachsinn konsequent verwaltet wird.

1. NOVEMBER 1995

Verletztengespräch

Gern spricht der österreichische Mensch über seine Krankheiten. Treffen zwei Kranke aufeinander, gibt es überhaupt kein Halten mehr.
Am 31. Oktober gegen 8.30 Uhr fand in den Warteräumlichkeiten des Meidlinger Unfall-Spitals, Abteilung Wundversorgung, ein Krankheitsgespräch statt, das in Wirklichkeit ein Verletztengespräch mit Erholungshintergrund war. Objekte des Erfahrungsaustausches waren ein bläulich schimmernder kleiner Finger (1. Glied, linke Hand) und eine verletzte kleine Zehe (rechter Fuß).
Die Besitzerinnen von Finger bzw. Zehe (zwei Damen um die 40) schildern zuerst den Unfallhergang (Fleischwolf stürzt auf Finger bzw. Fuß prallt gegen Kastel-Kante), dann aber kommt das wahre Problem ans Licht. Der Arzt, so klagt die Finger-Frau, wolle sie nur für 14 Tage krankschreiben, sie hingegen habe mit mehr gerechnet und eine Reise in die Dominikanische Republik (günstiges Fingerheilungs-Klima, Anm.) gebucht. Diese Mitteilung beunruhigt die Zehen-Frau, die, wie sie nun erzählt, auch schon gebucht hat, nämlich Gran Canaria (dzt. ideale Zehengenesungs-Temperatur, Anm.).
Ohne zu wissen, ob für die beiden doch noch alles klappt, halte ich fest: Wenn die Ärzte beim Krankschreiben nicht einmal auf die einfachsten Bedürfnisse der Patienten Rücksicht nehmen, dürfen sie sich nicht über fehlende Wertschätzung wundern.

19. DEZEMBER 1995

Abenteuerkurzurlaub

Eine Reise, die ist lustig. Und so begab ich mich auf einen eintägigen Abenteuerurlaub nach Salzburg.
Zuerst habe ich dem Taxifahrer *S 856 DK* zu danken, dass er mir nicht ein paar Watschen gegeben hat, weil ich mein Aktenköfferchen ins Wageninnere mitnehmen wollte. Statt dessen errichtete er nur unter *„Nix da!“*-Rufen vor der offenen Taxitür eine Taxifahrerkörperblockade. Ein anderer Taxler nahm mich dann doch samt Koffer mit, er meinte, der Kollege sei halt ein Trottel, im Übrigen wäre der Vorfall aus medizinischen Gründen wertvoll, denn abflauender Ärger wirke sich günstig auf das Nervensystem aus. Das hat mir gut gefallen.
Hauptsächlich habe ich den ÖBB zu danken, weil wir trotz 80 Minuten Verspätung pünktlich abfuhren. Es wurde einfach ein Zug eingeschoben. Die etwas mehr als öS 1100,— waren also gut investiert. Nach einstündiger Fahrt hatte es schon fast 8 Grad (+) im Abteil, bei der Durchfahrt in Gunskirchen öffnete ich daher den obersten Wintermantelknopf, nahm den Hut ab und klopfte mir vergnügt aufs linke Eisbein. Da sicherheitshalber kein Speisewagen mitgeführt wurde, aß ich zum Frühstück die eigene Zahnpasta und war auch sonst voller Überlebenseinfälle. Der blauhändige Schaffner taute richtig auf, als ich ihm versprach, via Zeitung für das Zug-Personal eine Kälte-Zulage anzuregen. Als er mich zum Dank in Wien aus dem Zug hob, kamen mir die Tränen. Es war einfach rührend. Bis bald, ÖBB!

21. MÄRZ 1996

Die Verwaltungslücke

Kürzlich habe ich zum ersten Mal das Wiener Verkehrsamt betreten, was sehr interessant war. Man möchte nämlich gar nicht für möglich halten, wie dicht die Geruchsatmosphäre in einem überheizten Bürogebäude sein kann. Der vergnügte Hermes Phettberg würde es wahrscheinlich freiwillig nie wieder verlassen.
Unterdessen kann ich aber wieder frei atmen, wenngleich die Jagd nach einem Führerschein-Duplikat noch einen zweiten Besuch nötig macht. Bis zur Ausfolgung der rosaroten Trophäe arbeitet das Amt ja zwei Wochen. Bis dahin hat man aber immerhin Zeit genug, um z. B. über ein Detail auf dem Antragsformular („Vorname der Eltern") nachzudenken. Unglaublich, wie leichtfertig die Polizei an diese wichtige Frage herangeht. Warum besteht sie nicht darauf, für die Eintragung die Vorlage der elterlichen Geburtsurkunden zu verlangen? Man muss sich nur vorstellen, wozu solche behördliche Schlamperei führen kann: Ein Kindskopf schreibt *Fritz, Maria* ins vorgesehene Kästchen, aber in Wahrheit heißen seine Eltern **Hubert, Berta**. Und trotzdem fährt so jemand frech mit dem Auto herum. Womöglich haben überhaupt schon Tausende Führerscheinbesitzer das Verkehrsamt mit falschen Elternvornamen gepflanzt. Wer garantiert uns, dass eine Elternvornamenüberprüfungskommission all diese Fälschung irgendwann aufdeckt?
Wir lernen: Österreichs Verwaltung weist gefährliche Lücken auf.

21. MÄRZ 1996

Sheriff-Vergatterung

Ich stelle mir das so vor: In regelmäßigen Abständen lässt in den Tiefen des Wiener Rathauses der Oberparksheriff all seine Parksheriffs vollzählig zur Vergatterung antreten, um ihnen ihre Aufgaben in Erinnerung zu rufen. Er spricht: Liebe Kolleginnen und Kollegen! Im Sinne der von uns angestrebten weiteren Entfremdung zwischen unserer Elitetruppe und dem gemeinen Autofahrervolk, das in Vorwahlzeiten auch gerne „Bürger“ genannt wird, fordere ich Sie auf, auch in Zukunft keine menschlichen Anwandlungen zu zeigen. Denn Sie sind von uns ausschließlich deshalb ausgewählt worden, um möglichst viel Geld herbeizuschaffen. Wir brauchen es nämlich dringend für das Rathaus-Budget.
Bleiben Sie daher in Zweifelsfällen hart und unbeugsam! Lassen Sie sich mit Parksündern auf keinerlei Diskussion ein! Die Täter könnten nämlich einleuchtende Argumente haben. Kleinere provozierende Randbemerkungen Ihrerseits sind jedoch erwünscht, da die Täterreaktion darauf nicht selten zu noch höheren Einnahmen führen kann. Autofahrer, die auf frischer Tat ertappt werden, sind keinesfalls aufzufordern, n i c h t an dieser Stelle zu halten! Im Gegenteil: Warten Sie in sicherer Entfernung, bis der Täter sein Fahrzeug verlassen hat, und schlagen Sie dann zu!
Lassen Sie mich zuletzt noch eine Warnung aussprechen: Wer ein Auge zudrückt, fliegt!
Abtreten zur Geldeintreibung!

24. MÄRZ 1996

Aufschlussreiche Worte

Univ.-Prof. Dr. Peter Skalicky lehrte uns in der ORF-Pressestunde: *Vorhersagen sind immer schwer, besonders wenn sie die Zukunft betreffen.* — Wahrscheinlich hat er recht, es wäre aber noch festzuhalten, dass es in diesem Land für manche nicht einmal leicht ist, die Vergangenheit klar zu sehen.

Nach einem Kompliment von Walter Schiejok hinsichtlich ihres großen Selbstvertrauens enthüllte die beliebte Plaudertante Lotte Tobisch: Nach 50 Jahren Bundestheater — wenn man da kein Selbstvertrauen hat, ist man tot. — Man wird die lebenden Bundestheater-Mitglieder künftig mit anderen Augen sehen müssen.

Apropos Kunst: Das Schönste auf den Kulturseiten der Zeitungen sind immer die Überschriften. Auf der Suche nach dem Wochensieger machte es mir der „Standard" diesmal besonders schwer. Einträchtig nebeneinander fanden sich am Donnerstag unterhalb von
Des Zehengangs metaphorische Schwere die Titelzeilen **Musikalischer Meteoritenhagel im Konzerthaus** sowie **Ekstasen des Drehwurms.**
Bei so viel Qual der Wahl entschied ich mich neutralerweise für **Steine verhallen ins Nichts**
aus den „Salzburger Nachrichten".

In der wöchentlichen Lach-Nummer, dem *editorial* von „News", fehlte diesmal eigentlich nur noch diese Mitteilung zum Fall Olivia: nämlich, dass Herausgeber Wolfgang Fellner persönlich den rettenden medizinischen Eingriff vorgenommen hat.

10. APRIL 1996

Selbstbezettler Nr. 9

Es ist ja wirklich nicht so, dass bei unserer lieben Post (ULP) ständig nur Sachen zum Wundern passieren. Man möge ULP nicht unterschätzen, es gehen von dort auch wertvolle Impulse hinsichtlich der Kopfarbeit ihrer Kunden aus.
Ich stelle mir das so vor: Es treffen einige Amtsräte zusammen, die sich etwas ausdenken. Zum Beispiel eine Wortkreation, die ihrerseits wieder (außerhalb der ULP-Mauern) Denkprozesse auslöst.
Nehmen wir den Fall des Bürgers Günther B., dem eines Tages ein Paket zugestellt wurde, auf dem ein Kleber prangte. Der Empfänger las:

1070 Wien
Selbstbezettler Nr. 9

Nun hätte er natürlich zur Tagesordnung übergehen können, aber nein, der Mann nahm den Impuls von ULP dankbar auf und begann sogleich über das herrliche Wort *Selbstbezettler* nachzudenken. Ist das eine neue amtliche Berufsbezeichnung, vielleicht sogar ein Amtstitel? Wer ist der Selbstbezettler wirklich? Ein Postler? Der Paketabsender selbst?
Oder gibt's auf den Postämtern neuerdings raffinierte Automaten, die selbst bezetteln? Wer bezettelt sonst, wenn's keiner von den Genannten tut? Gibt es auch Bezettler, die nicht selbst bezetteln, sondern andere damit beauftragen?
Wie viele Selbstbezettler bezetteln auf dem Postamt 1070 Wien? Mehr als neun? Was machen die anderen acht Bezettler, wenn Nr. 9 gerade selbst bezettelt?
Ich glaube, seit der unterdessen verblichenen *Rufnummernbeauskunftung* ist der *Selbstbezettler* ULPs vielleicht größte Tat. Irgendwie ist man dankbar.

27. APRIL 1996

Der Wohnungsstürmer

Kräftige Männer, die mit Anlauf gegen eine verschlossene Tür rennen, um diese mit Schultereinsatz gewissermaßen aufzusprengen, kennen wir aus jedem schlechteren Film. Es gibt sie aber auch im Alltagsleben, z. B. in Tulln.
Die Situation: In einem Haus in der Nibelungenstraße fliegt krachend die Eingangstür auf und ein massiger Mann durch diese herein. Ein sechsjähriger Bub, der zufällig hinter der Tür steht, wird an der Schulter getroffen und leicht verletzt. Sein fassungsloser Vater brüllt den Eindringling an, doch der kontert mit *„I kann ja net wissen, dass wer hinter der Tür steht!"* Es folgt ein heftiger Wortwechsel, ehe der rasende Eindringling mit den Worten *„Ihr seids ja alle ang'schütt'!"* davonstürmt.
Die Frage ist: War das ein Einsatz von EDOK zur Bekämpfung der organisierten Kriminalität? Falsch, der Wohnungsstürmer war ein Mann von der Post. Aber kein Telegrammbote, sondern der Chauffeur des Postautobusses *BD 14.973.*
Was ihn zu dem Überfall veranlasste, war ein vor dem Haus (im Halteverbot) geparkter Pkw. Und da zugleich gegenüber ein Lkw abgeladen wurde, konnte der Postbus nicht vorbei. Für den Chauffeur war alles klar: Der Pkw gehört zu dem Haus! Und so ward er flugs zum Racheengel bzw. zum Post-Rambo.
Abgesehen davon, dass seine Annahme falsch war, erhebt sich eine weitere Frage. Nämlich die, ob ein Berufsfahrer, der dermaßen die Nerven verliert, nicht woanders besser aufgehoben wäre. Etwa als Eilbote, denn da stünde er bei unserer lieben Post (ULP) nicht unter solchem Zeitdruck.

20. MAI 1996

Gesetzestextkünstler

Kürzlich fand in Wien ein vom Wirtschaftsbund initiiertes Symposion mit dem Titel „Stopp der Gesetzesflut" statt. Mir persönlich täte eine Reduzierung des Gesetzesauswurfs leid, weil die Gefahr besteht, dass eines Tages womöglich auch die besten Verfasser von Gesetzestexten in der Versenkung verschwinden. Zum Wesen eines Gesetzestextes gehört ja auch, dass ihn jeder versteht.
„Militärflugzeuge sind Luftfahrzeuge, die das Kennzeichen eines Militärfahrzeuges tragen" — versteht jeder.
Gesetzestexter sind irgendwie arme Teufel, weil die absolut nötige Unmissverständlichkeit ihrer Hervorbringungen oft Spott auslösen. Etwa dieses: *„Wenn der für tot Erklärte persönlich vor Gericht erscheint und die Aufhebung der Todeserklärung verlangt, so hat das Gericht ...die Aufhebung der Todeserklärung auszusprechen"*. — Wäre das nicht so deutlich festgeschrieben, hätten sich vielleicht schon viele irrtümlich für tot Erklärte aus Verzweiflung in eine Gruft fallen lassen.
Apropos: Ein Text wie *„Die Friedhofsverwaltung führt eine Sammelgruft, in der vorübergehend Verstorbene beerdigt werden"* lässt natürlich Fragen offen, weil die vorübergehend Verstorbenen ja irgendwann wieder aus der Gruft herauswollen, was aber grad bei Erdgruften nicht leicht sein dürfte.
Verordnungstexte sind eigentlich immer sehr interessant. Ich gebe allerdings zu, dass ich über diese (Dienstordnung der Stadt Wien) noch nachdenken muss: *„Lassen die besonderen Umstände des Dienstes eine genaue Einhaltung der halben Arbeitszeit nicht zu, so kann sie so weit überschritten werden, als es nötig ist, um ihre Unterschreitung zu vermeiden."*

26. MAI 1996

Kopfstücke-Verliererspiel

Schon lange quält mich die Gewinnspiel-Eifersucht. Überall können Leser etwas gewinnen, vom lebenslangen Monatsgehalt *(„Gewinnen Sie den Himmel auf Erden!")* bis zum Plastik-Stereoturm. Das muss anders werden. Willkommen daher beim Kopfstücke-Medien-Verliererspiel!

1. Frage

Diese Woche erschien in einem Printmedium der Satz *„NEWS entwickelt sich immer mehr zum führenden Diskussionsorgan in diesem Land"*. War das

a) der Titel einer Österreich-Geschichte in der „New York Times"?

b) eine Verlautbarung im Amtsteil der „Wiener Zeitung"?

c) der Beginn des letzten *editorial* von „News"?

2. Frage

Die „Ganze Woche" verriet in einer Schlagzeile: *Hühner schlagen zurück!* Fiel dieser offenbar auf einem Weltkongress der Hühner getroffene Entschluss,

a) damit die Hühner endlich aus dem Schatten der Rinder treten, indem sie den Salmonellen-Wahnsinn ausrufen?

b) weil sie sich die volksmündliche Wendung *verrücktes Huhn* nicht länger gefallen lassen?

c) um in Form massiver Hühnerzusammenballung das Dauer-Gegacker des *Fensterguckers* vom „Woche"-Schwesternblatt zu übertrumpfen?

3. Frage

Im Sportteil des KURIER war diese Woche folgende Meldung zu lesen: *Vier Tage vor seinem 83. Geburtstag unterlag Willi Daume in München einem Krebsleiden.* Zu welchem Zeitpunkt hat der Verfasser diesen Satz niedergeschrieben?

a) Vor Urlaubsantritt (Wolkenkuckucksheim).
b) Während einer Tennis-Übertragung aus St. Pölten (ORF-live).
c) Nach einer ausgedehnten Mittagspause im Wirtshaus (Neubau-Schenke).

Unter den Einsendern der richtigen Antworten wird ein Verlierer verlost. Den Preis darf er selber auswählen:
a) 3x täglich „Schiejok täglich“ anschauen.
b) 10 x 90 Minuten Fußball mit Peter Elstner.
c) 50 Gedichte von Wolf Martin auswendiglernen.

9. JUNI 1996

Zum Vatertag

Seit dem Muttertag warten Tausende Väter sehnsüchtig auf den Vatertag, um sich auch einmal so richtig verwöhnen zu lassen. Heute ist es endlich so weit.
Die beglückende Einrichtung Vatertag dürften wir dem Handel verdanken. Der Handel, das unbekannte Wesen (mal fordert er, mal weist er zurück, mal protestiert er) positionierte den Vatertag in gebührendem Abstand zum Muttertag, weil sich die Väter von dessen Mühen erst erholen müssen. Aber wenn der große Tag erst da ist (merkwürdigerweise ist er im Gegensatz zum Muttertag nicht kalenderwürdig), sollte der Frohsinn kein Ende kennen.
Ich stelle mir einen ordentlichen Vatertag so vor: Während ich noch tief schlafe, schleicht meine Frau heimlich in die Küche, um ein Festfrühstück vorzubereiten. Die Kinder sind noch früher aufgestanden und strömen aus ihren Bastelecken. Vielleicht erfreuen sie mich mit der einst von Loriot erfundenen laubgesägten Brieftasche oder dem gehäkelten Zündholzschachteletui, man weiß ja nie.
In größter Vorfreude bin ich bereits hellwach, wage aber nicht, überraschend zu erscheinen. Durch die Tür höre ich es rascheln und murmeln: Meine Tochter verpackt und vermascherlt, mein Sohn memoriert die Eigenkreation eines Vatertagsgedichtes. Aber irgendwann ist es so weit — die Schlafzimmertür fliegt auf und ein Füllhorn familiärer Liebe ergießt sich über mich. Und wenn der gute Bub den Reim *„Viel Gutes für uns tat er, der herzensgute Vater"* vorträgt, weinen wir (aus gutem Grund) ein bisschen und ich trage zur Feier des Tages den Mistkübel in den Hof.
Es könnte natürlich auch sein, dass eine alte Familientradition beibehalten wird. Und ich am Montag meinen verblüfften Lieben mitteile: „Gestern war übrigens Vatertag!" Und die werden wie immer sehr herzlich lachen.

23. AUGUST 1996

Herzlichen Glückwunsch!

Irgendwo muss es in diesem Land ein erstklassiges *Schulungszentrum für die Konzeption von Direct-Mailings* geben. Es fasziniert mich, mit welcher Genialität sich die Marketing-Strategen ihren potentiellen Kunden nähern. Gestern traf z. B. Post vom Meister-Verlag aus Salzburg zu Hause ein, die mit einem *Herzlichen Glückwunsch, Herr Hufnagl!* begann und in einer Frohbotschaft die entsprechende Fortsetzung fand: *Sie gehören zu dem ausgewählten Personenkreis, der berechtigt ist, ein fantastisches Willkommenspaket zu erhalten.* Und: *Heute ist Ihr Glückstag!*
Wer will schon an seinem Glück vorbeigehen? Im Grunde ist ja völlig belanglos, womit man es macht, im konkreten Fall sind es unter anderem *55 Gratis-Geschenke!* Und Gratis-Geschenke sind allemal erfreulicher als Geschenke, für die man bezahlen muss. Ich werde daher innerhalb von 10 Tagen das *Anforderungs-Zertifikat* einsenden, weil es in dem Fall noch eine *Extra-Überraschung* gibt, nämlich ein *tolles Taschenmesser*. Gar nicht zu reden von der Chance, bei einer Verlosung etwas noch Tolleres zu gewinnen.
Das Tollste an diesem Angebot ist, dass es mich zwar absolut nicht interessiert, aber als Mitglied eines *auserwählten Personenkreises* kann man sich ihm nicht entziehen. Wahrscheinlich.

Direct-Mailings gingen auch an die Wiener *Herrn Mag. Gerhard R.* und *Herrn Dr. Christian L.* Das Institut Humboldt empfiehlt: Holen Sie jetzt Ihre Matura nach! Die Herren verzichten, weil ihnen ihr akademischer Grad genügt. Man muss ja wirklich nicht alles haben.

8. SEPTEMBER 1996

Aus der Polizeiarbeit

Der Polizei entgeht so gut wie nichts. Ein Wiener, der mit dem Auto über den Franz-Josefs-Kai fuhr, erhielt eine Strafverfügung über 1000 Schilling: *... als Lenker d. Pkw mit dem Kz. W-9532A war am Heck ein Fahrrad montiert, durch welches das Kennzeichen verdeckt wurde und daher nicht ablesbar war.* — Ja, unsere tüchtige Exekutive. Wahrscheinlich ist der Beamte dem Auto so lange nachgelaufen, bis er es überholen konnte, um das Kennzeichen vorne ablesen zu können.

Dass Autofahrer Polizisten gelegentlich in eine Falle locken, soll nicht verschwiegen werden. Wie aus einer *Verständigung* der Bundespolizeidirektion Wien zu entnehmen ist, wurde im Prater dieser Tatbestand registriert: *Abstellen eines Fahrzeuges in einer Baumkrone.* — Das ist neben dem Kunststück ein wirklicher Bosheitsakt: Indem der Besitzer sein Auto so hoch oben in einer Baumkrone abstellte, konnte der Beamte (Dienstnummer 556) die Fahrzeugtype nicht erkennen, weshalb aus einem Cabrio ein *KKW* (Kombi) wurde. Er wird sich das aber sicher näher anschauen, wenn das Fahrzeug im Herbst mit dem Laub abfällt. Soferne er nicht grad in der Baumschule sitzt.

Die *International Police Association (IPA), Sektion Österreich* hat eine Broschüre mit dem Titel „Drogen sind verlogen" aufgelegt. Nach einem Vernünftigkeits-Appell an potentielle Süchtige folgen bald (Kapitel „Drogensteckbriefe") interessante Informationen. Zum Beispiel alle Details, wie man die harte Haschischplatte überhaupt für den Genuss bearbeiten muss. Haschisch, lernen wir weiter, kann man nicht nur rauchen. *Weitere Genussmöglichkeiten sind: Das Harz mit einer Flüssigkeit,*

meist Alkohol, einzunehmen oder es einfach dem Essen beizumengen. Und sollten Neueinsteiger selbst Coca-Blätter bearbeiten wollen, Achtung: *Für den Genuss werden die Rippen des Blattes entfernt.* Usw. usw.
Es ist natürlich ein gut gemeintes Heftchen. Allerdings mit einem gewissen Grad an Verrücktheit.

25. NOVEMBER 1996

Sensibilitäten

Es war ein Vorfall der selteneren Art: Der junge Mann stieß allerlei Verwünschungen aus, riss einen Hundert-Schilling-Schein in kleine Stücke und trommelte sodann mit den Fäusten gegen ein großes U.
Menschen, die nur gelegentlich mit öffentlichen Verkehrsmitteln unterwegs sind, werden natürlich sofort wissen, was da los war: Jemand ohne Kleingeld hatte erfolglos versucht, sich aus einem Fahrscheinautomaten der Wiener Verkehrsbetriebe zu bedienen. Der anschließende Tobsuchtsanfall war vermutlich mit der Sensibilität des verhinderten U-Bahn-Fahrers in Zusammenhang gestanden. Es sollen ja schon Leute gesehen worden sein, die auch nach dem 17. Fehlversuch am Fahrscheinautomaten ruhig bleiben, ehe sie dann schwarz fahren. Vier Möglichkeiten gibt es logischerweise, um einen Hunderter in den Schlitz der hochempfindlichen Automaten zu schieben. Ich kenne jemanden, der es 32 Mal geduldig versuchte und dann aufgab — er hatte nämlich keinen 9. Hunderter in der Tasche. Dann fuhr er ohne Fahrschein und wurde prompt von einem Kontrollor erwischt. Die Erklärung des Schwarzfahrers („Ich bin ja nur auf den Weg in die Nationalbank, um für eure Automaten meine Hunderter gegen druckfrische auszutauschen!") kam nicht gut an.
Vielleicht könnten die Verkehrsbetriebe kleine Holzkisterln zur Aufbewahrung von ungefalteten Geldscheinen auflegen. Damit man für den Fall der Fälle gerüstet ist. Wenn nicht, wird sich eine andere Möglichkeit finden, die Fahrgäste zu pflanzen.

Phasen eines Versuches

Lehrreich ist das Zusammenleben des Bürgers mit der Obrigkeit. Es kann sich in Wien z. B. so abspielen:

PHASE 1: Anruf bei der Arbeiterkammer. Fünf Minuten Warteschleife, dann: *„Guten Tag, mein Name ist... Ich hätt' gern eine Auskunft. Kann ich als EU-Bürgerin eine geförderte Eigentumswohnung kaufen oder ist dafür die österreichische Staatsbürgerschaft zwingend vorgeschrieben?"* – *„Ich verbinde"*. 15 (!) Minuten Wartezeit, dann: *„Guten Tag, mein Name ist... Ich hätt' gern..." usw. – „Das weiß ich nicht, da müssen Sie das Mietertelefon im Rathaus anrufen, die Nummer ist 4000-800!"*

PHASE 2: Anruf im Rathaus. Eine Minute Warteschleife, dann: *„Guten Tag, mein Name ist..." usw. – „Dafür bin ich nicht zuständig, da müssen Sie die MA 62 anrufen!"*

PHASE 3: Anruf bei der MA 62. Fünf Minuten Warteschleife, dann: *„Guten Tag, mein Name ist..."* usw. – *„Ich verbinde."* Zehn Minuten Warteschleife, dann: *„Guten Tag, mein Name ist..."* usw. – *„Dafür bin ich nicht zuständig. Da müssen Sie die MA 50 anrufen, ich gebe Ihnen die Nummer mit Durchwahl."*

PHASE 4: Dort hebt niemand ab. Die Anruferin landet bei der Zentrale. *„Bitte, die MA 50..."* – *„Ich verbinde!"* Fünf Minuten Wartezeit, dann: *„Guten Tag, mein Name ist... ich hätt' gern..."* usw. – *„Dafür bin ich nicht zuständig, da müssen Sie die MA 62 anrufen."*

PHASE 5: Die Anruferin beginnt mit leichten Yoga-Übungen zur Entspannung, was zumindest kurzfristig einen längeren Schreikrampf im Keim erstickt, jedoch hinsichtlich der gewünschten Information logischerweise ziemlich sinnlos ist.

ENDPHASE: Die EU-Bürgerin lernte: Alle Gesprächspartner waren zwar nicht zuständig, sie haben sich aber mit ihren Dienststellen so weit identifiziert, dass sie nicht mehr in der Lage sind, sich mit ihrem Namen zu melden. Das ist wahrscheinlich auch deshalb gut, weil sich bei weiteren Versuchen jeder von neuem blöd stellen kann. Sofern er es nicht von Haus aus ist.

18. JÄNNER 1997

Operationalisierung

Die einmal vor längerer Zeit an dieser Stelle geäußerte Vermutung, dass es sich bei unserer lieben Post (ULP) um ein schlecht geführtes Unternehmen handelt, scheint zu zerbröckeln. Die Umwandlung von der Post- und Telegraphen-Verwaltung (PTV) in die Post & Telekom Austria (PTA) brachte eine Menge von Änderungen mit sich. Somit komme ich zur guten Nachricht des Tages. Im neuen Organisationshandbuch der PTA wurde mit einem einprägsamen Satz festgeschrieben, was bald jedem Postler in Fleisch und Blut übergehen dürfte:
Vorrangiges Führungsprinzip ist die Führung durch Operationalisierung und Quantifizierung der Unternehmensziele durch Zielvorgaben unter Berücksichtigung der situativen Rahmenbedingungen (zielorientiert-situativer Führungsstil).
Das gefällt mir außerordentlich, zumal ich immer schon daran geglaubt habe, dass eines Tages ein findiger Formulierer im Reiche von ULP die *Operationalisierung* als Bereicherung der deutschen Sprache gebären würde. Da konnte *situativ* einfach nicht ausbleiben. Schön.
Es geht also aufwärts mit ULP, außerdem gilt für das Gesamtkonzept der Reorganisation sowie für die daraus resultierenden Anpassungsmaßnahmen folgende Basisüberlegung:
Arbeiten sind dort zu erledigen, wo sie anfallen und wo die benötigten Informationen verfügbar sind.
Es wird nicht leicht gewesen sein, zu dieser klugen Erkenntnis vorzudringen, aber so ist es halt: Kaum schwebt zielorientiert-situativer Führungsstil im postalischen Raum, fallen alle Schranken. Gut für die Operationalisierung.

28. JÄNNER 1997

Historische Handy-Szene

Es gibt Dinge, die kann man sich gar nicht vorstellen, und doch ereignen sie sich eines Tages. Was nun in der Hofburg zu Wien stattgefunden hat, war der unumstößlich letzte, sogar allerhöchste Beweis für seine Unentbehrlichkeit und somit eine Art Seligsprechung toter und doch so lebendiger Materie: Viktor Klima hatte sich sein Handy ans Ohr geklemmt, während der ihm gegenübersitzende Bundespräsident Thomas Klestil artig auf das Ende des Telefonates wartete.

An diese historische Szene knüpfen sich logischerweise einige Tatsachen, aber auch Fragen.

Erstens, es gibt also jenseits des Staatsvaters doch noch eine übergeordnete Instanz (nämlich den Anrufer), vor der dieser in den Hintergrund zu treten hat. Zweitens, der neue Kanzler demonstrierte seine Dynamik. Drittens, das Handy als solches wurde durch den Telefongesprächsakt endgültig hofburgfähig.

Nun zu den offenen Fragen: Erstens, gibt es Momente im Leben des Viktor Klima, in denen er sein Handy abschaltet? Zum Beispiel, wenn er frühmorgens zu Hause die Betten macht, was er sich laut „News" nicht nehmen lässt? Zweitens, um wen handelte es sich bei dem wichtigen Anrufer? Sicher ist ja nur, dass es nicht Klestil war. Dürfen wir damit rechnen, dass Klima das der Öffentlichkeit in seiner Regierungserklärung verrät? Drittens, wie lautet die Handy-Nummer des Bundeskanzlers (für den Fall, dass ihn besorgte Staatsbürger gelegentlich anrufen wollen)?

Einiges ist somit unklar, fest steht nur, dass Viktor Klima einen neuen Stil prägt.

6. FEBRUAR 1997

Gipsbomberzeit

Im Luftraum über Österreich ist derzeit verstärktes Gipsbomber-Aufkommen zu registrieren. Gipsbomber sind Flieger, die Verletzte aus dem Skiparadies in die Heimat zurückbefördern. Wie an anderer Stelle dieser Ausgabe ausführlich zu lesen ist, haben die Gipser Hochkonjunktur, weshalb ich mich nun einem ganz bestimmten Anteil der Veranstalter an dieser Entwicklung zuwende.

Fahrbahnen, auf denen selbst im dichtesten Verkehr mit keinen Alkoholkontrollen zu rechnen ist, heißen bekanntlich Skipisten. In den alpinen Abfüllstationen, auch Hütten genannt, wird die gesunde Basis dafür geschaffen, wir sind ja als lustiges Volk bekannt.

Unerschöpflich scheint der Einfallsreichtum jener zu sein, die unermüdlich für den einzig wahren Pistenrausch sorgen. Sehr beliebt sind z. B. neuerdings organisierte *Hütten-Rallyes.* Der Wintersportler fährt dabei mit seinen Bretteln von Hütte zu Hütte, also von Obstler zu Obstler. Zwecks Erhöhung des Nervenkitzels finden solche Alko-Touren im Finstern statt, wodurch eine doppelte Umnachtung garantiert ist. Nur der vereiste Untergrund hält sich nicht immer an die Spielregeln der feschen Unternehmung.

Die Hüttenwirte insgesamt sehen die systematische Anfüllung ihrer Gäste mit Hochprozentigem wahrscheinlich völlig nüchtern: Jeder Mensch ist für sich selbst verantwortlich.

Die Skifahrer wiederum pfeifen sich nichts. Auf der Alm, da gibt's koa Sünd'. Lediglich die mit dem Schädelhirntrauma sind unterdessen möglicherweise verunsichert.

8. MÄRZ 1997

Schlagzeilen

Wir leben in unsicheren Zeiten, und da heißt's bekanntlich aufpassen. Wer es selber nicht tut, für den sind glücklicherweise die Medien da, um warnend die Stimme zu erheben.
Als ich z. B. gestern frohgemut dem Redaktionsgebäude zustrebte, war meine Welt noch in Ordnung, bis, ja bis ich an einer Trafik vorbeikam. Denn mein Blick fiel auf die ausgehängte „Krone", deren mächtige Schlagzeile lautete:
Erste Albaner kommen schon.
Vorbei war's mit der guten Laune. Auf der Stelle umkehren und nach Hause eilen war eins. Überflüssigerweise, denn meine Frau, die schon vor mir unterwegs gewesen war, hatte bereits die Fenster verbarrikadiert (obwohl wir unterm Dach wohnen). So blieb mir nur noch, telefonisch über unsere Kinder (bis zur Beruhigung der Lage) Ausgangssperre zu verhängen. Dann fragte ich noch bei meiner lieben Mutter nach, ob eh alles in Ordnung ist, ehe ich mich zögernd doch an meinen Arbeitsplatz verfügte. Dort herrschte seltsamerweise gelassene Ruhe, was an Aufgeklärtheit liegen musste. Also informierte auch ich mich näher und stellte erleichtert fest, dass es sich bei den ersten Albanern, die schon kommen, um 29 Personen handelt, die per Schiff nach Italien geflüchtet waren.

Eines Tages lautete die Schlagzeile der „Münchner Abendzeitung":
Heintje wird Mutter ... (Fortsetzung auf Seite 4).
Dort stand: *... zuliebe weitersingen.* Erschienen ist der Aufmacher an einem Faschingsdienstag. Wir haben's lustiger, denn bei uns ist's immer närrisch.

11. MÄRZ 1997

Das Preisrätsel

Manchmal fühle ich mich in der Rolle des Vermittlers interessanter Neuigkeiten sehr wohl, insbesondere dann, wenn es sich um Denksportaufgaben handelt. Der Wiener Jurist Dr. Franz L. überließ mir eine Gesetzesstelle (§ 242 Abs. 2 Ziffer 1 des ASVG), die er trotz heftigsten Bemühens nicht versteht. Er sagt, er habe auch noch niemanden kennen gelernt, der sie versteht. Das sei schade, denn es handle sich immerhin um ein Gesetz, das jeden Staatsbürger betrifft.

Ich räume zunächst das Feld für das Zitat. Nicht kneifen, es zu lesen zahlt sich wirklich aus:

(2) Folgende Beitragsgrundlagen nach den §§ 243, 244 und 251 Abs. 4, die zur Bildung der durchschnittlichen monatlichen Beitragsgrundlage eines Versicherungsmonates heranzuziehen sind, sind zu vervielfachen, und zwar 1. Beitragsgrundlagen nach § 243 Abs. 1 Z 2 lit. b und d nach § 244 Abs. 1 letzter Satz und Abs. 2 sowie nach § 250 Abs. 3 aus der Zeit vor dem 1. Jänner 1947 mit dem Faktor, der sich aus der Teilung des für das Jahr 1951 geltenden Aufwertungsfaktors (§ 108 Abs. 4) durch den der zeitlichen Lagerung der Beitragsgrundlagen entsprechenden Aufwertungsfaktor (§ 108 Abs. 4) ergibt, aus der Zeit ab 1. Jänner 1951 mit dem Faktor, der sich aus der Teilung des für das Jahr 1954 geltenden Aufwertungsfaktors (§ 108 Abs. 4) durch den der zeitlichen Lagerung der Beitrags- grundlagen entsprechenden Aufwertungsfaktor ergibt.

Keine Frage, das heißt etwas. Aber was? Jurist Franz L. glaubt, dass die Lösung nur durch ein öffentliches Preisrätsel erzielbar wäre. Eine blendende Idee. Da helfe ich mit. Ich setze für den Sieger sogar einen Preis aus: Er darf mit allen Abgeordneten, die dieses von ihnen beschlossene Gesetz erläutern können, einen Abend verbringen, Möglicherweise wird es aber eine ziemlich einsame Angelegenheit.

20. MÄRZ 1997

Wenn wir im Fieber sind

Alle paar Tage wird im Land ein Fieber ausgerufen. Wir taumeln praktisch ganzjährig im Fieberrausch durchs Leben, das Seltsame ist nur, dass die vom Fieber Befallenen, also wir alle, oft gar nichts davon bemerken. Wir fiebern quasi unauffällig.
Voriges Jahr zum Beispiel, als die „Presse" meldete, *Österreich liegt im Millenniumsfieber*, ging es mir relativ gut, weil ich trotzdem nichts spürte. Es kann natürlich auch sein, dass ich dem Fieber als eine Art exotisches Wesen wie durch ein Wunder entkam. Aber bald danach verfielen wir (laut „News") ohnehin ins *Festspielfieber*. Das hat sich neben dem ständigen *Fußballfieber* ganz gut gemacht. Interessant ist, dass praktisch alle Volks-Fieberanfälle mit Veranstaltungen in Zusammenhang stehen, für die man Eintritt zahlen muss. Besonders, was Kino betrifft. Kaum läuft ein neuer Film an, wird gefiebert. Aber so sind die Menschen halt: Obwohl sie etwas noch gar nicht kennen, fiebern sie schon. Möglich, dass sie durch die Fieber-Ausrufungen der Medienleute von vorneherein angesteckt worden sind und sich nur schwach oder gar nicht dagegen wehren können.
Nun hat in Ö3 Oliver Baier enthüllt, dass wir im *Star War-Fieber* liegen, und weil das vielleicht nicht alle glaubten, wiederholte er es in Minutenabständen. Das ist gut und wichtig, weil zu einem ordentlichen Fieber auch eine gesunde Fieberbewusstseinsbildung gehört.
Ich fiebere jedenfalls dem nächsten Fieber, in dem ich liegen werde, entgegen. Dass man es mir nicht rechtzeitig mitteilt, befürchte ich nicht.

2. JUNI 1997

Der Wahnsinnsanfall

Es war der klassische Telefonunfall: Eine unachtsame Bewegung, der schon etwas antiquierte Apparat (Eigentum der Post) fällt zu Boden, das Gehäuse zerbricht. Die Täterin stellt sodann fest, dass Gespräche zwar noch ankommen, sie selbst aber nicht mehr irgendwo anrufen kann.
Nun tritt einer jener Fälle ein, die beweisen, dass selbst österreichische Menschen des ausgehenden 20. Jahrhunderts noch nicht begriffen haben, dass das Leben mit ULP eigenen Gesetzen unterliegt.
Denn die Telefonzerstörerin gebar in einem Wahnsinnsanfall eine Idee: Sie packte die Reste ihres Apparates in eine Tasche und reiste quer durch Wien in den Postshop im 3. Bezirk. Dort stellte sie keck das Ansinnen, das Trümmerstück gegen ein neues Posttelefon auszutauschen. Mitleidig lächelte der ULP-Mann und verwies auf den ULP-Weg. Sie müsse von zu Hause (falls der Apparat nicht funktioniert, dann halt von woanders) die Störung anrufen. Die Störung schickt nach Terminvereinbarung einen Bautrupp, der vor Ort den Apparat untersuchen werde. Sollte sich herausstellen, dass er tatsächlich kaputt ist, könne sie mit einem neuen Apparat rechnen.
Statt fröhlich ihres Weges zu gehen, setzte die ULP-Kundin eine merkwürdige Tat. Sie versenkte den defekten Apparat in einer Tonne für Sondermüll und kaufte sich im freien Handel einen neuen.
Ich finde, das war eine ziemlich unsoziale Tat, zumal die Beschäftigungspolitik von ULP dadurch in ungebührlicher Form untergraben wurde.

12. JULI 1997

Gib Gummi in NÖ!

Immer wenn ein Motorrad an meinem Garten vorbeibrüllt, überlege ich, wo es wohl landen wird. Eine Möglichkeit wäre das schöne Niederösterreich. Denn zufällig fiel mir ein Sonderheft der „auto revue" in die Hände, in dem Motorrad-Routen beschrieben werden. Interessanterweise *in Zusammenarbeit mit der Niederösterreich-Werbung*, die ja sehr bemüht ist, irgendetwas gegen den Tourismus-Rückgang zu unternehmen. Alles für die Gäste.
Sie erfahren z. B. über den idyllischen Wienerwald, wo *die Föhren duften* oder *die Amseln flöten*, auch dieses: *In dem Wunder ist auch ein wenig Asphalt ausgelegt, auf dem röhrt, zwirbelt und knattert es sehr freudvoll.* In einigen *scharfen Kurven* kann man sich sogar mit *dem Fußraster an den Asphalt heranarbeiten.* Wenngleich einzuschränken ist, dass es auch e*in paar geräuschsensible Abschnitte — Stifte, barocke Ortskerne* — gibt. Der Autor betet jedenfalls: *Herr im Himmel, (...) bewahre uns vor allem Splitt und Schwemmsand in den interessanten Kurven, in Ewigkeit.*
Ein anderer lockt woanders hin: *Das Weinviertel ist wie eine leere Künstlerleinwand, die darum bittet, mit heftigen Gummistrichen bemalt zu werden.* Seine relative Flachheit ist nur ein kleines Manko: *Dennoch ein paar Serpentinen sowie geradlinige Strecken für die mannhafte Beschleunigung.* Gib Gummi in NÖ!
Nur ein mannhafter Außenseiter hatte sich in die Biker-Riege eingeschlichen. Er fährt lieber Cabrio, denn: *Donnert der Motorradfahrer mit seinem Ofen durch die stille Natur, spitzt der Zeisig die Ohren, flieht das Reh durchs Geäst und fallen die alten Frauen am Straßenrand tot um.*
Niederösterreich, wo Ferien noch Ferien sind.

28. AUGUST 1997

Rätsel des Alltags

Wir sind von viel Gesindel umgeben, daher verriet ein Polizeioberst in „Wien 1", woran ein Verdächtiger rein äußerlich zu erkennen ist: *Ungeputzte Schuhe, mitgeführtes Plastiksackerl.* — Da heißt's aufpassen!

Ein gelernter Österreicher, der einen Personalausweis haben will, geht nicht einfach aufs Passamt. Er erkundigt sich vorher telefonisch, was er mitzubringen hat. Und erfährt: *Geburtsurkunde, Meldezettel, Lichtbildausweis, 2 Passfotos, einmal 120, einmal 80 Schilling Bundesstempelmarken.* — Er legt alles vor, da sagt die Beamtin.: *Tut mir leid, aber die Passbilder müssen einen weißen Rand haben!* Der Bittsteller besorgt sich welche, reicht im 2. Amtsweg ein, bekommt nach angemessener Wartezeit im 3. Amtsweg den neuen Ausweis. Und stellt fest: Der weiße Rand um das Foto ist weggeschnitten. Sicherheitshalber sagt er nichts, aber er kommt sich gepflanzt vor. — Ich finde das kleinlich von ihm. Vielleicht gibt es im Favoritener Kommissariat Gudrunstraße einen leidenschaftlichen Weißrandsammler.

Ecke Währinger Straße/Gürtel haben die Verkehrsbetriebe folgendes Schild installiert: *Diese Haltestelle wird nur bei außerplanmäßigen Ablenkungsfahrten eingehalten.* — Das lässt doch Fragen offen: Wird an eingehaltenen Haltestellen grundsätzlich nur im Ausnahmefall angehalten? Gibt es auch planmäßige Ablenkungsfahrten? Wenn ja, wer plant sie? Wovon wird überhaupt abgelenkt? Von der VB-Wartezeiten? Oder vom Formulierungskünstlertum bei den Wiener Verkehrsbetrieben?

24. SEPTEMBER 1997

Kurtis Begegnung

Manchmal denke ich darüber nach, welcher außergewöhnlicher Voraussetzungen es bedarf, um ein berühmter Österreicher zu werden. Durch Zufall kam ich nun einen Schritt weiter.
Es hat nämlich der Bischof von St. Pölten, zweifellos eine Berühmtheit, dem Magazin „Modern Times" ein Interview gewährt. Dabei wurde er auch gefragt, wann ihm zum ersten Mal in seinem Leben der liebe Gott begegnet ist.
Kurt Krenn: *Ja, das war eigentlich schon sehr früh. Das war bei jenen Gedanken, die jeder Mensch hat, wenn er über Anfang und Ende der Welt und des Menschen nachdenkt.*
Und der heutige Kirchenvater kann sich auch noch ungefähr erinnern, wie alt er zum Zeitpunkt der ersten Begegnung war: *Zwei, drei Jahre ...*
Das gefällt mir und ich stelle mir Folgendes vor: An einem Sommertag des Jahres 1938 sitzt Klein Krenn, grad erst zwei geworden, in seinem Kindersessel und klopft bedächtig mit einem Löfferl auf den Tisch.
Da tritt Mutter Krenn in den Raum und ruft mit leichtem Vorwurf: *Kurti, iss endlich den Spinat auf!*
Und Kurti sagt: *Deine Sorgen möcht' ich haben! Immerhin denke ich soeben über Anfang und Ende der Welt und des Menschen nach.*
Frau Krenn muss klug genug gewesen sein, um einzusehen, dass man ein Kind während eines doch irgendwie komplizierten Gedankenprozesses besser nicht stört. Das ist wichtig für die geistige Entwicklung, außerdem weiß jede Mutter, dass man Spinat auch aufwärmen kann. Sie ließ ihn einfach weiterdenken.
Und so wurde ein berühmter Bischof aus ihm.

24. OKTOBER 1997

Das Chefarzt-Spiel

Heute spielen wir das lustige Chefarzt-Spiel. Es ist die zeitgemäße Abwandlung des beliebten „Mensch, ärgere dich nicht".

Das Manderl (in Gestalt einer 79-jährigen Spielerin aus Wien) rückt im September erstmals aus und besorgt sich auf dem Facharzt-Feld ein Rezept für sechs Monate.

Das Manderl rückt vor. Vom Post-Feld schickt es das Rezept zur Genehmigung an den Chefarzt. Der bewilligt es aber nur für einen Monat (der Facharzt hat nämlich auf dem Rezept den Vermerk *2 Mal tgl.* vergessen).

Das Manderl rückt aufs Telefon-Feld vor und ruft bei der Sozialversicherungsanstalt der gewerblichen Wirtschaft an. Auskunft: Noch einmal zum Facharzt, noch einmal einreichen.

Das Manderl hält sich an die Spielregel und ruht sodann zwei Wochen auf dem Warte-Feld. Aber es kommt kein Rezept. Mittlerweile ist schon Oktober — das Medikament ist verbraucht. Also hüpft das Manderl aufs Telefon-Feld zurück. Auskunft: Es liegt kein Ansuchen vor.

Das Manderl muss also zurück aufs Facharzt-Feld. Es besorgt sich ein neues Rezept und reicht ein. Tags darauf (!) trifft ein Dauerrezept für sechs Monate ein.

Das Manderl glaubt sich fast am Ziel, da kommt ein zweites Rezept mit der Post. Also zurück aufs Telefon-Feld. Auskunft: Vernichten!

Das Manderl tut wie ihm befohlen und rückt sodann mit Rezept Nr. 1 auf das Apotheken-Feld vor. Der Apotheker klärt auf: Dieses Mittel ist seit 1. Oktober nicht mehr bewilligungspflichtig!

Das Spiel ist aus und kein Mensch freut sich.

10. DEZEMBER 1997

Parksünders Albtraum

Einparken ist nicht jedermanns Sache. Herr Karl aus Wien schaffte es dennoch irgendwie, sein Kleinauto zwischen zwei eisige Schneehaufen zu platzieren, allerdings stand er mit dem linken Hinterrad zuletzt auf dem Gehweg. Nicht sehr, aber doch — es waren genau vier Zentimeter.

Der sonst brave Bürger Karl beließ es dabei, aber er hatte, weil er eben ein braver Bürger ist, eine schlechte Nacht. Es plagte ihn ein Albtraum:

Zunächst sah er nur zwei Parksheriffs, die vor seinem Auto standen und mit den Köpfen wackelten, dann ging alles plötzlich ganz rasch. Sechs kräftige Beamte der MA 67 stürzten sich auf ihn, rissen ihn vom Arm seiner Frau, zerrten ihn in einen Arrestantenwagen und brachten ihn auf direktem Weg zu einem Schnellrichter. Der verurteilte Karl zum Tode und erwähnte, dass in Anbetracht der Schwere des Vergehens der Bürgermeister selbst die Enthauptung vornehmen werde. Im selben Moment erschien schon Michael Häupl. Scheinbar gemütlich, also wie so oft mit beiden Händen im Hosensack, trat er an die Maschine, um mit dem linken Fuß lässig die Mechanik des Fallbeils auszulösen. Als dieses im Heruntersausen war, erwachte Herr Karl mit einem Aufschrei und sprang wie von Furien gehetzt aus dem Bett.

Nur notdürftig bekleidet verließ er sein Wohnhaus und rannte zu seinem Auto, wo indessen reale Parksheriffs tätig geworden waren. Glücklich sank Herr Karl zu Boden, weil er nun weiß, dass man in dieser Stadt für ein so schweres Verbrechen doch nur mit 600 Schilling bestraft wird.

2. FEBRUAR 1998

Bewegungstherapie

Lustig ist das Leben mit dem Automaten. Besonders, wenn man ihm eine ÖBB-Monatskarte entlocken möchte. Für ein solches Ansinnen hat sich die Bahn nämlich ein Motto ausgedacht: Der Mensch will bewegt werden!
Die Grundvoraussetzung dafür ist eine am Automaten angebrachte Tafel, auf der steht: *Derzeit keine Annahme von neuen 1000- und 500-Schilling-Banknoten.*
Jemand, der eine Monatskarte um 1120 Schilling erwerben will, was tut er? Er wird zunächst nervös, weil sein Zug demnächst abfährt. So was spornt an.
Der ÖBB-Kunde sprintet zur Bahnhofstrafik, wechselt einen Tausender, kehrt zurück und beginnt mit der Automatenfütterung.
Als der 10. Hunderter verschwunden ist, warnt ihn der stumme Freund leuchtend: *Nur mehr Münzen.*
Seltsamerweise hat der Kunde nicht Münzen im Wert von 120 Schilling im Sack. Also tut er, was zu tun ist: Stornoknopf drücken, Entnahme der zehn Banknoten, ab in die Trafik.
Zurück zum träge lauernden Automaten, neue Fütterung. Ein Schein nach dem anderen, Münze um Münze, die Zeit verrinnt.
Aber dann hält er freudestrahlend, schon drei Züge in Richtung Wien versäumt habend, die begehrte, durch neue Tarife noch teurere Monatskarte in der Hand.
Erschöpft, aber glücklich findet sich der ÖBB-Kunde auf seinem Zug-Stehplatz ein und träumt offenen Auges von der nahen Zukunft.
Ganz ist ja nicht auszuschließen, dass dann zu lesen sein wird: *Derzeit keine Annahme von Eurobanknoten.*

11. FEBRUAR 1998

Wortsprudelmeister

„Hatschonsiebenundachtzigincransmontanabegonnenmitdemdrittenplatz-dannnochmaldritterneunundachtzigdrittereinundneunzigvierterdanndrei-undneunzigdannvierterdannwiederdritter."

Das ist eine Hommage an das Hirnakrobatentum und die Sprechwerkzeugbegabung des Sportreporters Heinz Prüller, derzeit Japan.

Zuletzt hat er fürs Fernsehen ein Olympia-Skirennen kommentiert, das man als Sportfreund allein schon deshalb gesehen haben muss, weil es neuschneehalber vielleicht das Einzige bleibt. Prüller könnte also auch diesbezüglich in die Geschichte eingehen.

Einen Mann wie ihn muss man einfach lieben. Seit gut 30 Jahren höre ich ihm mit glühenden Ohren zu, am liebsten bei Slaloms, weil er dabei die Möglichkeit hat, alles an Wissen, das im 1. Durchgang mit Urgewalt aus ihm herausbricht, im 2. zu wiederholen.

Das Raffinierte an diesem Wortsprudelmeister ist, dass er in den winzigen Pausen seiner skihistorischen Ausführungen („Oberst Bilgeri hat die ganze japanische Armee im Skilauf unterrichtet, ja und das ist der nächste Ausfall!") immer nur das kommentiert, was wir ohnehin sehen, nämlich ausfallende Skiartisten und die mitlaufende Zeit. Prüller ist ja überhaupt ein Spitzbub: Er verschleiert sein Wissen über skitechnische Belange so gekonnt, dass uns oft Zweifel an der Zeitnehmung kommen.

Staunend sitzen wir da und glauben womöglich, dass Wortdurchfall eine unheilbare Krankheit ist. Falsch. Ohne ihn könnte er gar nicht leben und wir daher nicht mit ihm.

Heinz Prüller ist ein großer Unterhaltungskünstler. Es könnte allerdings sein, dass er das selber gar nicht merkt.

6. MÄRZ 1998

Das tönende Fax

Ich glaube, das Volk wird immer frecher. Insbesondere die Obrigkeit bekommt das zu spüren und es darf sich daher niemand wundern, wenn jetzt womöglich härter durchgegriffen wird.

Tatsächlich ist es ja so, dass z. B. der österreichische Landgendarm besonders bei seiner verantwortungsvollen Aufgabe der genauen Einhaltung von Sperrstunden in Wirtshäusern größter Gefahr ausgesetzt ist. Späte Zecher, die einfach nicht nach Hause gehen wollen, neigen ja gerne zur Angriffslust.

In Kärnten ist es vor ein paar Wochen zu einem betrüblichen Vorfall gekommen, der jetzt in einer Strafverfügung mit der Zahl 30462/1/98-IX seinen deutlichen Niederschlag fand:

„Sie haben am 16. 01.1998 gegen 2.50 Uhr in Ihrem Lokal „Lisis Bistro" in Hunnenbrunn, Bundesstraße 2, Gde. Frauenstein, Bez. St. Veit/Glan während der Amtshandlung mit Herrn Rev. Insp. Bruno Kalz hinter der Theke in Anwesenheit von vier Gästen einen Furz gelassen und zum Beamten gesagt: *Das war ein Fax für dich.* Sie haben sohin den öffentlichen Anstand verletzt. — Wegen dieser Verwaltungsübertretung wird über Sie folgende Strafe verhängt: Geldstrafe von Schilling 1000,—. Falls diese uneinbringlich ist, Ersatzfreiheitsstrafe von 24 Stunden."

Das hat er nun davon.

Interessant ist nebenbei, dass sich die Behörde (BH St. Veit) hinsichtlich der bösartigen Darmwind-Entweichung mit *Furz* eines Wortes bedient, das der Duden *derb, österr.: Schas* nennt. *Flatus* wäre der Amtswürde entsprechender gewesen.

4. APRIL 1998

Irgendwie lieb

Manchmal werde ich gefragt, warum ULP, Unsere Liebe Post, lieb ist. Das ist nicht leicht zu beantworten, unter anderem, weil es für Liebe die verschiedensten Ausdrucksformen gibt.

Eine Kundin aus Wiener Neustadt ruft gegen 23.30 Uhr bei ULP/Telekom die Auslandsauskunft an.
Telekom: „Stadt?" Kundin: „Potsdam."
Telekom: „Teilnehmer?" Kundin: „Standesamt."
Telekom (die Stimme schlägt jäh in erbostes Tiefösterreichisch um): „Woos?? Um Mitternacht woin S' die Rufnummer von an Standesamt???" Kundin: „Ja, bitte."
Telekom erteilte die gewünschte Auskunft trotzdem, was sehr lieb war. Es hätte ja auch so sein können, dass im Zuge der Belehrung grußlos aufgelegt wird. Dies geschah aber erst nachher.

Aushang auf dem Postamt 1144 Wien: *Wegen Krankheitsfalles derzeit keine Sonderpostmarken.* — Auch irgendwie lieb. Ein Glück, dass nicht der Vorstand erkrankte, sonst wäre womöglich das Postamt geschlossen geblieben.

Die Kunden erwartet schon beim Eingang ein freundlicher Aushang: *Das Postamt 2201 Gerasdorf/Wien möchte Sie informieren, dass es am letzten Tag des jeweiligen Monats zu technischen Problemen an unserer Computeranlage kommt. Wir empfehlen deshalb unseren Kunden, den Monatsletzten zu meiden und diverse Erledigungen an den Kassenschaltern zumindest einen Tag vorher zu tätigen.* Das ist wirklich lieb. Man fragt sich höchstens, für wie viele Jahre der Post-Computer am letzten Tag des jeweiligen Monats bockig zu sein gedenkt.

22. APRIL 1998

Aus dem Stadtleben

Das Leben in der Hauptstadt ist nicht nur angenehm, sondern auch spannend und abwechslungsreich. Jeden Moment kann etwas passieren, mit dem man nicht rechnet. Es geht z. B. eine ältere Frau durch die Kandlgasse im Bezirk Neubau und nähert sich einem Hydranten, an dem ein Gemeindearbeiter hantiert.
Als sie sich genau neben dem Hydranten befindet, passiert das, was wir sonst nur aus Filmen von Otto Retzer kennen: Ein Wasserstrahl schießt quer über den Gehsteig und trifft die Passantin voll. Sie ist waschelnass und überlegt, was der Arbeiter nun sagen wird:
a) Können S' net aufpassen?
b) Entschuldigen Sie, das ist mir aber jetzt wirklich peinlich.
c) Scheiß Hydrant!
Verblüffenderweise entscheidet sich der Mann aber für *„Alles muss ich alleine machen!"*
Die Bürgerin lässt den Arbeiter auch allein und sucht das nächste Kommissariat auf. Sie will polizeilich bestätigt haben, dass sie kommunalerseits eingeweicht wurde. Sie überlegt, was der diensthabende Beamte als erstes sagen könnte:
a) Haben S' an Ausweis?
b) Warum gengan S' durch die Kandlgasse?
c) Das werden wir gleich haben.
Aber auch bei ihm liegt sie falsch. Der Polizist sagt nämlich *„Im Regen werden S' ja auch nass!"*
Zuletzt beschwert sich die Bürgerin telefonisch bei der MA 48. Und nun passiert das wirklich Unfassbare. Man hat Verständnis für ihren Ärger und entschuldigt sich. Wenn das im Amtsbereich Schule macht, schau' ma bald g'sund aus!

26. APRIL 1998

Aus dem Alltag

Eine kleine Enttäuschung erlebte ein Autofahrer vor dem Bahnhof Wien-Liesing. Im Zuge einer Polizeifahndung wollte ein Beamter dreierlei von ihm wissen: *„Wer san Sie? Wo kommen S' her? Wo fahren Sie hin?"* Autofahrer: *„Fragen wir uns das nicht alle?"* Polizist: *„Wooos?"* — Und so wurde eben nichts aus der erhofften Alltagsdiskussion über die zentralen Fragen des Lebens.

Martin B. aus Wien-Währing erhielt eine Anonymverfügung: *Der Lenker hat die im Ortsgebiet zulässige Höchstgeschwindigkeit von 50 km/h überschritten, weil die Fahrgeschwindigkeit 800 km/h betrug, wobei die Überschreitung mit einem Messgerät festgestellt wurde.* — B. zweifelt nicht an dem Messgerät, er will nun versuchen, die Strecke Wien — Salzburg mit seiner VW Jetta in 23 Minuten zurücklegen, um ins Buch der Rekorde zu kommen.

Es ist oft nicht leicht, dahinterzukommen, was sich Menschen gedacht haben könnten, ehe sie etwas aufschrieben. Wie z. B. beim Leitmotiv der dem Wiener Piaristengymnasium verbundenen Zeitschrift „Die Piaristen": *„Damit Kinder das werden, was sie bereits sind."* — Hier versucht entweder jemand, der schon sehr lange Schule betreibt, seine Tätigkeit ad absurdum zu führen — oder er wird als Gehirnakrobat niemals das, was er bereits ist.

St. Pölten bereitet sich auf den Papstbesuch vor und das beliebte Volksaufklärungsorgan „Täglich Alles" verblüfft seine Leser mit einer interessanten Überschriften-Kombination: *Der Leib Christi. Schwester Theresia bäckt ihn ab morgen am laufenden Band.*

2. SEPTEMBER 1998

Neues vom Yeti

Ich gebe zu, dass Reinhold Messner, der zehenlose Herr der Berge, zu meinen Lieblingskunden gehört.
Insbesondere als Aufspürer des Yeti. Messner ist ja der einzige Homo sapiens, der den sagenhaften Schneemenschen mit eigenen Augen gesehen hat. Er sagte: „Ich stand dem Yeti Aug' in Aug' gegenüber. Den Beleg dafür besitzt er auch: Fotos, die sonst keiner kennt. Vorläufig verriet er nur so viel: Der Yeti ist gar kein menschartiges Wesen, sondern ein zoologisches. Jedenfalls aber äußerst scheu.
Messner, der auch ein Homo oeconomicus ist, also ein von wirtschaftlichen Zweckmäßigkeitserwägungen geleiteter Mensch, hat vor einiger Zeit angekündigt, seinen Yeti rauszulassen. Im Oktober soll das einschlägige Bilderbuch erscheinen.
Nun ist aber etwas Blödes passiert. Wie „profil" berichtet, hat Messners langjähriger Expeditionspartner Hans Kammerlander enthüllt, die Fotos von Messners Yeti würden lediglich einen *ursus arctus*, also einen ganz normalen Braunbären zeigen.
Wenn das stimmt, trifft es mich hart. Denn ich jage dem Yeti auch schon lange nach. Zwar nicht ihm persönlich, aber seinem Mythos. Die Zahl der dabei erlebten Enttäuschungen ist enorm. Ich erinnere mich z. B. noch genau, wie das ORF-Fernsehen den Yeti herzeigte, aber der nahm zuletzt den Yeti-Kopf ab und es tauchte der fantastische Haarschopf von Prof. Antal Festetics auf.
Man wird vorsichtig und daher bleibe ich dabei: Bevor der Yeti nicht bei *Vera* auftritt und sagt *Ich habe Reinhold Messner fotografiert!* glaube ich gar nichts mehr.

15. OKTOBER 1998

Traurige Erscheinung

Es wird spät hell und früh finster, die sonnenlosen, nebeligen Tage mehren sich, das Grau drückt auf die Stimmung. Es ist somit die ideale Jahreszeit für Anmerkungen über eine der traurigsten Erscheinungen des kulinarischen Lebens: Die Extrawurstsemmel in Plastikfolie.
Die Extrawurstsemmel hat ja im Volk immer schon einen besonderen Stellenwert eingenommen. Da bedurfte es gar nicht einer Fernsehserie, in der sie fast einem Polizeihund die Show gestohlen hat. Nein, die Extrawurstsemmel war längst vorher ein vom Österreicher geliebtes Grundnahrungsmittel. Aber dieses erlebte einen fürchterlichen Niedergang.
Es begann mit dem Bäckersterben (und damit dem teilweisen Verschwinden knuspriger Handsemmeln) und fand in ihrer Vorfabrikation und Plastifizierung den Tiefpunkt.
Da liegen sie nun gebirgsartig aufgeschichtet. Dort, wo mit größeren Mengen von Interessenten zu rechnen ist und der unausgesprochene Extrawurstsemmelschrei „Hol mich da raus, ich will es krachen lassen!" schwebt über dem Haufen. Aber es wäre eh schon viel zu spät. Müde und elend hängt die tote Materie aus der zerquetschten Semmel, Wurstwassergehalt und luftdichte Verpackung haben sie längst in ein lätschertes und zähes Etwas jenseits aller Appetitlichkeit verwandelt. Dementsprechend lustlos beißt der Mensch hinein und träumt von besseren Extrawurstsemmeltagen.

2. DEZEMBER 1998

Kundendienst

Die ganz normale österreichische Postgeschichte. Eine Paketzustellungsverständigung trifft ein. Nächster Tag. Briefträger an der Wohnungstür: *„Haben S' Ihr Packerl schon bekommen?"* Die Kundin verneint. *„Oje, dann ham s' mas g'stoin!"* (Geht ab.)
Eine Woche vergeht. Postamt Bennogasse, Josefstadt. Kundin fragt nach ihrem Paket. Suche, Diskussion, dann: *„Da müssen S' zum Westbahnhof gehen!"* Die darob irritierte Kundin regt ein Telefonat an. Beamtin lässt sich überreden. Es geht ihr nicht besser als uns allen in solchen Fällen. Sie wird mehrmals verbunden, muss die Paket-Geschichte immer wieder erzählen. Erste Entnervungserscheinungen.
Unterdessen wächst die Schlange vor dem Schalter. Gemurre. Könnte nicht der Kollege ...? *„Nein, der hat selbst Kunden!"* (Der Schalter ist leer). Nebenan sortiert eine Beamtin Telefonbücher. Könnte sie vielleicht ...? *„Nein, dieser Schalter ist nur einfach besetzt!"* Na ja, vielleicht ausnahmsweise, die Schlange ... *„Nein, das ist wegen der Kürzungen. Ich darf nicht. Beschweren Sie sich in der Direktion. Es ist uns eh recht, wenn Sie sich beschweren!"*
Unterdessen reicht die telefonierende Beamtin den Hörer an die Kundin weiter. Westbahnhof: *„Ja, da is was passiert, da müss' ma mit dem Kollegen reden und dann nachforschen.* Es folgt der kleine Hinweis, dass man sie, die Kundin, vielleicht hätte verständigen können. *„??????"*
Die Kundin drängt nun der Beamtin ihre Telefonnummer auf, weil die selber nicht auf die Idee kommt, zu fragen. *„Sobald es was Neues gibt, rufen wir Sie an!"* Aber sicher. ULP-Kundendienst '98.

18. DEZEMBER 1998

Charity-Fetzen

Herr H., mein Konsulent für österreichische Abartigkeiten der gehobenen Klasse, registriert im Volk eine vorweihnachtliche Gelöstheit, die mit Fröhlichkeit einhergeht. Er, nahe der Wiener Punschhüttenzentrale (Am Graben) wohnend, freut sich über die *Neue Wohltätigkeit.*
Ein Blick in die Geschichte unseres Landes lehrt: Der Menschen Selbstabfüllung mit alkoholischen Getränken war zwar immer schon irgendwie lustig und vor allem lustigmachend, aber es war halt leider so, dass die allgemeine Freude durch einen Restposten an schlechtem Gewissen ein wenig getrübt wurde.
Heute ist alles anders. Jeder, der das gerne möchte, kann sich im Namen der Nächstenliebe ein bisschen eintrankeln. Offiziell heißt das natürlich *Charity*. Es muss ein herrliches Gefühl sein, wenn man weiß: Von jedem Schluck fällt ein Almoserl für irgendeinen armen Teufel ab. Ein Alkmoserl sozusagen.
Die Erfinder der Aktion *Tu Gutes beim Zuschütten* sind heute nicht mehr eruierbar, aber es ist ihnen und denen, die den genialen Impuls aufnahmen, zu danken. Denn früher hat so mancher, der im Fernsehen hungernde Negerlein, Obdachlose oder Katastrophenopfer gesehen hat, zur Flasche gegriffen, um das Elend in der Welt zu vergessen. Jetzt kann er sich reinen Herzens einen *Charity*-Fetzen gönnen. Und wer in dieser gehobenen Stimmung ist, der lässt vielleicht sonst auch noch was aus. Ein Doppler-Effekt, der einmal nichts mit Physik zu tun hat, sondern mit der Welle schlechthin.
Süßer die Gläser nie klingen.

Vom Flop bis zum Kalender des Jahres

Der **Flop** des Jahres (wegen Chancenlosigkeit potenzieller Beobachter) war das „Kunststücke"-Gewinnspiel *„Bei welchem Kultur-Event wurde Kunstkanzler Klima diese Woche gesichtet?"*
Die **Rätsellösung** des Jahres verdanken wir dem Kollektiv heimischer Sportjournalisten. Es steht nun fest, dass Lebewesen *vom anderen Stern* mindestens so gut Ski fahren wie Hermann Maier.
Der **Plauderwastl-Orden** des Jahres gebührt einmal mehr ORF-Seeger — für eine Feststellung von Ewigkeitswert: *„Wenn er jetzt noch aufholen will, muss er unten schneller fahren!"*
Der **Zeitzeuge** des Jahres ist der Historiker Horst Friedrich Mayer, der im ORF über Monica Lewinsky sagte: *„Die Ferialpraktikantin, die den harten Alltag des amerikanischen Präsidenten ein wenig verschönt hat!"*
Die **Geldstrafe** des Jahres (1000 Schilling) erhielt ein Kärntner Wirt, der zur Sperrstundenzeit *in Anwesenheit von vier Gästen einen Furz ließ* und zum amtshandelnden Gendarmen sagte: *„Das war ein Fax von mir!"*
Die **Blutsbruder-Verwertungsgemeinschaft** des Jahres heißt Dolezal & Rossacher, im Falle einer Falco-Reinkarnation könnte es allerdings Wickel geben.
Der **Dialog** des Jahres fand im Zuge einer Fahndung zwischen einem Polizisten und einem Autofahrer in Liesing statt: *„Wer san Sie? Wo kommen S' her? Wo fahren Sie hin?" — „Fragen wir uns das nicht alle?" – „Wooos?"*
Das **Outing** des Jahres fand im Radiosender „Antenne" statt, in dem Thomas Klestil am 1. April verriet: *„In der Früh dusche ich!"*

Der **Wunsch** des Jahres, von Walter Schiejok in „tv media" geäußert, blieb unerhört: *„Ich möchte gern Österreichs Larry King werden!"*
Die **Frechheit** des Jahres erlaubte sich Claus Peymann indem er im Fernsehen das Wort *Chance* wie *Chance* aussprach. Er nahm seinen Gegnern somit *Schangse* weg, was ziemlich gemein ist.
Der **Satz** des Jahres hieß **„Frankreich, wir kommen!"** Bescheidenerweise sind wir aber nicht lang geblieben.
Der **Krenn** des Jahres war auch heuer wieder Kurt.
Den **Befehl** des Jahres gab eine Wiener Klofrau einem Arzt, der in ihrem Reich ausgerutscht war und sich verletzt hatte: *„Heast Oida, schleich di, mia wuin do ka Rettung!"*
Der **Kalender** des Jahres findet sich im „Kleinen Postbuch". Demnach fällt der Aschermittwoch 1999 auf Donnerstag, den 25. Februar.

8. JÄNNER 1999

Elmo und seine Buben

Eine Vision: Klassenzimmer in der Sportreporter-Schule des ORF. In den Bänken die Mikro-Sportler, vor der Tafel Sportchef Oberhauser, früher selbst Lehrer.
OBERHAUSER: „Liebe Buben, heut' reden wir über *Sehervertreiben*. Ich glaube, wir sind auf dem richtigen Weg."
PRÜLLER: „Hehe, das ist gut! Erinnert ihr euch an Jim Hunter, der mit den Händen die Stiegen ..."
OBERHAUSER: „Ja, aber jetzt halt einmal den Schlapfen! Es sind ja keine Mikrophone da. Also, ich gratuliere euch, weil Ihr verschiedenste Seherbedürfnisse so glänzend ignoriert. Und ich werde es keinesfalls zulassen, dass Fachidioten wie Assinger, Kogler oder Antonitsch allein übertragen."
Seeger, Elstner, Zimmer: „Bravo Elmo!"
OBERHAUSER: „Es könnte aber noch mehr geredet, noch mehr wortgespielt werden!"
ZIMMER: „Du hast recht, du hast recht! Ich sage nur *Horror im Horr-Stadion ...*"
OBERHAUSER: „Genau! Nehmt euch ein Beispiel an unserem Jüngsten (Nehiba errötet stolz.) Seine Logorrhöe ist wirklich so, dass es eine Freude ist. Und irgendwie genial, weil durch die Wortlawine jede hervorsprudelnde Blödheit oder Fehlprognose zugeschüttet wird!"
Prüller, Seeger (im Chor): „Herr 'fessor, er ist halt unser Klon!"
ELSTNER: „No, i bin neugierig, ob ..."
OBERHAUSER: „Papp'n hoit'n! Jetzt red' ich! Merkt's euch, die Seher wollen zwar nicht dauernd hören, was sie selber sehen, und schon gar keine Verschnaufpausen, aber da spielen wir nicht mit!"
Prüller, Seeger, Elstner, Nehiba: „Niemals!"
ZIMMER: „Niemals! Niemals!"

16. FEBRUAR 1999

Bebende Ausgräber

Am Sonntag, dem klassischen Ausflugstag, strömten Tausende Wiener durch die Stadt. Sie machten sich zum *Autoausgräber-Schauen* auf den Weg und hatten es dabei sehr schön.
Man glaubt ja gar nicht, wie liebevoll der Großstadtmensch rund um sein Auto im Schnee herumzugraben imstande ist, wie sensibel er sich bis zum Lack vorarbeitet, um dann zärtlich mit dem Besen die letzten Schneeflankerln zu entfernen. Die Überwindung mächtiger, von Pflügen angehäuften Wällen, ist dann kein Problem mehr. Ein kleiner Anlauf, ein Hupferl und schon sind alle vier Sommerreifen aus dem Schneegefängnis befreit. Es kann losgehen.
In der Hochgebirgs-Atmosphäre der Seitengassen ergibt sich vorher noch ein zusätzlicher Reiz. Das beliebte *Nachbarauto-Zuschütten* ist zwar nicht sehr elegant, aber lustig.
Den Montag verlief äußerst spannend. Zehntausende Automobilisten bebten an ihren Arbeitsplätzen der abendlichen Heimreise entgegen bzw. der alles beherrschenden Sorge: Werde ich für meinen Liebling ein schneefreies Loch finden? Und, wenn ja, wie komm' ich aus ihm morgen wieder heraus?
Nur die Gruppe der Illusionisten erlebte einen unbeschwerten Tag. Sie glauben ja an das Wunder, der von ihnen am Sonntag in mühsamer Kleinarbeit freigeschaufelte Parkplatz würde von anderen Autofahrern respektiert. Lieb. Einige ließen ihre Autos einfach in den Schneebergen zurück. Seltsame Tröpfe. Bei den Abenteuer-Erzählungen am Arbeitsplatz nicht mitreden zu können, muss die Hölle sein.

10. MÄRZ 1999

Umfragen

Wir wissen, dass gleich nach den Politikern die Meinungsforscher Wahlergebnissen am meisten entgegenzittern. Die einen, weil es um ihre Macht geht, die anderen, weil ihr Firmenprestige auf dem Spiel steht.
Arme Meinungsforscher. Besonders in Kärnten erlebten sie einen schwarzen Sonntag mit blauen Wundern. Und nun müssen sie, wie ich im KURIER gelesen habe, wortreich zur Verteidigung antreten. Ich glaube ihnen, denn sie wissen schon, was sie tun.
Zugleich steigt allerdings ein entsetzlicher Verdacht in mir hoch. Gibt es unter uns Österreichern womöglich einen größeren Anteil von Flunkerern und Schmähtandlern, als wir bisher dachten? Oder wird bei Umfragen aller Arten von Angebern überhaupt gelogen, dass sich die Balken biegen? Es ist ja keineswegs auszuschließen, dass Leute z. B. behaupten, nichts interessiere sie mehr als Außenpolitik, in Wirklichkeit halten sie aber die *Kosovaren* für eine griechische Inselgruppe oder für etwas aus dem Faserschmeichlerprogramm von Procter & Gamble.
Es könnte natürlich auch sein, dass die Österreicher ein Volk von Humoristen sind, zu deren Eigenunterhaltung auch zählt, die Meinungsforscher zu pflanzen. Vielleicht ist sogar der als besonders seriös geltende *Teletest* ein Legerl, weil sich Hunderttausende den *Musikantenstadel* nur aus Bosheit anschauen, während sie mit dem Herzen bei einer Lutoslawski-Sinfonie auf 3sat sind.
Ich warte auf eine Umfrage über die *Umgefragten,* nur so dringen wir zu den letzten Wahrheiten vor. Wahrscheinlich.

6. APRIL 1999

Alles wird gut

Dem Kundendienst wird ganz allgemein immer größere Aufmerksamkeit gewidmet und wir denken ungern an die schauerlichen Zeiten zurück, als man uns Kunden, egal wo, noch blöd sterben ließ. Hier nun ein Beispiel für die Methode *Alles wird gut.*
Renate Sch. aus Wien erhielt vor ein paar Tagen von der Pensionsversicherungsanstalt der Angestellten (PVAng) einen Brief, der so begann:
Bezugnehmend auf Ihr Schreiben vom 21. 5. 1990 ersuchen wir um Bekanntgabe, ob Sie noch weiterhin studieren usw.
Nun erscheint auf den ersten Blick die Zeitspanne von 8 Jahren und 292 Tagen bis zur Beantwortung eines Briefes relativ lang. Aber es gibt dafür mehrere Erklärungsmöglichkeiten.
1. Der Posteinlauf bei der PVAng ist so gigantisch, dass eben erst 1999 die Post aus dem Jahr 1990 aufgearbeitet wird.
2. Der Brief der Kundin war so interessant, dass die Direktion befand, jeder Mitarbeiter der PVAng müsse ihn zu Gesicht bekommen. So was kann dauern, zumal z. B. allein durch Urlaube und Krankheiten die hundertprozentige Lesung immer wieder verzögert wird.
3. Der Brief war so unverständlich, dass mehrere PVAng-Kommissionen jahrelang forschten, ehe die Basis zur Beantwortung geschaffen war.
4. Es gab jahrelange Diskussionen zwischen Briefbeantwortungsbefürwortern und -gegnern, die letztlich zugunsten der Kundin ausfielen.
5. Die Post stellte den Brief erst 1995 zu. Alles weitere siehe die Punkte 2, 3 und 4.
Im Grunde ist egal, was zutrifft. Antwort bleibt Antwort, alles wurde gut.

8. MAI 1999

Das neue Warten

Bei einem Besuch in Mexiko habe ich vor Jahren gelernt, dass die Zeit, auch wenn es sich nur um eine Sekunde handelt, etwas ist, das vor allem verrinnt. Wann immer ich in meinem Hotel einen Mexikaner um eine Erledigung bat, sagte er freundlich *„Un segunda!"* — verschwand und tauchte nie wieder auf. Das gehöre zur lateinischen Mentalität, klärte mich ein Kenner auf, und in der Sekunde wurde ich zum Sekundenfreund.
Die österreichische Variante zur mexikanischen Sekunde ist das *Momenterl*, über das der Literat Anton Kuh notierte:
Die meisten Staatsbürger Österreichs verdanken ihre Arteriosklerose nur den Momenterln, die sie ihr Lebtag zusammengewartet haben.
Möglicherweise stimmt das und ich verstehe es als einen Beitrag zur Bewahrung der Volksgesundheit, wenn ich hier anrege: Wartezeiten, egal wo wir sie verbringen, müssen ein neues Image bekommen. Dazu bedarf es natürlich der Mithilfe aller: Warten muß *in* werden. Die „Seitenblicke" zeigen regelmäßig Prominente, die irgendwo lustvoll warten, Hannes Jagerhofer veranstaltet aufregende Warteschleifen-Clubbings, bei denen die Stadthandyaner tanzend und swingend auf Verbindungen mit Telekom, Bundesbahn, Krankenkasse usw. warten, Isabella Klausnitzer präsentiert in der „Freizeit" das Ranking „Die 5 kostspieligsten Wartelocations der Welt", „News" startet die Serie „Das neue Warten" — die heißesten Tips" usw.
Der gesellschaftliche Höhenflug des Wartens wird eine hinreißende, gesunde Periode einleiten. Das Momenterl als Lebensquell — ein unerwarteter Segen.

16. MAI 1999

Betrifft: Betroffenheit

Unsere Sprache lebt, sie entwickelt sich ständig weiter. Daran arbeiten auch Legionen von Journalisten kräftig und unermüdlich mit. Das Volk dankt es ihnen durch Aufsaugen erlesenen Vokabulars.
Und so kam es zum Beispiel, dass die Menschen heutzutage im Falle eines grausamen Ereignisses weniger *fassungslos, bewegt, verstört, starr, erschrocken, bestürzt, entgeistert* oder *entsetzt sind*. Nein, sie sind *betroffen* — auch dann, wenn es sie persönlich gar nicht betrifft.

BEISPIELE

Ein Lehrer zeigt sich betroffen, weil sein Direktor Kinder schändete, ein Fußballfan ist betroffen, weil sein Lieblingsspieler vom Trainer nicht aufgestellt wird, ein Theaterdirektor ist betroffen, weil ein alter Schauspieler gestorben ist, und ein Zeitungskolumnist weiß seit dem Tod eines Schubhäftlings sogar, dass *es sicherlich niemanden in unserem Land gibt, der von diesem Fall nicht zutiefst betroffen ist.*
Wie überhaupt sich grad diese öffentliche Diskussion vollends zur Betroffenheitslawine auswuchs, da und dort gepaart mit dem ebenfalls sehr beliebten Verbaldoppel Wut und Trauer.

DUMMDEUTSCH

Interessantes zu diesem Sprachthema notierte der kluge Autor Eckhard Henscheid in seinem lesenswerten Wörterbuch namens „Dummdeutsch“:

Die neuere deutsche allgemeine Betroffenheit ist ein Kernstück der neuen deutschen Schwerinnerlichkeit.
Und: *Betroffenheit, Wut und Trauer laufen Gefahr, zu reinen Schwall- und Aufgeilvokabeln zu verkommen. Wahrscheinlich haben sie's schon geschafft.*

ERINNERUNG

Ich erinnere mich an eine äußerst lebhafte Diskussion über einen Text von Peter Handke im Wiener Akademietheater. Da sagte der erregte Dichter zu einem vor Betroffenheit geradezu berstenden Journalisten: *„Schieben Sie sich Ihre Betroffenheit in den Arsch!"*
Dem Sprachtüftler Handke ist vieles zuzutrauen. Auch, dass er damit nur das Wort meinte.

Die Listen-Suche

Die Bitte des Bürgers an die Polizei Leopoldstadt war diese: *„Ich benötige eine Liste jener Ärzte, die berechtigt sind, mich auf Führerscheintauglichkeit zu untersuchen."*
1. Anruf, Polizei-Innendienstler (PI)-1: *„Moment, ich verbinde!"* - PI-2: *„Ah ja, ich glaube, die gibt's bei meinem Kollegen. Der ist leider im Moment nicht da, könnten Sie bitte in einer Viertelstunde noch einmal anrufen?"*
2. Anruf, PI-3: *„Da sind Sie leider bei mir nicht richtig!"* Dann: *„Moment, ich frage einmal nach."* — PI-2: *„Ich habe mich in der Zwischenzeit erkundigt, die Informationen liegen im Passreferat auf. Sie können vorbeikommen und sich ein paar Ärzte-Adressen abschreiben!"*
Anrufer: *„Könnten Sie mir diese Liste nicht faxen oder per eMail schicken?"* PI-2: *„Das dürfen wir nicht. Diese Liste ist nur zur Einsicht."* Anrufer: *„Warum? Handelt es sich dabei um Geheiminformationen?"* PI-2: *„Ich weiß es nicht!"* *Anrufer: „Wer bestimmt denn, dass die Liste nicht gefaxt werden darf?"* PI-2: *„Die Referatsleiterin."* Anrufer: *„Aha, können Sie mich bitte dorthin verbinden?"* PI-2: *„Gerne!"* (verbindet).
Es meldet sich PI-4, männlich. Anrufer trägt Bitte vor, fragt: *„Bin ich hier richtig?"* PI-4: *„Leider nein, ich bin für die Hunde zuständig!"* Anrufer: *„Könnten Sie mich an die richtige Stelle weiterverbinden?"* PI-4: *„Gerne, wohin?" Anrufer: „Angeblich Passreferat ..."* PI-4: *„Wissen Sie irgendeinen Namen oder so?"* Anrufer: *„Nein, aber ich wollte die Leiterin ..."* PI-4: *„Verbinden kann ich Sie leider nicht, aber wenn Sie so nett sind und folgende Nummer anrufen ..."*
3. Anruf. PI-5: *„Ja, Sie sind richtig bei mir. Aber darf ich Sie bitten, dass Sie in drei Tagen noch einmal anrufen, die Liste liegt in meinem Büro und ich kann momentan nicht hin, wir haben nämlich grad die Maler im Haus."*

18. JUNI 1999

Unsere armen Banken

Schon lange mache ich mir Sorgen um eine mögliche Verarmung der Geldinstitute. Ich vermute, sie können sich überhaupt nur noch durch die bei ihren Kunden eingehobenen Gebühren aller Art über Wasser halten. Und weil es immer enger wird, müssen sich die Manager, diese armen Teufel, immer neue Gebühren einfallen lassen.
Im Bausparkassenwesen tut sich derzeit einiges, was zu Gebrodel bei den Konsumenten führt. In dem Zusammenhang informiert z. B. die Bausparkasse der Sparkassen ihre Darlehenskunden über etwas Hübsches: Die *Vorfälligkeitsgebühr*.
Einmal abgesehen davon, dass es sich hierbei um die Einfügung eines zusätzlichen Punktes in einen bestehenden Vertrag handelt, liegt das Aufklärerische für die Darlehensnehmer vor allem darin: Jeder, der vorzeitig schuldenfrei sein will, soll ja nicht denken, dass das nichts kostet.
Eine tatsächlich blendende Schröpf-Idee, ich wüsste aber für das gesamte Bankwesen noch ein paar:
Eintrittsgebühr (für das Betreten einer Bank).
Grüß-Gott-Gebühr (für Grußerwiderung des Bankpersonals).
Unfreundlichkeitsgebühr (für Kunden, die sich vor der Grüß-Gott-Gebühr drücken wollen, also nicht grüßen und daher nicht zurückgegrüßt werden können).
Verunreinigungsgebühr (nur an Regen- oder Schneegatsch-Tagen).
Schlangengebühr (für Anstellen beim Kassenschalter).
Gebührengebühr (für das komplizierte Einheben der diversen Gebühren).
Das müsste reichen, um den Banken über die ärgsten Nöte hinwegzuhelfen.

5. OKTOBER 1999

In der U-Bahn

Szene in der Wiener U-Bahn. Beteiligte: Ein Bürger; ein Wesen, das wie ein Kind aussieht; ein Fahrscheinkontrollor.

Kontrollor: *„Die Fahrscheine, bitte!"*
Bürger (zückt seine Jahrekarte): *„Ganz schön teuer seid's worden — gleich um sechs Hunderter..."*
Kontrollor (seufzt): *„Ja, so is' es halt. Was weiß ich, was den Politikern im Gemeinderat alles einfallt. Sie beschließen, und das Personal muss es ausbaden..."*
Bürger: *„Na ja, die Fahrgäste schon auch, net wahr?"*
Kontrollor: *„Schon irgendwie, ja. Dafür sind auch die Leistungen besser geworden. So, den Fahrschein für Ihren Buben, bitte!"* Bürger (erstaunt): *„Für welchen Buben?"*
Kontrollor (irritiert): *„Na, der neben Ihnen! Wenn er eine Schülerkarte hat und auf der richtigen Route ist, passt's eh. Und wenn er eine Zusatz-Monatskarte hat, auch. Die kostet halt extra was."* Bürger (milde): *„Lieber Herr Kontrollor, was Sie hier sehen, ist nicht mein Sohn, sondern mein Hund Pauli. Er ist nur verkleidet. Als Kind eben. Wenn Sie wollen, lasse ich ihn zum Beweis dreimal bellen!"*
Kontrollor: *„Aha, ein Witzbold! Sie glauben wohl, weil Hunde in Begleitung von Jahreskartenbesitzern jetzt gratis mitfahren dürfen, können S' mich da mit Ihrem Verkleidungsschmäh nehmen und Geld sparen, was?"*
Bürger: *„Aber wo, ich bitt' Sie!"* Dann: *„Los Pauli, bell drei Mal! Kriegst dann vom Frauerl einen Bonzo dafür."*
Pauli: *„Wuff!"* Kontrollor: *„Raus!"*

Ende der Szene. Sie ist zwar frei erfunden (Pardon!), aber in einer Stadt, in der das Leben in den *Öffis* für Eltern komplizierter (und kostspieliger) ist als für Hundebesitzer, ist nichts unmöglich.

12. OKTOBER 1999

Freudenspender

Irgendwie ist es ungerecht: Jemand feiert ein Fest, zum Beispiel Geburtstag, und alles konzentriert sich auf diesen einen Tag. Glückwünsche, Blumen, Geschenke. Dann fällt der Jubilar wieder der öden Alltäglichkeit anheim. Aber es gibt zum Glück immer wieder Ausnahmen. Wie diese in Wien: Herr S. aus dem 7. Bezirk schickte Herrn G. ein Geburtstagstelegramm in den 5. Bezirk. Dieses traf nach 30 Tagen beim Jubilar ein und der war hoch erfreut, weil er auf diese Weise noch einmal an seinen Geburtstag erinnert wurde. Danke, liebe Post, hoffentlich steckt dahinter kein Zufall, sondern Methode.

ULP bringt aber nicht nur auf dem psychischen Sektor Freude, sondern auch im physischen Bereich. Herr Z. aus Wien gibt am Briefschalter ein Brief-Packerl nach Hamburg auf und zahlt dafür nach Abwaage des Poststückes gemäß Computerausdruck 34 Schilling. Zwei Tage später findet er das Packerl in seinem Briefkasten wieder: *Sie haben ATS 36,— zu wenig entrichtet. Nach Begleichen kann Paket entsandt werden.* Hier darf Bewegungstherapie für Postler *und* Kunden vermutet werden: Eine kleine Unterfrankierung durch eine gesundheitsbewusste Beamtin — und schon ergeben sich ein paar die Durchblutung fördernde Wege.

Telefonabmeldung: Herr P. gibt am Postamt das dafür vorgesehene Kärtchen ab — und ist verblüfft, weil das ATS 6,50 Porto kostet. ULP klärt somit indirekt auf, denn womöglich gibt es noch Kunden, die glauben, es kostet nichts, wenn sich die Post Post schickt.

27. OKTOBER 1999

Stargewimmel

Ohne den ständigen Gebrauch des Superlativs wären Journalisten von heute so gut wie aufgeschmissen. Niemand würde es lesen, wenn sie einfach über irgendwen schreiben, anstatt schon in der Überschrift bekannt zu geben, es handle sich z. B. um den besten, schönsten oder dicksten Tenor. Das Blöde daran ist nur, dass Steigerungen leider nicht nach oben offen sind.
Eine der wenigen Ausnahmen ist beglückenderweise der Begriff *Star.* Früher gab es zwar nur eine Steigerungsstufe (*Weltstar*), aber das ist längst vorbei. Bald kam der *Superstar*, ab dann besann man sich zur weiteren Staraufwertung der Vorsatzzeichen aus dem Messwesenbereich. Interessanterweise wurde dabei z. B. der *Kilostar*, also Star^{2}, übersprungen, obwohl das sehr oft eine günstige Bezeichnung wäre. Derzeit halten wir jedenfalls bei *Megastar* (Star^{6}), bereits vereinzelt auftauchende *Gigastars* (Star^{9}) sickerten noch nicht richtig ins journalistische Starbewusstsein ein. Aber es wird schon noch werden. Immerhin liegt noch das weite Feld von *Terastar* (Star^{12}), *Petastar* (Star^{15}) und *Exastar* (Star^{18}) vor ihnen.
Das Gewimmel stinknormaler *Stars* wird ohnehin bedrohlich. Stargeiger, Stardesigner, Stararchitekten, Politstars, Formel-I-Stars, Stürmerstars, Starmoderatoren, Starmodels, Staranwälte, Starchirurgen, Starkabarettisten, Starköche. Es ist nur noch ein kleiner Schritt zu Starwürstelmann und Starhäuslfrau.
Abhilfe tut also Not. Ganz neue wäre z. B. der Millistar (Star^{-3}). Das hört sich auch ganz gut an und würde zugleich die Star-Massen aufwerten.

16. NOVEMBER 1999

AST = (E . BAS) : EST

Die Vorweihnachtszeit wird bekanntlich von Jahr zu Jahr länger, was sich vor allem für die Erzeuger und Verkäufer alkoholischer Getränke günstig auswirkt. Es kann kein Zufall sein, dass der Künstler Kurt Ostbahn einst den Gruß *Fröhliche Wei(h)nachte(l)n* erfand. Der österreichische Mensch feiert an sich schon gerne, im Advent kommt noch ein nicht näher zu definierendes Glücksgefühl dazu. Während dieser interessanten Periode leben die meisten nach einer Besinnlichkeitsformel. AST = (E . BAS) : EST.
In Langschrift: Adventstimmung ist gleich Event mal Blutalkoholspiegel gebrochen durch Einkaufsstress. Logischerweise steigt der Besinnlichkeitsquotient parallel zu höherem BAS, weil der Einkaufsstress im Wesentlichen immer gleich bleibt.
Da die Anhänger intensiver Besinnlichkeit im Normalfall zugleich begeisterte Autofahrer sind, ergibt sich daraus ein kleines Problem. Die Kombination beider Vorlieben ist nämlich auch der Exekutive bekannt, die daher boshafterweise über Adventplanquadrate nachdenkt. Durch einen kleinen Vor-vorweihnachtlichen Test mutierte am vergangenen Wochenende in Wien ein schönes Schüppel von Autolenkern für einige Zeit zu Fußgängern. Für die kommenden Wochen kündigte die Polizei jedenfalls *Sonderstreifen* an.
Die Wirte, Punschverkäufer und Firmenfeier-Organisatoren vernehmen es mit Grausen. Aber es könnte ja sein, dass sich die Noch-Führerscheinbesitzer etwas einfallen lassen, das über die Nicht-Erwischt-Werden-Hoffnung hinausgeht.

5. DEZEMBER 1999

Von Hilfe bis Klon

Mit dem Advent-Slogan *Trinken und Helfen* laden Wiens Polizisten zum Punsch, der Erlös geht an die Kinder-Krebshilfe. Eine nette Idee, zumal die Punschtrinker allenfalls in doppelter Hinsicht helfen können. Zuerst in der Punschütte den Kindern und dann im Planquadrat dem Finanzminister.

Bei der U4-Stadtion Stadtpark kündet eine Tafel vom Einbau eines Aufzuges. Als Baubeginn ist *März 1999* angegeben und als voraussichtlicher Fertigstellungstermin Ende *März 9000.* — Hier darf einmal reinen Herzens von einem Jahrtausendhit die Rede sein.

Wenn im KURIER im Zusammenhang mit Malaria zwei Mal der Begriff *Geldfieber* auftaucht, kann das kein Zufall sein. Und so wissen wir, dass der Arzt William Gorgas um 1900 am Panamakanal das Geldfieber ausrottete. Es dürfte weltweit die bisher einzige Region sein, wo das gelungen ist.

In einer Vorschau auf Olympia 2000 berichtet „Täglich Alles" über Sydney, wo sich *15.000 Journalisten die Finger wund oder den Mund fusselig reden werden.* — Natürlich nur diejenigen, die ihre Finger vor dem Reden nicht aus dem Mund nehmen.

In einem KURIER-Bericht über den Rathausklub wird auch die *Nutzung von Datenbänken* erwähnt. — Das ist endlich eine gute Nachricht, denn die Kommunalpolitiker sitzen ohnehin viel zu oft tatenlos in ihren Abgeordnetenbanken herum.

15. JÄNNER 2000

Pendler in die Stadthalle!

Zu den größten Veranstaltungsräumen des Landes gehört die Wiener Stadthalle, wo es oft lustig hergeht. Und ich denke mir: Es könnte in der Stadthalle irgendwann eine großartige Veranstaltungsreihe starten, deren Einzigartigkeit unter anderem darin läge, dass die Zuhörer auf der Bühne sitzen, weil die Zahl der Mitwirkenden so gigantisch ist, dass es gar nicht anders geht.
Im Detail stelle ich mir das so vor: Der Raum ist mit 12.000 gut disponierten ÖBB-Pendlern gefüllt, die statt brennender Feuerzeuge oder zischender Wunderkerzen Verspätungs-Bestätigungen der ÖBB schwenken und im Chor eine aktuelle Variante zu *Lasst uns froh und munter sein!* singen. (Sie endet mit *Lu-stig, lu-stig, tra-le-la-la-ra, bald ist unser Pendler da!*) Währenddessen haben ÖBB-Vorstand und andere Verantwortungsträger auf der Bühne Platz genommen und es kann richtig losgehen.
Kleine Gruppen treten vor und erzählen unter allgemeinem Gejohle Erlebnisse aus dem Pendleralltag. Von Zügen, die defekthalber mitten auf der Strecke halten und keiner weiß, was weiter passiert; von Zügen, die nur an Donnerstagen pünktlich sind; von falschen oder überhaupt ausbleibenden Informationen; vom Zusammengepferchtwerden bei Umladungen; vom Von-Bahnsteig-zu-Bahnsteig-Rennen; von rollenden Saunas und Eiskästen; von versperrten Toiletten, usw. usw. Und zuletzt singen alle gemeinsam mit der ÖBB-Riege *„Verkauft's mei Bahn, i fahr' in Himmel!"*
Das Tolle daran wäre: Die Veranstaltung könnte in den nächsten Jahren jeden Monat stattfinden. Mindestens.

9. FEBRUAR 2000

Verhältnismäßigkeit

Es ist eine günstige Zeit, um über die Verhältnismäßigkeit nachzudenken. Bei den Nationalratswahlen haben 73 Prozent der Österreicher eine bestimmte Partei *nicht* gewählt. Das ist verhältnismäßig viel. Es entschieden sich also 27 Prozent *für* diese Partei. Auch das ist — angesichts der Angreifbarkeit ihres Führers — verhältnismäßig viel. Eine andere Partei, die schon einmal fast 50 Prozent hatte, hält jetzt auch bei knapp 27 Prozent, was verhältnismäßig wenig ist. Aber sie stellt den Regierungschef, was verhältnismäßig viele in Rage versetzt. Beide Parteien gingen zusammen und haben nun 53,8 Prozent, was verhältnismäßig viel ist. Doch ob ihre Wähler voll hinter diesem Schulterschluss stehen, ist verhältnismäßig unsicher.
Nun begebe ich mich auf eine profanere Ebene. Im Radio wurde am Dienstag mehrfach erwähnt, dass unser Rigips-Danilo heute bekannt geben wird, wer heuer sein prominenter Opernballgast sein wird. Das interessiert verhältnismäßig wenig. Denn Ö3-Reporter kamen bei der günstigen Gelegenheit auf die an sich abwegige, aber, wie sich herausstellen sollte, verhältnismäßig originelle Idee, das Volk auf der Straße zu fragen: *„In welchem Gebäude findet der Opernball jedes Jahr statt?"* Keiner der sechs auf Sendung zu hörenden Wiener wusste es nämlich. Möglich, dass Ö3 unter Hunderttausenden Befragten nur diese paar Ignoranten fand, was verhältnismäßig wenig wäre. Andernfalls müsste man ja glauben, viele Bürger dieses Landes begreifen überhaupt nichts. Das ist verhältnismäßig unwahrscheinlich. Wahrscheinlich.

12. FEBRUAR 2000

„Ollas a Schas!"

Wien ist und bleibt eine Theaterstadt. Gott sei Dank. Aufgeführt, und zwar aus dem Stegreif, wird erfreulicherweise auch im Alltag einiges.
Wenn zum Beispiel die Straßenbahnlinie D wegen einer Demonstration die Route ändert, muss das nicht jeder zusteigende Fahrgast wissen. Und wenn der D-Wagen daher an gewohnter Stelle nicht abbiegt, sondern geradeaus weiterfährt, dann erkundigt sich ein solcher Fahrgast natürlich bei dem Mann an der Tramwaykurbel nach dem Grund.
Der könnte die Situation leicht mit einem Satz erklären, aber wir befinden uns eben in der Theaterstadt Wien. Also macht er es spannend und so entsteht ein kleines Stück.
Vorhang auf.
Fahrgast: *„'tschuldigung, wieso biegen Sie nicht ab?"*
Fahrer: *„Wiaso soi i obiagn?"*
Fahrgast (keck): *„Weil 's dort nach Nussdorf geht."*
Fahrer: *„Wos soi i in Nussdorf?"*
Fahrgast (verunsichert): *„Na ja, das ist doch die Strecke nach Nussdorf..."*
Fahrer: *„Heit net!"*
Fahrgast (trotzig): *„Wieso?"*
Fahrer: *„Wäu ma heit olle am Südbahnhof foan!"*
Dame (mischt sich ein, spitz): *„Auf dem Schild steht aber Nussdorf!"*
Fahrer: *„Auf an Schüd kaun vü stehn. Waun's nach Nussdorf woit's, miasst's mit der U-Bahn foan."*
Fahrgast (tollkühn): *„Und warum, bitte?"*
Fahrer (bitter): *„Des miasst's de Regierung frogn. De san olle total wuki aufn Haider. Ollas a Schas!"*
Vorhang zu. Ende des wienerischen Dramas, das eigentlich nur ein Dramerl ist. Ein lustiges natürlich. Und niemand kann daher behaupten, es sei langweilig bei uns.

14. APRIL 2000

Im Polizeiseminar

Ich stelle mir das so vor: Im Zuge des Polizei-Seminars *„Wie der Sicherheitswachebeamte Bürgernähe am geschicktesten vermeidet"* konstruiert Oblt. Holzauge einen Fall. Er spricht eine junge Kollegin direkt an.
Holzauge: *„Beim Betreten des Wachzimmers treffen Sie auf eine Bürgerin, die soeben vor dem Wachzimmer in 2. Spur ihr Fahrzeug abgestellt hat. Was tun Sie?"*
Polizistin: *„Ich drohe!"* Holzauge: *„Gut! Und wie?"*
Polizistin: *„Ich sage: Woin S' a Anzeige?"* Holzauge: *„Bravo! Aber was ist, wenn die Bürgerin etwas erklären will?"*
Polizistin: *„Da gibt's ka Erklärung..."*
Holzauge: *„Momenterl! Sag' ma, die Bürgerin sagt: ‚Ich habe soeben eine Brieftasche gefunden, die will ich nur im Wachzimmer abgeben, ich bin sofort wieder weg ... "*
Polizistin: *„Na, na! Vorschrift is Vorschrift!"*
Holzauge: *„Genau! Aber jetzt rennt die Bürgerin trotzdem ins Wachzimmer. Sie gibt die Brieftasche ab, bittet eine andere Kollegin noch, bei der Bank anzurufen, damit sich der Besitzer die 700 Schilling erspart, die das Sperren einer Kreditkarte kostet, und rennt wieder zu ihrem Auto. Was tun Sie während der zwei Minuten, die das Ganze dauert?"* Polizistin: *„Nix. Ich warte, bis sie weg ist!"*
Holzauge: Und dann?"
Polizistin (lacht): *„Dann zeig' ich sie an!"*
Holzauge (lacht auch): *„Leinwand! Setzen, 1!"*

Der Fall ist natürlich echt (13., Preindlgasse) und die Bürgerin hat sich beschwert. Weniger über die Strafe (die 400 Schilling muss sie sowieso zahlen), sondern über die hinterfotzige Polizistin. Der Stadthauptmann von Hietzing entschuldigte sich für deren Verhalten und ist somit ein Kandidat für das o. a. Seminar.

15. APRIL 2000

Befindlichkeit

Beharrliches Suchen müsste eigentlich irgendwann belohnt werden. Aber das Leben kann eben sehr ungerecht sein.
Ich suche zum Beispiel seit Monaten in allen mir vorliegenden Zeitungen und Magazinen nach einem Text, in dem *Befinden* vorkommt. Also jenes Wort, das für den körperlichen oder seelischen Zustand eines Menschen steht.
Jedoch: *Das Befinden* ist offenbar ausgestorben, aus dem Repertoire der schreibenden Menschheit verbannt worden. Einfach weg. Ich lese überall nur von der *Befindlichkeit*. Und weil eben *Befinden* nicht mehr vorkommt, kann das logischerweise nur bedeuten, dass mit *Befindlichkeit* *Befinden* gemeint ist.
Niemand kann genau sagen, warum die Ablöse erfolgte. Es gibt lediglich Vermutungen. Am wahrscheinlichsten ist aber, dass die Na-was-sagt-ihr-jetzt?-Methode dahintersteckt. Viele Journalisten neigen ja dazu, ihren Intellekt durch kompliziertes Formulieren nachzuweisen. Das haben sie den Politikern abgeschaut. Dazu gehört natürlich auch die Erfindung von allerlei Wortunsinn. Einer erfindet, die anderen sind von der Kreation begeistert, übernehmen sie sogleich und zuletzt ist jeder, der sich der Hin-zum-Krampf-Bewegung nicht angeschlossen hat, ein Außenseiter. Es muss furchtbar sein, wenn einer *Befinden* schreibt und dann womöglich von einem Kollegen gefragt wird: Na, noch nichts von *Befindlichkeit* gehört, Trotti?
Der neueste „Duden" hat die *Befindlichkeit* jedenfalls schon aufgenommen. Aber er verzichtet auf jeden Unsinnshinweis. Ziemlich nobel.

10. MAI 2000

Das Humpdumprätsel

Die Diskussion um den *Hump* oder *Dump* in unserer Hofburg spaltet meine Leser in zwei Lager. Die einen wundern sich, dass nur darüber gerätselt wird, ob Klestil laut Kabas ein *Hump* oder ein *Dump* ist, ohne sich mit der Bedeutung von *Hump* oder *Dump* zu befassen. So als ob sowieso jeder wüsste, was ein *Hump* oder ein *Dump* ist. Wolfgang B. aus Wien fragt mich zum Beispiel: *„Darf ich Hump zu Ihnen sagen?"* (Ich überlege noch).

Die anderen sind über *Hump* oder *Dump* begeistert, weil sie hoffen, dass durch Buchstabenaustausch das eine oder andere gängige Volkswort salonfähiger wird. Zumindest eine Zeit lang. Unter anderem wurden die Beispiele *Gauschädel* (mehr in völkischen Kreisen) und *Urschloch* (im ganzen Volk) genannt.

Unterdessen hat man sich im Institut für Germanistik an der Uni Wien mit der Entschlüsselung von *Hump* oder *Dump* befasst. Aber es ist dabei nicht viel herausgekommen. Außer *Humpty Dumpty*, einer Figur im Märchen „Alice im Wunderland", die ein über Nonsens räsonierendes Riesenei darstellt.

Im „Großen Österreichischen Schimpfwörterbuch" fand ich nur *Humpel* (böses Weib) und *Dumpak* (Blödian), was nur geringfügig weiterhilft. Mit *Gump* aus Kabas' Mund hätten wir uns etwas leichter getan, der ist eindeutig ein etwas dumpfer Filmheld.

Es wird wohl so sein, dass Herr Kabas — soferne er kein schamloser Lügner, also ein Lump ist — mit einem Schlag zwei Eigenkreationen hervorbrachte. Wenn diese seltsame Figur nur damit in die Geschichte eingeht, soll es mir recht sein.

15. JUNI 2000

Opferforderung

Der Satz lautet so: *Das Pfingstwochenende forderte einen erschreckend hohen Blutzoll auf unseren Straßen.* Er stammt aus der „Krone", könnte aber genauso gut woanders zu finden sein — in unerschütterlicher Verbindung mit *Opferbilanz* bzw. *Todesopfern.*
Zu den großen, offenbar unverzichtbaren Phänomenen des Nachrichtenwesens gehört die Einbringung des imaginären Subjekts. Also die Technik, Subjekte, die es gar nicht gibt, aktiv werden zu lassen.
Verweilen wir beim Pfingstwochenende. Aus Sicht der Nachrichtenredakteure muss sich Folgendes abspielen: Naturgemäß *vor* Pfingsten geht das Pfingstwochenende an die Öffentlichkeit und fordert Opfer. Zwar von niemandem bestimmten, aber irgendwie halt doch. Vielleicht sogar direkt beim ÖAMTC. Selbstverständlich wissen nicht einmal besonders gebildete Reporter, warum das Pfingstwochenende überhaupt etwas fordert. Und welche Sanktionen es im Falle der Nichterfüllung seiner Forderung, also der Nichtdarbringung von Opfern, zu ergreifen gedenkt. Aber die Bekanntgabe einer Drohung durch das Pfingstwochenende wäre sowieso überflüssig, weil immer ein paar Verkehrsteilnehmer auftauchen, die sich zwar dem Pfingstwochenende nicht freiwillig opfern, aber immerhin tödliche Fehler begehen.
Da das Pfingstwochenende bekanntlich nur ein Mal im Jahr fordert, müssen sich die Journalisten zwangsläufig an andere tückisch und unberechenbar agierende Übermächte halten. Es werden z. B. Forderungen der Hitzewelle nicht mehr lange auf sich warten lassen.

23. JUNI 2000

Erlebniswelten

Wir leben heute in einer Erlebniswelt und der Unterschied zu früher besteht darin, dass wir zwar auch ständig irgendwas erlebten, aber nun wird eben erlebt, weil es irgendein findiger, meist lustiger Kopf einfädelt.
Eine Leserin erzählte mir zum Beispiel, wie es war, als sie in der Autobahnraststätte Bad Fischau plötzlich vor einer Tür mit der Aufschrift *Erlebnistoilette* stand. Derlei erweckt Vorfreude und der potenzielle Erleber vergisst vielleicht sogar, warum er sich überhaupt auf die Suche nach dem Örtchen gemacht hat.
In Bad Fischau ist es jedenfalls so, dass hinter der Tür eine riesige Häuslfrau aus Holz sitzt, was für Besucher an sich schon ein fantastisches Erlebnis ist. Beglückt stolpert meine Dame in den nächsten Raum, der durch viele kreisrund angelegte bunte Türen fasziniert. Hinter einer findet sie, was sie sucht, es beginnt das Schwerkraft-Erlebnis. Das heißt alles, was sie irgendwo hinzulegen versucht, fliegt dem Erdmittelpunkt entgegen, weil es in der Erlebnistoilette eben keine ebenen Flächen gibt.
Leicht erlebnisverwirrt wählt sie sodann eine falsche bunte Tür und findet sich im Erlebnis-Pissoir wieder, tritt mit zart geröteten Wangen den Rückzug aus der — Pardon — Scheißgasse an, beobachtet aber zugleich aus den Augenwinkeln eine andere Frau, die mit hochrotem Kopf das gleiche Erlebnis erlebt.
Verblüffung weicht glücklichem Gackern, beide begreifen, was eine Erlebnistoilette ist. Trotzdem wünscht meine Informantin ihren Erfindern etwas, das mir ziemlich bekannt vorkommt: *„Geht's gacki!"* Seltsam.

12. JULI 2000

Best off

Im Magazin *TV* lese ich den Titel: *VERA — BEST OFF.* — Da dies auf Deutsch *Vera — am besten ausgeschaltet* heißt, handelt es sich um eine mutige Empfehlung.

Laut „tv media" spielt *Sturm Graz* bald gegen den israelischen Klub *Happel Tel Aviv.* — Es muss also erfreulicherweise endlich eine pro-österreichische Aktivität im Ausland gegeben haben, denn *Happel Tel Aviv* hieß früher einmal *Hapoel Tel Aviv.*

In der KURIER-Sportredaktion herrschte nachträglich Entsetzen, weil der Vienna-Vizepräsident in einer Bildunterschrift plötzlich *Bley* hieß. Dieser korrigierte den Fehler brieflich und ersuchte darum, in Zukunft nachstehenden Namen zu verwenden: BR. h. c. Arch. G. Blei e. h. - Das gefällt mir und ich hoffe, dass BR. h. c. Arch. G. Blei e. h. noch viel für die Vienna tut, damit ich BR. h. c. Arch. G. Blei e. h. möglichst oft lesen kann.

Im KURIER lese ich in einer Wetter-Kolumne: *Wetterkapriolen kommen in regelmäßigen Abständen immer wieder vor. Und das, seit wir uns zurückerinnern können.* — Wie es war, als wir noch nicht fähig waren, uns zurückzuerinnern, können wir nur vermuten. Aber es ist jedenfalls aufmerksam, wenn uns hie und da jemand an etwas erinnert, was wir ohnehin wissen.

Apropos Wetter: Die wortgewandte ORF-Isabella warnte: *Bei Bergtouren sollte man auf Grund der Gewittertätigkeit laufend das Wetter beobachten.* — Ob man dabei mehr sieht, ist ungewiss. Als schon etwas älterer Mensch tue ich mir allerdings, besonders an heißen Tagen, beim Bergaufrennen auch nicht mehr so leicht.

21. JULI 2000

AUS durch GIS

„Wir wollen auf Kundenwünsche besser eingehen und Service und Effizienz verbessern."

Jürgen Mendetter, seit April Geschäftsführer der Gebühreninkasso Service GmbH (GIS), zuständig für Inkasso und Administration der ORF-Gebühren, in einer ORF-Presseaussendung am 13. März 2000.

Ja, die Effizienz! Nicht unwichtig für eine Gesellschaft, die für ihre Eigentümer (ORF und Post) 1999 immerhin 7,5 Milliarden eingehoben hat.
In Wirklichkeit könnte es viel mehr sein, aber das beliebte Schwarzseherwesen ist nur schwer ausrottbar. Dafür gibt es für die Verklammerung von *Effizienz* und *Service* sicher wunderbare Möglichkeiten. Wie mag so ein Effizienz-Erhöhungseinsatz starten? Vielleicht so: *„Rennbahnweg 27, Schwarzseherverdacht, GIS 22 übernehmen Sie!"*
Der Rest ist bereits Realität: 2 GIS-Agenten läuten an der Tür, eine junge Frau — geistig behindert — öffnet. Ein Agent schiebt den Fuß in die Tür, der andere stürmt, seinen Namen und GIS nennend, in die Wohnung, sieht sich um. Die verdatterte junge Frau erklärt, sie sei nur auf Besuch bei ihrem Vater, der würde ohnehin bald wieder da sein. Der Agent drückt ihr ein Anmeldeformular in die Hand und droht: *„Gleich ausfüllen und einzahlen, sonst kost' des 30.000 Schilling Strafe!"*
Der Vater findet später die Tochter heulend vor, aufgelöst, im Zustand hoher Erregung, er geht mit ihr sogar zum Arzt. Und? Na ja, eine kleine Wohnungs-Erstürmung halt. Das *Service* kann GIS in dem Fall leider nicht verbessern, denn der Verdächtigte besitzt weder TV-Gerät noch Radio.
AUS (Angst und Schrecken) durch GIS. Günstig für die Effizienz.

31. AUGUST 2000

Kleine Konferenz

Die kleine österreichische Verkehrssicherheitskonferenz. Teilnehmer: Ein Rudel österreichischer Ministerialräte.
MR 1: „Alsdann, gemma's an, meine Herren! Es muss was g'schehn!"
MR 2: „Bavo!"
MR 3: „Na ja, die Leut' werden halt schon ein bissel unruhig, weil dauernd was passiert, aber nix g'schieht."
MR 1: „Dafür sind wir ja da, net wahr? Probieren wir's diesmal einfach radikal!"
MR 4: „Gemach, gemach, meine Herren, wir müssen erst einmal alles überdenken ..."
MR 2: „Bravo!"
MR 3: „Ich bin für Tempo 30 landesweit! Da haben alle was davon. Es geht sowieso nix weiter im Verkehr ..."
MR 2: „Bravo!"
MR 4: „Na, na, na. Da tät' ma uns ja ins eigene Fleisch schneiden. Oder wollt's in Zukunft nur mehr zuckeln?"
MR 2: „Bravo!"
MR 1: „Radikal, ja brutal strafen, das müss' ma! Nur übers Geldbörsel kommen wir an die Autofahrer heran. Weh muss es tun! Wenn so ein Raser erwischt wird und wir knöpfen ihm deswegen 100.000 Schilling ab, der fahrt nie wieder zu schnell!"
MR 2, 3, 4: „Bravo!"
MR 5 (hat bisher nur schweigend zugehört): „Aber meine Herren! Darf ich Sie vielleicht an was erinnern? Die Autofahrer haben voriges Jahr zwei Milliarden Schilling an Verkehrsstrafen abgeliefert! Wenn wir radikal strafen, werden sich diese ganzen Trotteln wahrscheinlich z'sammreißen und uns wird der Finanzminister deswegen den Schädel abreißen!"
MR 2: „Uijegerl, da mach' ma lieber nix! Weiterg'wurschtelt wird!"
Alle anderen: „Bravo!"

14. SEPTEMBER 2000

Monstergeräte

Wenn ein ÖBB-Bediensteter, der im Verkauf tätig ist, die Mehrwertsteuer nicht berechnen kann, ist das natürlich irgendwie blöd. Aber wenn ich von so einem Fall erzähle, dann heißt das noch lange nicht, dass deswegen alle ÖBB-Bediensteten in die Kategorie *ahnungslos* fallen.
Diese Feststellung treffe ich freiwillig, und nicht deshalb, weil der Fahrdienstleiter Erwin St. vermutet, *dass Sie sich auch schön langsam der Taktik der FPÖ bedienen, ganze Bevölkerungsgruppen schlecht zu machen und sie gegeneinander aufzuhetzen.*
Oha. Wer mag schon gerne mit FPÖ-Taktikern in einem Atemzug genannt werden? Ich jedenfalls nicht. Aber der Verdacht ist so oder so falsch.
Ich glaube ja überhaupt nicht, dass man als Mitarbeiter der ÖBB ein leichtes Leben hat. Das entnehmen wir z. B. einer Aufklärungsaktion von allerhöchster ÖBB-Stelle. Auf Plakaten, in Inseraten, auf Postkarten usw. wird derzeit darauf hingewiesen, wie schwer die Bedingungen sind.
So wird unter anderem auf einem Plakat eine Schaufel abgebildet, die ca. 75 Zentimeter lang ist. Daneben steht: *Bahnhofswerkzeug der ÖBB (Maßstab 1:200).*
Hm. Eine kleine Umrechnung sagt uns, dass diese Schaufel im Original etwa 150 Meter lang ist. Erst wer einmal mit einer 150 Meter langen Schaufel hat arbeiten müssen, kann ermessen, wie schwierig ein Job sein kann. Das gilt natürlich auch für die abgebildeten Monster-Kranhaken oder Bohrmaschinen.
Die Probleme der ÖBB liegen also vor allem im ergonomisch falschen Werkzeug. Perestroika ist angebracht. Dringend.

19. DEZEMBER 2000

Vom Ungeliebtsein

Jeder von uns muss damit leben, dass es Menschen gibt, die ihn nicht lieben. Ich selber habe es ja auch nicht leicht. Die in dieser Kolumne erscheinenden Texte gefallen nicht jedem, was einerseits ganz in meinem Sinne ist, andrerseits aber auch meine Laune trübt.
Es faxt zum Beispiel der Leser Wolfgang Trimmel aus dem Rathaus an den KURIER-Herausgeber: *Es fällt ja schon zunehmend schwer, sich an die leidlich plausiblen Dokumente des Hufnagl'schen „UnsereLiebePost"-Verfolgungswahn zu gewöhnen.*
Dem steht gegenüber, dass sich am selben Tag die „Wiener Zeitung" mit *empirischer Postologie* befasste und Gerald Jatzek, ein Kollege, den ich gar nicht kenne, schrieb über mich: *Möge sein Antlitz eine Sondermarke zieren.*
Wie soll ich mich da noch auskennen? Aus der Sondermarke wird jedenfalls nichts, da müsste ich wahrscheinlich öfter über die Post schreiben. (Dies ist die 301. Kolumne in diesem Jahr, aber nur acht Mal war die Post Thema.) Außerdem hat mir einmal ein Postgewerkschafter empfohlen, ich möge mich zwecks Heilung meines *offenbar vorhandenen Postsyndroms in psychiatrische Behandlung begeben.*
Das passt irgendwie zu den Vorstellungen des eingangs zitierten Lesers, dem missfiel, dass ich die prachtvolle Nasenbehaarung von Bernhard Görg erwähnte. Das weise *auf einen neurotischen Zugang zum Journalistenberuf hin.* Zuletzt bittet er den Herausgeber, *um Bewahrung der KURIER-Leserschaft vor solchen kranken Geschichten.*
Es ist vermutlich auch für einen Herausgeber nicht immer leicht mit kranken Journalistengehirnen umzugehen. Aber manche liebt er trotzdem.

3. JÄNNER 2001

Spannende Suche

Lehrreich ist das Leben, doch hin und wieder gibt es sogar für Menschen mit größter Lebenserfahrung interessante Überraschungen.
Der Pensionist E. machte sich in Wien auf die Suche nach dem verlorenen Ermäßigungsschatz, also nach der ÖBB-Vorteilscard für das Jahr 2001. Die dazu benötigten Formulare waren zwar bei Herrn E. auf dem Postweg eingetroffen, nicht aber die für seine Frau.
1. Akt — am ÖBB-Servicetelefon. Das Ergebnis war vorauszuahnen: ULB schiebt den Schwarzen Peter ULP zu.
2. Akt: Der Pensionist fährt in die ÖBB-Generaldirektion, Elisabethstraße, Innere Stadt. Herumfragen. Dann Abschieben in Richtung ÖBB-Nebengleis Mariannengasse in Wien-Alsergrund.
3. Akt: Der Pensionist trifft dort ein, trägt dem Portier sein Anliegen vor, und der sagt: *„Zimmer 107!"*
4. Akt: Große Spannung. Als der Pensionist an die Tür von Zimmer 107 klopft, tönt es hohl zurück. Vorsichtig öffnet er die Tür und findet einen leeren Raum vor. Kein Mensch, kein Möbelstück, nichts. Auch die benachbarten Räume bieten dieses Bild. Ausgeräumt, verlassen.
5. Akt: Wieder beim Portier. Der kann das plötzliche Verschwinden ganzer Abteilungen auch nicht fassen. Anruf in der Direktion. Meldung. Jetzt kommt die erlösende Klärung aus der Elisabethstraße: *„Jessas na, de san jo vor 14 Tagen in die Leopoldstadt übersiedelt!"* (Offenbar durch ein Hintertürl, um den Portier nicht zu verwirren).
6. Akt: Der Pensionist reist weiter. Reicher geworden um die ÖBB-Pflanz-Erfahrung inkl. Nervenkitzel.

11. MÄRZ 2001

Wunderwaffe

Die Österreicher sehen neuerdings lieber bei Barbara Stöckl als bei Vera Russwurm zu. Eine schwierige Situation für *tv media*, wenn seine „Quoten-Queen" gar keine Queen mehr ist? Aber nein. Das Zentralorgan des sprachlosen Infantilismus hat Frau Stöckl in den Rang der „Quoten-Wunderwaffe" erhoben. Gratulation.

Die Umbenennung von *Der Standard* in *Die Standard* wurde nur vom Blattaufmacher der *OÖNachrichten* übertroffen: „Pühringer will BHs zu modernen Amtsshops umfunktionieren." — Das wird man sich näher anschauen müssen.

„Reh brachte Frau ins Krankenhaus" laut KURIER. Leider gab es kein Foto von dem interessanten Vorgang.

Die Firma Aibler (Fleisch- und Wurstwaren) ließ plakatieren: „Um jeden subjektiven Verdacht gerecht zu werden, wurden für unsere Kunden seit 08. 01. 2001 alle Wurstrezepte auf 100% Schweinefleisch umgestellt." Manchmal scheint's, als wäre BSE weiter verbreitet, als wir glauben.

Auf der 1-Liter-Packung von NÖM-Milch wird unter „Wellness kommt von Balance" für einen Joghurt-Drink so geworben: „NÖM Balance leistet (...) einen wertvollen Beitrag für Schönheit, Wohlbefinden und Stress." — Es ist wahrscheinlich die einfachste, vielleicht sogar gesündeste Möglichkeit, zu Stress zu kommen.

In einigen Zeitungen erschien diese Annonce:GIESSHÜBL, zwei uneinsichtige Terrassenwohnungen (...) provisionsfrei! — Wenigstens der Verkäufer beweist Einsicht, indem er angesichts des Angebotes nicht auch noch Provision verlangt.

16. MÄRZ 2001

Herumreder

So armselig und primitiv können die meistens sehr gezielt eingesetzten Wortmeldungen des Landeshauptmannes von Kärnten gar nicht sein, dass sie nicht auch ihre faszinierenden Seiten hätten. Seine Rieder Bierdunstiade hat beispielsweise beim Koalitionspartner zum plötzlichen Ausbruch der Staatsmeisterschaft im Herumreden geführt. Sie verlief sehr interessant.

Herumreder gibt es natürlich in allen politischen Parteien zu jeder Zeit, sie begleiten uns ein Leben lang. Das Ziel eines guten Herumreders ist, bei seiner Wortmeldung jede Klarheit zu vermeiden und — eine Herumreder-Todsünde — niemals mit „Ja" oder „Nein" auf eine Frage zu antworten. Wenn ein paar Tage vergangen sind, sich also niemand genau erinnern kann, sagt ein richtiger Herumreder gerne, dass er dies oder das ohnehin schon in aller Deutlichkeit gesagt habe. Selbst wenn dann boshafte Journalisten alte Zitate ausgraben, kann das den Herumreder nicht aushebeln. Er redet dann eben so lange herum, bis niemand mehr weiß, worum es überhaupt geht.

Jetzt bei der offenen ÖVP-Staatsmeisterschaft gab es leider auch einen Eklat. Franz Fischler wurde disqualifiziert, weil er zu klare Worte zum Ariel-Zitat fand. Bundespräsident, Kanzler, Innenminister und Außenministerin mussten mit den Ehrenplätzen zufrieden sein, denn gewonnen hat Generalsekretärin Rauch-Kallat-Mensdorff-Pouilly.

Ihre Antwort auf die Frage, ob sie des Rundumschlägers Aussage als antisemitisch empfinde, war der Sieger-Satz: „Ich empfinde sie insoferne als antisemitisch, als sie von sehr, sehr vielen Menschen als solche empfunden wurde." So was muss einem erst einmal einfallen.

20. APRIL 2001

Das Versprechen

Jeder Politiker, der einen Satz mit „Ich verspreche" einleitet, kennt selbstverständlich das Risiko vollmundiger Ankündigungen, aber er geht es trotzdem gerne ein. Weil es sich gut anhört und weil man als begabter Wortjongleur bei Bedarf aus jeder selbst gegrabenen Grube irgendwie wieder herauskommt.

Jetzt hat der Finanzminister etwas versprochen, was insoferne nicht überbewertet werden darf, weil alle Finanzminister der Republik große Versprecher waren, ohne dass im Falle der Nichteinhaltung eines Versprechens irgendjemand besonders verblüfft gewesen wäre.

Diesmal geht's aber um ein kühnes Versprechen: Mit der Einführung des Euro würden sich weder im privaten Bereich noch im öffentlichen Sektor Preise „nach oben verändern". Und zur Bekräftigung sprach der Bundeskanzler ein großes Wort gelassen aus: „Niemand wird sich ein Körberlgeld verschaffen."

Darüber wird sich das Volk riesig gefreut haben, wenngleich nicht auszuschließen ist, dass Teile von ihm angesichts dieses Versprechens milde gelächelt haben.

Noch ist es ja so, dass die Österreicher für ihre neue Währung so gut wie gar kein Gefühl haben. Und ich wage eine Behauptung aufzustellen, die weniger kühn ist als das erwähnte Versprechen: Wenn die Frist der doppelten Preisauszeichnung im Februar 2002 abgelaufen sein wird, wird sich dieses Gefühl noch immer nicht eingestellt haben. Es könnten die Tage des fröhlichen Aufrundens anbrechen — und das Volk merkt es gar nicht. Ein „verstärktes Augenmerk auf Preisveränderungen" durch die Behörden wurde übrigens auch versprochen. Glauben wir halt einmal daran.

24. APRIL 2001

Körberlgeld

Falls sich ein Gönner dazu aufraffen könnte, mir 3,7 Millionen Schilling zu schenken, wäre ich sehr froh. Es würde mir – zumindest für einige Zeit – ein Leben in Saus und Braus ermöglichen.
Für den Finanzminister der Republik ist ein solcher Betrag eher bedeutungslos – ein Körberlgeld.
Damit sind wir bei jenem Thema, von dem hier vor ein paar Tagen die Rede war. Tausche Schilling gegen Euro. Erwartungsgemäß ist das Versprechen von Finanzminister und Bundeskanzler („Niemand wird sich ein Körberlgeld verschaffen") bei vielen Lesern auf Skepsis gestoßen. Sie sind misstrauisch, aus gutem Grund vielleicht, und wollen daher die Augen offen halten.
Einer hat das schon getan, indem er auf die Steuerquelle namens Elektrizitätsabgabe verweist. Diese betrug 10 Groschen/kWh. Im Zuge der Budgetsanierung wurde beschlossen, den Betrag mit Stichtag 1. Juni 2000 auf 20 Groschen zu verdoppeln. Mit der Einführung des Euro müsste daher die E-Abgabe nach den gesetzlichen Vorschriften auf 1,4535 Cent (0,014535 Euro) umgerechnet werden. Wird sie aber nicht. Vater Staat setzte die Abgabe mit 1,5 Cent fest – und das sind 20,64 Groschen. Der Methode werden wir noch öfter begegnen: Abgabe im Vorhinein aufrunden, dann fällt es später keinem mehr auf. Na ja, 0,64 Groschen, das spürt eh keiner. Ist ja nur eine Erhöhung um 3,2 Prozent. Allerdings: Laut Statistik Austria betrug der Inlandsstromverbrauch im Jahr 1999 ca. 58.000 GWh. Rechnet man weiter, ergibt die Aufrundung ATS 3,7 Millionen jährlich.
Wie gesagt, ich wäre froh darüber. Aber für den Finanzminister ist das wahrscheinlich nicht einmal ein Körberlgeld.

29. APRIL 2001

Merkwürdigkeiten

Auf den Eintrittskarten für die „Wiener Hofmusikkapelle" steht, was heute, Sonntag, gegeben wird: *„Messe C-Dur L. van Beethofen"* Originell, aber da wär's auf L. fan auch nicht mehr angekommen.

In einem der Reservate am Fluss Okawango, verrät der KURIER, ist die Tierwelt heil, wird nicht mehr geschossen: „Hier, in dieser gigantischen grünen Oase, tummeln sich Fische, Krokodile und Flusspferde, grasen Löwen, Elefanten, Büffel, Hyänen und Giraffen." — Trotzdem kann es nicht schaden, wenn Oasen-Besucher vorsichtshalber ein Büschel Gras im Sack haben — für den Fall, dass sie einen nervösen Löwen oder eine lästige Hyäne ruhig stellen müssen. Im „Dschungel von Bormio" (der kommt in dem Beitrag auch vor) leben übrigens ebenfalls Pflanzenfresser, nämlich Orang-Utans. Aber während der Skisaison ziehen sie sich vermutlich von Italien nach Borneo zurück.

Der *Standard* bewirbt derzeit eine Marketing-Aktion für die eigenen Abonnenten und der Herausgeber sagt zuletzt: „Seitdem lesen mehr Abonnenten den Standard." — Klingt interessant. Wahrscheinlich haben ihn die Abonnenten bisher nur zum Auslegen von Vogelkäfigen u. ä. benützt.

Laut *tv media* liebt es Barbara Stöckl privat eher leger. Die Moderatorin verrät: „Meine Schwester hat mir ein T-Shirt geschenkt. Das trage ich jetzt 4 Monate." — Hm.

Laut *News* ist der Grinse-Jogger Ulrich Strunz einmal Guru und einmal *Papst*. Das wird — „Ganz Österreich läuft!" — viele in Verwirrung stürzen. Aber sie mögen abwarten. Vielleicht ist er bald die Ikone unter den *Papstgurus.*

5. MAI 2001

Die Pechvögel

Der Österreicher an sich ist grundehrlich und es könnte sein, dass z. B. in Wien die rund 400 pro Tag ertappten Öffis-Schwarzfahrer nur Pechvögel sind.
Weil in der Hauptstadt nichts dem Zufall überlassen bleibt, gibt es auch Pechvögel-Protokolle. Das heißt, im Mehrgebühren-Referat der Wiener Linien wird archiviert, was die Pechvögel zu sagen haben, um sich Strafen wegen Schwarzfahrens zu ersparen. Ihre Argumentation ist natürlich sehr unterschiedlich, wie folgende Beispiele zeigen:
„Da ich zu Christus gefunden habe, würde ich nie ohne Fahrschein fahren. Sie sehen darin den Beweis, dass ich unschuldig bin."
„Weil ich sonst zur Arbeit zu spät gekommen wäre, bin ich mit der U-Bahn gefahren, sozusagen in Notwehr, das kann doch nicht strafbar sein."
„Der Hund gehört überhaupt nicht mir, er ist mir während der Fahrt zugelaufen."
„Ich habe im Krieg für Österreich mein Leben riskiert und jetzt wollen Sie im Ernst von mir einen Fahrschein für zwei Stationen."
„Ich wollte gar nicht mit der U-Bahn fahren. Irgendwie bin ich in eine Menschenmenge geraten, die mich weitergeschubst hat. Als ich dann wieder zu mir gekommen bin, war ich in der U-Bahn und der Kontrollor stand vor mir."
„Mein 2-jähriges Kind klebte an der Scheibe fest und ich konnte es nicht lösen. Daher versäumte ich die Kurzstreckengrenze und fuhr zu viel."
Es sind dies ergreifende Pechvögel-Schicksale und man versteht, warum manchen sogar die Nerven durchgehen.
So vermerkte ein Kontrollor in seiner Meldung: „B. gab an, ich solle scheißen gehen! Ich machte ihm keinerlei Zusagen!"

21. MAI 2001

Zwick & Zwack

Das hoch interessante Großunternehmen „Österreichische Post AG“, vorm. ULP, hat für Kunden immer wieder Überraschungen im Postsack.
Es ist immerhin auch Mitglied der Gruppe „Zwick & Zwack“. Ihr gehören vor allem die Geldinstitute an, die den Menschen bei jeder Gelegenheit solche Geldbeträge abzwacken, die zwar niemanden wirklich zwicken, aber jeden ärgern. Bei einer ordentlichen österreichischen Bank ist nämlich nur das „Guten Tag“-Sagen gratis. Der Rest fällt unter Spesen.
Was mir an der Post AG gefällt, ist ihr Schlaumeiertum gepaart mit Großzügigkeit, weil sie auch eine nahe Verwandte mit verdienen lässt.
Ohne großes Aufsehen werden z. B. Nachnahmesendungen seit Jahresbeginn über die P.S.K. abgewickelt. Und das bedeutet: Der Kunde sendet per Nachnahme ein Paket an irgendwen und zahlt (außer dem Porto) dafür die Nachnahmegebühr. Den Nachnahmebetrag überweist aber nun die P.S.K. an den Kunden, der dafür dem Geldinstitut Bearbeitungsgebühr zahlen muss.
Wer für eine Leistung zwei Mal zahlt, gilt normalerweise als Naturtrottel. Aber wenn man ihm erklärt, dass es anders nicht (mehr) geht, ist er wenigstens nur der Blöde dabei.
Wer einen zweiten Postkasten-Schlüssel benötigt, kann ihn auf dem Postamt bestellen. Das kostet 42 Schilling für den Schlüssel plus 15 Schilling Erlagscheingebühr. Wer lieber selber an die Schlüsselfirma überweist (weil das vielleicht billiger kommt), ist auch der Blöde. Er bekommt nämlich keinen Schlüssel, weil die Schlüsselfirma nur die Original-Belege der Post bearbeiten kann. Wie's halt ist bei uns in Bagdad.

22. MAI 2001

Gegensprudler

Unwillkürlich und regelhaft ablaufende Vorgänge als Reaktion irgendeines Organs auf einen Reiz werden von den Medizinern als Reflex bezeichnet.
Eine der faszinierenden Reflex-Abarten ist der Gegensprudelreflex, der zwar in der Physiologie nicht vorkommt, der aber trotzdem auftritt. Beim Homo politicus. Besonders dann, wenn er sich vor einem politischen Forum oder als Diskutant in einem Fernsehstudio befindet. Die Basis des Gegensprudelreflexes beruht nämlich auf dem in politischen Kreisen weit verbreiteten Missverständnis, dass Parteipolitik gleich Politik ist.
Exkurs 1: Alles, was der parteipolitische Gegner sagt, plant, macht, ist als Unfug hinzustellen.
Exkurs 2: Der Zuhörer ist als geistig minderbemittelt einzustufen. Er kann sich selber kein Bild von einer Situation machen, weshalb man ihm helfen muss.
Exkurs 3: Die geleistete Hilfe führt letztlich dazu, dass der nicht parteipolitische Zuhörer (der ja auch Wähler ist) ins Lager des Helfers überläuft, was für dessen Existenzgrundlage günstig ist.
Exkurs-Ende.
Diese Art von Denken sitzt im Homo politicus seit jeher tief drinnen, er ist ein Teil seines Seins. Sagt sein Widerpart etwas und sei es noch so vernünftig, setzt der Gegensprudelreflex ein. Und der Sprudler merkt dabei gar nicht, dass er sich lächerlich macht, dass er in einer nicht mehr ernst zu nehmende Rolle herumsprudelt, dass er nur plumper Propagandist ist.
Immerhin: Der Gegensprudelreflex löst bei den zuhörenden Menschen meistens etwas aus, was es im allgemeinen Lebensgeschehen schon gibt. Und das ist der Fluchtreflex.

10. JULI 2001

Zurückstörung

Nirgendwo ist das Studium der Leute so ergiebig wie in der Enge einer Liftkabine. Man trifft ja die unterschiedlichsten Typen. Anstarrer und Wegschauer, Schweiger und Schwätzer, Leser, Wetteranalysierer, Witzererzähler usw. Nur Wandbeschmierer habe ich noch keinen beobachtet, von ihm kennen wir nur die Hinterlassenschaft.
Jetzt habe ich etwas Interessantes erlebt. Ein Kollege, der für unwiderstehlichen Charme bekannt ist, brüllte in sein Handy. Vielleicht war die Verbindung schlecht, vielleicht war es aber nur der Normalfall. Handyphonierende Menschen brüllen nämlich so gut wie immer.
Da geschah das Ungewöhnliche: Ein anderer Liftbenützer, offenbar ein Steirer, stimmte plötzlich den „Erzherzog-Johann-Jodler“ an. Er sang inbrünstig und falsch, aber dafür sehr laut. Sofort unterbrach der Handymann sein Gespräch und sagte: „Kannst du bitte mit dem Gegröle aufhören, ich verstehe kein Wort mehr!“ Und der Sänger antwortete freundlich: „Nein, so lange du telefonierst, so lange singe ich!“
Jodelnd stieg er aus und ging anscheinend recht zufrieden seiner Wege.
Ich war begeistert, denn irgendwie stellte sich das Gefühl ein, die Geburtsstunde der Bewegung *Ich will nicht mehr mithören!* erlebt zu haben. Traum: Es bildet sich eine Interessengemeinschaft *Zurückstörung* (IGZ), deren Mitglieder all jene Telefonierer stören, die uns fast schon auf Schritt und Tritt durch ihre uninteressanten Mitteilungen an irgendjemanden belästigen. Es heißt zwar, Terror mit Gegenterror zu bekämpfen bringt nur neuen Terror, aber es wäre einen Versuch wert. Selbst wenn es zuletzt in allen Ohren klingelt.

22. AUGUST 2001

Millionenhöhe

Das Volk will alles wissen, was für die Journalisten günstig ist, weil es ihre Existenz sichert. Im Falle von Katastrophen wie Großbrand, Hauseinsturz, Zugunglück, Murenabgang u. ä. gehört zu den wichtigsten Fragen offenbar diese: Was wird das schon wieder kosten?

Sie wird unterschiedlich beantwortet, es hängt wahrscheinlich von der Qualität des Schadenshöhebekanntgebers ab. Ihn, so vermute ich, muss es überall geben, wo etwas passiert ist, denn woher sonst sollten die Berichterstatter die von ihnen weitergereichten Millionenangaben sonst nehmen?

Versagt der Schadenshöhebekanntgeber, müssen sich die bedauernswerten Reporter ihren Finalsatz selber zusammenreimen. Die Faustregel lautet ja: Kein ordentlicher Katastrophenbericht ohne den abschließenden Hinweis aufs Geld.

In der Nacht zum Dienstag, als der Ruster Schilfgürtel noch lichterloh brannte, meldete die ZiB 3: *Der Schaden geht in die Millionen.* Es handelt sich hiebei um den klassischen Stehsatz der Marke *Wien versinkt im Schnee.*

In den Ö3-Nachrichten Dienstag Früh griff man dann zum ebenfalls sehr beliebten *Das genaue Ausmaß des Schadens steht noch nicht fest.* Ein paar Minuten später wurde Ö1 wieder ein bisschen konkreter: *Der Sachschaden erreicht Millionenhöhe.*

Nur wenn ganz konkrete Beträge auftauchen (sehr beliebt: *100 Millionen*), können wir sicher sein: Der Schadenshöhebekanntgeber hat tadellos gearbeitet. Wie er das in der Schnelligkeit macht, ist sein Geheimnis. Und bebend warten wir auf eine Meisterleistung — dass es irgendwann nach einem Sägewerksbrand heißen wird: *Der Schaden beträgt 48,76 Millionen.*

26. OKTOBER 2001

Unösterreichisch

Der Nationalfeiertag ist vielleicht nicht der günstigste Termin, um eine ziemlich unösterreichische Geschichte zu erzählen. Andrerseits passt sie aber doch ganz gut, weil sie vielen über das Leben mit dem Amtskappel in ständige Unzufriedenheit versinkenden Österreichern vielleicht gefällt.

Es ist ganz einfach: Ein Bub fährt eines Nachmittags mit dem Zug von der Omi (Wien—Liesing) nach Hause (Mödling). Dann kommt er drauf, dass er ein Sackerl, das ihm die Omi mitgegeben hat, im Abteil liegen ließ. Es ist nichts besonders Wertvolles drin, liebe großmütterliche Zuwendungen halt.

Nun beginnt der amtliche Teil der Geschichte. Vom Enkel telefonisch verständigt, ruft die Omi in der Fahrdienstleitung Liesing an und schildert, was passiert ist.

Oje, oder so was Ähnliches sagt der Fahrdienstleiter, das sei der Zug nach Mürzzuschlag, da müsste er jetzt in etlichen Bahnhöfen anrufen, aber dafür fehle es ihm im Augenblick an Zeit. Die Dame möge gegen Abend noch einmal anrufen.

Omi tut das und erhält die Auskunft: Das verlorene Sackerl wurde gefunden, es träfe um 21.07 Uhr am Bahnhof Liesing ein.

Omi ist pünktlich da, aber ehe sie mit dem Schaffner Kontakt aufnehmen kann, verhandelt schon ein ihr unbekannter Mann mit diesem. Es stellt sich heraus, dass es sich um den Fahrdienstleiter handelt — bereits in zivil, weil außer Dienst. Er überreicht Omi das Sackerl und sagt: „Ich wollte nur sicher sein, ob auch wirklich alles geklappt hat."

Ende der Geschichte, die keinen Haken hat, was eher unösterreichisch ist. Omi sagte mir: „So was Nettes könnten Sie ruhig auch einmal schreiben!" — Es klang überzeugend.

13. DEZEMBER 2001

Oberprivilegienritter

Es ist fast schon ein lieb gewordenes Ritual: Einmal in der Woche, wenn die Stadtzeitung *Falter* erscheint, informiere ich mich als erstes über eine mögliche Neuentwicklung einer ziemlich alten Geschichte. Jedoch — es tut sich wenig bis gar nichts.
Österreichs bekanntester Ignorant eines rechtskräftigen Urteils, das durch ein österreichisches Gericht ausgesprochen wurde, der Landeshauptmann von Kärnten also, bleibt, was er ist: Kein normaler Staatsbürger, sondern ein Oberprivilegienritter, der sich einfach das Recht herausnimmt, den Urteilsverkündern eine lange Nase zu drehen.
Zur Erinnerung: Am 4. November 1999 hat Jörg Haider in einer *Zeit im Bild*-Sendung gelogen. Leid Tragende der Lüge waren *Falter*-Redakteure, die daraufhin klagten. Haider wurde verurteilt, ging in die Berufung, das Oberlandesgericht bestätigte das Urteil, worauf Haiders Anwälte eine *außerordentliche Revision* beantragten. Aber alle Bonzentricks nützten nichts: Seit 28. Juni 2001 ist das Urteil rechtskräftig. Der Landeshauptmann muss (kostenpflichtig) im Fernsehen auftreten und widerrufen. Die ihm vom Gericht dafür auferlegte Frist ist schon vor Monaten abgelaufen, der *Falter* hat unterdessen Strafanträge gestellt, um die Exekution des Urteils durchzusetzen.
Zuletzt wird der Verurteilte viel Geld zahlen müssen — und trotzdem im Fernsehen zugeben müssen, was zuzugeben ist. Es bleibt ihm nicht erspart.
Zum dritten Mal seit dem Sommer erzähle ich diese Geschichte, unter anderem, weil Leser immer wieder nachfragen, ob das alles wahr sein darf. Es dürfte nicht, aber es ist.
Egal, was der Hüter der Anständigen noch plant: Fortsetzung folgt.

29. DEZEMBER 2001

Kostenlos

Das liebste Lockwort im Alltag ist immer noch *kostenlos*. So wird zum Beispiel etwas beworben, das *Konto-Box* heißt. Der Konsument geht darauf ein und erlebt dieses:
Antrag beim Postamt. 14 Tage später erhält er Kontonummer plus Bankomatkarte der P.S.K., zahlt sogar statt des geforderten Mindestbetrages von ATS 12.000,— ATS 30.000,— ein.
Erste Einkaufsversuch. Die Bezahlung mit Karte funktioniert nicht. Zweiter Versuch (in einem anderen Geschäft). Es funktioniert wieder nicht. Am Display steht: Limit S 32,50.
Zurück an den Start (Ausgabepostamt). Bedauern. PA kann Karte nicht prüfen, weil kein Bankomat vorhanden. Karte vermutlich schadhaft. Austausch. Dauer 10 Tage. 30.000 Schilling liegen unbrauchbar am P.S.K.-Konto. Freude (bei der P.S.K.).
Erster Einkaufsversuch mit neuer Karte. Funktioniert nicht. Zweiter Versuch. Wieder nichts.
Zurück an den Start. Ja, wir lassen Ihnen gerne eine neue Karte anfertigen.
Konsument verweigert, ruft in der Zentrale an, schildert das Problem.
Jetzt wird's lustig, denn ein Referent belehrt: Ja, es handle sich eben um ein erst kürzlich eröffnetes Konto. Man wisse daher nicht, wie viele regelmäßige Einzahlungen erfolgen würden. Er werde mit dem Chef reden, ob das Einkaufslimit erhöht werden könne.
Rückruf: Gute Nachricht, der Chef habe die Erhöhung von ATS 32,50 (Euro 2,36) auf ATS 1000 (Euro 72,67) ausnahmsweise genehmigt. — Der Konsument schlägt nun aber nicht Purzelbäume vor Glück, sondern löst das Konto bei der P.S.K. mit sofortiger Wirkung auf.
Er weiß nun auch genauer, was *kostenlos* war: Die gesamte Pflanzerei.

14. JÄNNER 2002

Phrasen-Spieler

Ein Bekannter, der wegen ständiger Anwendung von Wortblähungen und abgelutschten Phrasen gefürchtet ist, sagte im Wirtshaus nach ziemlich langer Wartezeit zum servierenden Oberkellner: „Kommt Zeit, kommt Salat!" Das war noch das Beste, was ich je von dem Mann gehört habe (immerhin hatte er eine aktuelle Situation richtig charakterisiert), denn normalerweise bewegt sich sein Repertoire zwischen „So ist das Leben", „Die anderen kochen auch nur mit Wasser" und „Wir werden alle älter".

Die Meister der nichtssagenden Rede leben zu Tausenden unter uns, sie führen ihr Schatzkästlein der Lebensweisheiten („Ein jeder muss sehen, wo er bleibt") ständig mit sich und nicht jeder Zuhörer ist tief beeindruckt.

Neuerdings (ein Trend womöglich?) tritt immer häufiger der Phrasen-Zusammenrührer in Erscheinung. Das ist jemand, der sich zwar der Peinlichkeit abgegriffener Wendungen bewusst ist, aber insoferne nicht auf sie verzichtet, als er in kleineren Humorausbrüchen Altbekanntes spielerisch miteinander vermischt. Das ergibt dann Schöpfungen, wie „Doppelt genäht hält am dritten Tag", „Wo gehobelt wird, ist nur Schall und Rauch" oder „Wer zuerst kommt, lacht am besten".

Aber dahinter muss nicht immer der Drang nach Originalität stecken, gelegentlich ergibt sich einfach was — siehe der beliebte ORF-Skiplauderwastl, der einmal sagte: „Jetzt werden die Karten neu gemischt und die Würfel werden erst fallen." Obwohl: „Die Karten werden neu gewürfelt" wäre noch treffender gewesen.

Vor dem Phrasendrescher gibt es kein Entkommen. Wer das Gegenteil glaubt, wird lernen: Unverhofft kommt oft.

5. FEBRUAR 2002

Alltägliches

Wer mit offenen Augen in der Hauptstadt unterwegs ist, sieht naturgemäß viel. Zum Beispiel, wie viel Zeit die öffentliche Geldbeschaffer oft aufwenden müssen, damit sie ihre verantwortungsvolle Tätigkeit zur Zufriedenheit der Auftraggeber ausüben können. In der Billrothstraße musste kürzlich das Personal eines Abschleppwagens der MA 48 eine gute halbe Stunde untätig warten, bis endlich das Halteverbot (ab 15 Uhr) in Kraft trat. Dann erst (15.01 Uhr) sprangen die wackeren Mannen flink aus ihrem Fahrzeug, um den kostenpflichtigen Abtransport eines Verkehrssünder-Autos zu vollziehen. Lauern zahlt sich aus.

Autobus der Linie 1A, Endstation Schottenring. Der Fahrer plaudert vor der Abfahrt mit einem Kollegen, es nähert sich eine ältere Frau.
Frau: „Entschuldigen Sie, bitte ..." Fahrer: „..."
Frau (etwas bestimmter): „Entschuldigung ..."
Fahrer: „..."
Frau: „Entschuldigung, bitte, wohin fahren Sie?"
Fahrer: „..."
Frau: „Ich meine, wo ist Ihre Endstation? Sie fahren doch zum Stephansplatz oder?"
Fahrer: „..."
Frau: „Wo am Stephansplatz kann ich denn aussteigen?"
Fahrer: „Am Stephansplatz!" Die Frau gibt auf, beide Herren grinsen. Ende der Kundendienstaktion.

Postamt im AKH. Vor dem Schalter eine Warteschlange. Die Beamtin dreht sich zu eine Kollegin um, die hinter ihr steht: „Bist du scho in der Pause?" – „Wieso?" – „Weil i di was fragen wollt." – „Jo, i bin scho in der Pause." – „Na guat, dann frag i di nachher!"

7. FEBRUAR 2002

Wendesenderlustspiel

Zur Aufführung gelangt heute das Wendesenderlustspiel „Die Entpolitisierung des ORF." Mit acht Schauspielern, die willkürlich aus Tageszeitungen und Magazinen geklaubte Sätze aufsagen sowie einem Amateur.
1. Sprecher: „Da geht's nicht um Feinjustierung, da geht's um Stühlerücken, Postenschacher, Köpferollen" *(Extradienst)*.
2. Sprecher: „Hubert Nowak soll Nachfolger des langjährigen Landesintendanten Friedrich Urban werden. — Urban ist bei Landeshauptmann Schausberger wegen mangelnder Botmäßigkeit in Ungnade gefallen" *(Salzburger Nachrichten)*.
3. Sprecher: „Uns ist schon jeder halbwegs anständige Rote lieber als noch ein Schwarzer im ORF."(*Format* zitiert eine FP-Frau).
4. Sprecher: „Der ORF funktioniert als Volksempfänger, die Klubobmänner entscheiden, was gesendet wird" *(Presse)*.
5. Sprecher: „Schacher um jeden ORF-Sessel. Die versprochene Entpolitisierung des ORF ist geplatzt wie eine Seifenblase" *(Tiroler Tageszeitung)*.
6. Sprecher: „Kasperl und Petzi am Küniglberg" *(profil)*.
7. Sprecher: „Bei der Kür Monika Lindners und der Direktoren mitzumischen, ist den Politikern nicht genug. — Daher ist die Nebenfront längst eröffnet, der Kampf um die Chefredakteure und Sendungsmacher" *(Falter)*.
8. Sprecher: „Bitte langsam aufwachen, Frau Generaldirektor!" *(KURIER)*.
Der Laiendarsteller Peter Westenthaler, der in Format das Verschwinden der ORF-Sendung „Wer bastelt mit?" beklagte, tritt auf und zitiert sich selbst aus *Format*: „Entpolitisiert wird der ORF nie sein. — Wir wollen den ORF nur entparteipolitisieren." Vorhang. Gelächter.

17. FEBRUAR 2002

1 Schelm, 2 Diebe

Die Generaldirektorin Monika Lindner hat zur Wahl ihres Teams, dem (natürlich nur angeblich) politische Grabenkämpfe vorausgegangen sind, gesagt: „Es hat keine Zugeständnisse an niemanden gegeben." — Interessant. Vielleicht liegt die Zukunft des ORF tatsächlich in der doppelten Verneinung.

Fritz Strobl, Olympiasieger, wurde einmal nach den *drei klügsten Menschen* unserer Zeit gefragt. Er nannte Jörg Haider, Arnie Schwarzenegger und Patrick Ortlieb. Der Bergabflitzer ist also auch ein Schelm. Hoffentlich.

Den Vergleich der Woche lieferte Olympiapoet Sigi Bergmann vom Rodeln ins Haus: „Was sind schon dreizehn Tausendstel, das ist ja nur der Wimpernschlag einer Libelle." — Wenn man bedenkt, dass das Facettenauge einer Libelle aus bis zu 20.000 Einzelaugen besteht, möchten einem noch nachträglich die Tränen kommen.

Lustig ist übrigens auch der Vergleich, für den sich der Apotheker beim Villacher Fasching per Lachsalve feiern ließ: *„News"* ist *„Die Ganze Woche"* für *Maturanten.* Dass diese gut fünf Jahre alte Pointe vom Salzburger Satiriker Christian Wallner stammt, ließ der Leileilianer unter den Tisch fallen. Zum Wesen von *second-hand*-Humoristen zählt ja auch eine gewisse Schamlosigkeit.

Auf Einkaufssackerln von „Merkur" steht:

„Es gibt nichts Gutes, außer man tut es." CHRIS LOHNER

Beim Namen dieser Literatin handelt es sich offenbar um ein bisher unbekanntes Pseudonym von Erich Kästner.

12. APRIL 2002

Nach 287 Tagen

Unter den Freunden der politischen Oper war das Gerücht den Mittwoch über zu einem Wagnerschen Crescendo angeschwollen: Am Abend würde der Oberprivilegienritter im ORF seinen Canossa-Gang antreten.
Anders gesagt: Der Landeshauptmann von Kärnten, Dr. Jörg Haider, wird im öffentlichen Fernsehen öffentlich zugeben, dass er im Herbst 1999 in eben diesem öffentlichen Fernsehen zum Nachteil der Stadtzeitung *Falter* öffentlich gelogen hat. Offiziell heißt das *Widerruf*.
Eine peinliche Angelegenheit natürlich. Alle Versuche, den Widerruf unter den Tisch fallen zu lassen oder sonstwie aus der Welt zu schaffen, scheiterten aber an der Hartnäckigkeit der Kläger.
Haider, der ein rechtskräftiges Urteil genau 287 Tage ignoriert hatte (was in Österreich anscheinend kein Problem ist), trat dann tatsächlich auf und las in 20 Sekunden folgenden Schachtelsatz von einem Blatt Papier ab:
„Ich widerrufe gegenüber den Seherinnen und Sehern der ORF-Sendung Zeit im Bild 2 die Behauptung, bei dem zwischen mir und den Falter-Redakteuren Florian Klenk und Nina Weißensteiner am 23. 9. 1999 geführten Interview handle es sich um eine Erfindung und dieses Interview gäbe es gar nicht, als unwahr."
Aus künstlerischer Sicht muss leider gesagt werden, dass Haiders Auftritt (für den er immerhin 5400 Euro TV-Tarif zu zahlen hat) unter jeder Kritik war. Öde Kulisse, fantasieloses Kostüm (graues Sakko, rotes Leiberl), schlechter Vortrag, weil eintönig.
Und trotzdem war das laue Finale der Causa eine Sternstunde der politischen Oper. 566.000 Zuseher erlebten, dass Bonzentricks doch noch nicht das Maß aller Dinge sind.

8. MAI 2002

Aktion für Mutti

Das Thema *Gute Ideen aus dem Handel zur Ankurbelung des Muttertagsgeschäftes* ist ja nicht sehr neu, aber doch immer wieder ein Quell der Herzerfrischung.
Zur Aktion von Ö3, das Österreichs Müttern einen ganzen Ferrari schenkt (welche Mutter ihn dann kriegt, wird vielleicht noch spannender), muss nicht viel gesagt werden, außer, dass sie stark nach Mütter-Verarschung aussieht.
Zum üblichen per Postwurf und Inseraten angepriesenen Muttertags-Geschenkgut vom praktischen Küchengerät bis zur Faltenentfernungscreme fällt mir schon lange nichts mehr ein und das beliebte Inserat über den Superhaftkleber *fittydent* („Muttertag wie mit eigenen Zähnen") habe ich heuer noch nicht gesehen.
Aber dafür was anderes: *Muttertag-Aktion!!!* der Firma Michael Meixner, Steinbau, Wildungsmauer, NÖ. Der Kernsatz lautet: *Bei Bestellung einer Grabanlage bis Muttertag —10% Sondernachlass.*
Das hat was und ich sehe vor mir, wie die süßen Enkelkinder, umrankt von den stolzen Eltern, Familien-Poesie vortragen:
Liebe Omi, sei nicht bange / du lebst bestimmt noch sehr, sehr lange! / Doch nur wer heut' auf Euros wacht, / sich morgen still ins Fäustchen lacht! / Drum, liebe Omi, schenken wir / ein schönes Meixner-Graberl dir!
Gerührt wird sie sein, die Omi. Und die Ersparnis durch den Ruhestätten-Rabatt vielleicht aus der eigenen Tasche großzügig unter der dritten Generation verteilen.
Gespannt warte ich, was MM zum Vatertag anbietet.
Soferne ihm nicht im Zuge des Muttertags-Ansturms ein Granitblock auf den Fuß fällt.

6. JUNI 2002

Die Stehtreppe

Am 15. April erschien an dieser Stelle eine Kleinigkeit über die *Österreichische Lösung*. Diese kann in Verbindung mit dem beliebten Behörden-Trägheitsgesetz so aussehen:
In einer der am stärksten frequentierten Stationen der Wiener U-Bahn (Wien-Mitte) wurde eine neue Rolltreppe installiert, was Ende Februar erledigt war. Ein Taferl kündete von der Inbetriebnahme Ende März.
Doch es geschah nichts, weil das zuständige Infrastrukturministerium das Bauwerk noch nicht kommissioniert hatte. Die *Österreichische Lösung* bestand in einem Taferlwechsel: „Inbetriebnahme Ende April." Es folgte das Taferl „Inbetriebnahme Ende Mai", dann klebte ein Scherzbold ein Pickerl auf das Taferl, auf dem jeder, der wollte, *Mai — Juni — später* ankreuzen konnte.
Unterdessen wälzen sich die Massen der U-Bahn-Fahrer auf den engen Stiegen aneinander vorbei, bestaunen stumm das starre Rolltreppen-Denkmal und wundern sich wahrscheinlich über gar nichts mehr. Das ist ja das Schöne bei uns: Kurz nur dauert die Phase der öffentlichen Erregung, ehe das obrigkeitsergebene: *Da kannst nix machen* alles zudeckt.
Diese Woche hat sich auch der *Standard* des Falles angenommen, indem er seinen Lesern als Begründung für die Rolltreppen-Dodelei die Theorie vom *Wickel zwischen Bund (schwarz-blau) und Stadt Wien (rot)* anbietet.
Nichts ist unmöglich, und so könnte es sein, dass die heiß ersehnte Kommissionierung mit einem Volksfest einhergeht. Blasmusik und Freibier für alle und von einer kleinen Tribüne winken die Kommissionierer. Günstig dafür wäre der Februar 2003, also der 1. Geburtstag der eleganten Stehtreppe.

2. JULI 2002

Amtsdeutsch a. D.

Mutig begab sich der ORF-*Report* in den dichten amtlichen Sprachdschungel — und wurde fündig. In Linz. Die feine Entdeckung, am heutigen Abend im Fernsehen zu bestaunen, heißt *i mag Amtsdeutsch a. D.*
Dahinter verbirgt sich ein kühner Versuch, ein Projekt von wahrhaft kakanischer Einmaligkeit. Das muss man sich erst einmal vorstellen: Beamten, die Zweifel haben, weil ein moderner Magistrat das Amtsdeutsch außer Dienst stellen will, wagt die Projektleiterin Dr. Karin Frohner dies vor den Kopf zu knallen:

- Einfach ist nicht primitiv.
- Lang ist nicht automatisch inhaltsreich.
- Kompliziert ist nicht gleich intelligent.

Seit ich an dieser Stelle eines Tages das *Satziputzi des Jahres* vorgestellt habe (es war ein in Wien kreiertes amtliches Langsatzmonster, das aus 177 Wörtern bestand), warte ich vergeblich auf eine Steigerung — und nun dies. Na gut, man kann nicht alles haben. So richtig glaube ich ja noch nicht daran, dass Phrasen wie *in obiger Sache, möglichst umgehend oder unter Bedachtnahme* von heute auf morgen einfach verschwinden. Dass Ämter künftig *bearbeiten* statt *in Bearbeitung nehmen* oder gar *berechnen* statt *in Rechnung stellen.*
Aber mit den (vorm. *unter Zuhilfenahme der*) ausführlichen Sprachtabellen von *i mag* am Schreibtisch könnte sich was bewegen. Es wird auch davon abhängen, ob Formulierungskünstler der alten Schule den von *i mag* angebotenen Ersatz für antiquierte, umständliche Wörter und Wortgebilde einfach in ihre Köpfe einsickern lassen *(zur Einsickerung bringen).* Oder ob sie drauf husten, ohne *ihrem Bedauern Ausdruck zu verleihen.*

27. AUGUST 2002

Im Wettbüro

Szene aus dem Stück „Die letzten Tage der Führerpartei". Ort der Handlung: Quotingers Wettbüro im Bezirk Favoriten, zeitweise Hochburg des alternden Führers.
WETTBERGER: „Grüß Sie! Mir san zwoa no mitten in da Krise, owa i mecht an Fünfhunderter auf die nächste Wonneundgriaßschmarrn-Partie wetten."
QUOTINGER: „Susi und Jörg? Se manan, dass se de zwa boid wieda uman Hois foin? Sie schluchzt ‚Ich war eine giftige Schlange`, er sagt ‚Ich war ein befleckter Bock!` So was?"
WETTBERGER: „Sicher!"
QUOTINGER: „Waun de mitanaunda so an Auftritt liefern, kriagn S' owa nur den Wetteinsatz z'ruck!"
WETTBERGER: „Woin S' mi höscherln?"
QUOTINGER: „Naa, i bin a G'schäftsmann und ka Komiker!"
WETTBERGER: „Se glaub'n oiso fest an a öffentliche Obusslerei? Mitn klan Westi mitten drin?"
QUOTINGER: „Nau wos denn, 's woa immer so, 's wird immer so sein! De glaub'n nämli, dass de Leit deppat san!"
WETTBERGER: „Se manan, de wern sogn: In einer offenen demokratischen Partei darf es auch Meinungsverschiedenheiten geben. Des manan S' wirgli?"
QUOTINGER: „Eh kloa! Und dass de Mediengfraster schuid san. Moch ma a aundere Wett ..."
WETTBERGER: „ ... vielleicht, dass da Woifi über den Wickl wos sagt?"
QUOTINGER (lacht): „Geh! Hirnederl! Naa, naa, wett ma, dass si da Jörg ins Bärentoi schleicht und nie wieda auftaucht. Und dass in Klagenfurt statt'n Lindwurm a Lamperl aufg'stöt wird, des genauso liab locht wia die Susi. No, wia schau' ma aus?"
WETTBERGER (packt den Fünfhunderter wieder ein und wendet sich zur Tür): „I bin scho weg!"

1. OKTOBER 2002

ULPiaden

Nein, so ist es nicht, dass ich ULP vergessen hätte. Um diesen Verdacht vieler Leser zu entkräften, zupfe ich willkürlich ein paar Kleinigkeiten aus dem eigenen Postberg.

ULP versendet den Faltprospekt „Richtig adressieren — so kommt Ihre Sendung schneller an" und weist darauf hin, man möge kein Länderkürzel (z. B.: A-2238 statt richtig 2238) bei Inlandsendungen auf Kuverts schreiben. — Zu einem Gewinnspiel der Post, schreibt die Post, kann ein Katalog angefordert werden. Die von ULP angegebene Postleitzahl lautet: *A-9210 Pörtschach.*

Richtig adressiert hat ein Wiener (an einen Verlag in Deutschland), worauf ULP das Bestellkärtchen nicht dem Empfänger, sondern dem Absender zugestellt hat. Der sieht natürlich ein, dass ULP damit für den Preis der Briefmarke eine Leistung erbracht hat — und klebt mit Freuden eine neue. Er rechnet damit, seine Karte in drei, vier Tagen wieder zu bekommen.

Am 13. September (abgestempelt am 6. 9.) brachte ULP einer Wienerin einen Warengutschein ins Haus. Doch leider war dessen Gültigkeit am 15. Juni abgelaufen. Eine Nachfrage beim Absender ergab: Die Massensendung war im Mai aufgegeben worden. Aber eh erst 2002.

Ein Dialog aus dem Postamt 1140 Wien.
„Priority oder normal?" – „Was ist der Unterschied?" – „Normal dauert's bis 20 Tage, Priority geht's rascher." – „Tragt's alle Briefe zu Fuß aus?" – „Normal kann's wer weiß wie lange dauern, da wird keine Zeit garantiert, Priority dauert nur 3 bis 5 Tage."
Aufgeben kann man vieles. Unter anderem, sich zu wundern.

26. OKTOBER 2002

Humor aus Baden

Kulturnation Österreich. Im Programm-Folder des Stadttheaters Mödling steht: *„In der Kunst ist das Beste gut genug" — Paul Werdenich, STR für Kunst und Kultur wünscht einen entspannenden, humorvollen und geistreichen Theaterabend zum Bühnenwerk von Georg Büchners „Dantes Tod".* — Eine für Mödling adaptierte göttliche Komödie offenbar, bei der sich vielleicht auch der leider enthauptete Danton totgelacht hätte.
Kleine österreichische Presse-Schau zum Tod des Hundes, „der ein Stück Österreich war" *(News).*
„Nachruf - Grolli Klima, 1995-2002" *(Format)*
„Der weißbraune Hirtenhund, zu besseren Zeiten Österreichs ‚First Dog`, ist in der Nacht von Mittwoch auf Donnerstag ohne Schmerzen in Sonja Klimas Armen gestorben." *(News)*
„Zum Bruch in seinem Leben wurde die schwarz-blaue Wende" (*Format*, Achtung Ironie, Anm.)
„Wein nicht um mich, Sonja Klima!" (*Krone*, keine Ironie, Anm.)
„Schlaf gut, Grolli!" (*News* in 3-cm-Lettern)
„Grolli tot, Journalisten-Schmalz lebt" (*Kopfstücke*-Erfindung, keine Ironie, Anm.)
Die *Wiener Bezirkszeitung* preist eine ÖVP-Nationalratskandidatin und meldet, dass diese „im Sternzeichen der Wasserfrau geboren wurde". Derzeit sitzen vier solcher Damen in der ÖVP-Fraktion, aber nur eine im Sternzeichen der Steingeiß geborene. Im Sternzeichen Jungmann gibt es immerhin drei ÖVP-Exemplare.
Josef Cap hat in der ORF-Pressestunde so grandios nichts gesagt, dass ich ihn hiermit zum Sieger der dieswöchigen Politiker-Meisterschaft im Herumreden erkläre.
(Forts. folgt.)

30. NOVEMBER 2002

Unterwegs in Wien

Die Szene bleibt unvergesslich: Eine junge Ausländerin ignoriert in der U4-Station unter dem Karlsplatz vor Einfahrt des Zuges die über Lautsprecher ertönende Aufforderung, hinter die gelbe Sicherheitslinie zurückzutreten. Da tönt es nochmals: „Heast! Aan Schritt vire oder zwaa Schritt zruck!"
Eine Empfehlung unter dem Motto „Tod oder Leben" ist ja auch ein Kundendienst und die Mitarbeiter der Wiener Linien sind auch nur Menschen.
Ich stelle mir vor, wie es ist, wenn Folgendes passiert. Sagen wir, irgendwo in Favoriten steigen Leute in einen Bus der Linie 67A ein. Die Türen schließen sich, der Bus fährt los und plötzlich ertönt aus dem Lautsprecher eine Ansage des Fahrers: „Ich wünsche Ihnen einen gute Reise!" (Drei Passagiere fallen vor Überraschung in Ohnmacht, einige lachen freundlich, einige freuen sich still.) Nach einigen Minuten Fahrt durch das abendlich nasskühle Wien eine neuerliche Ansage: „Die Außentemperatur beträgt derzeit 8 Grad C."
(Nun glauben die Passagiere überhaupt schon fest daran, statt im Bus in einem Flugzeug zu sitzen, und warten darauf, dass Erfrischungsgetränke gereicht werden.)
Der 67A erreicht nun die Endstation, die Türen gehen auf und die Stimme aus dem Lautsprecher sagt: „Auf Wiedersehen! Ich wünsche Ihnen noch einen schönen Abend!"
Ende einer kleinen Geschichte, an der lediglich das in den Bereich freier Erfindung fällt, was zwischen Klammern notiert ist. Wer weiß, vielleicht gibt es noch ein paar solcher Exemplare von Busfahrern (diesfalls unterwegs mit W 8962 LO).
Die Normalität ist das natürlich nicht. Obwohl sie es sein könnte.

1. DEZEMBER 2002

Messias ade!

Im *KURIER* wird eine der wichtigen Aufgaben der neuen Regierung genannt: „Viele wirtschaftspolitische Versäumnisse müssen nachgeholt werden." — Also herbei mit den Versäumnissen, sie müssen ja deshalb nicht gleich behoben werden.

Die *Kleine Zeitung* wies am Dienstag empört auf das Gauklertum der Meinungsforscher hin. Am Mittwoch lautete der Blattaufmacher: FP-Wähler: *65 Prozent wollen weiter regieren.* — Die Quelle der Erkenntnis war allerdings keine Eigenrecherche aus Gründen des Misstrauens, sondern eine von der *Kleinen Zeitung* in Auftrag gegebene Umfrage durch Meinungsforscher.

Mit heutigem Tag streiche ich das einst mit Hingabe erfundene Pseudonym *Karawanken-Messias* offiziell aus meinem Sprachschatz. Es würden sich ja nach derzeitiger Machtlage selbst die blauäugigsten Jünger eher gepflanzt vorkommen.

Die *Presse* titelte: „Aaskrähen fühlen sich in Wien sauwohl". — Das hat jene Qualität, die der Abonnent sicher mit krächzendem Grunzen der Zufriedenheit quittiert.

Niederösterreichs Steinmetze tagten und heraus kam in der *NÖN Woche* diese alarmierende Nachricht: Der Grabstein stirbt aus. — Bald werden überhaupt nur noch Zeitungsdichter zu den nicht bedrohten Arten zählen.

Der *Standard* titelte: *Kopf der Bali-Attentäter auf der Flucht gefasst.* — Der Rest flieht offenbar noch weiter.

Aus dem *KURIER*: „Der Wagen des Wieners wurde auf die Gleisanlagen geschleudert, er liegt mit schwersten Verletzungen im Krankenhaus." — Vermutlich in der Sonderklasse der Tiefgarage.

Über ein *KURIER*-Inserat sucht ein Autorenteam Mitarbeiter, von denen hinsichtlich *Kenntnisse* auch Folgendes verlangt wird: *12-Fingersystem.* — Das wird schwierig, zumal solche Wesen wahrscheinlich im Zirkus bessere Verdienstmöglichkeiten vorfinden.

7. FEBRUAR 2003

„Kopfstücke"

Am 14. Februar wird in Wien 1, Stoß im Himmel Nummer 3 eine Ausstellung namens „Kopfstücke" eröffnet. Zu sehen sind dort allerdings nicht Texte, die einer breiteren Öffentlichkeit nicht zugemutet werden können, z. B. in einer Zeitung, sondern wirkliche Kunstwerke: Köpfe, die der Maler Johannes S. Herberstein schuf. Leider kenne ich ihn und sein Werk noch nicht, aber ich bin schon sehr neugierig, zumal er sagt: „Ich zeige Gesichter, weil ich glaube, damit am besten Spannung und Gefühl vermitteln zu können." Kühn.
Wesentlich dramatischer geht es im Roman „Kopfstücke" (1997) von Elfriede Kern zu, in dem unerfreulicherweise ein Kopf mittels Spitzhacke beschädigt wird, was für die Lochträgerin seltsame, aufregende Folgen hat.
„Kopfstücke" sind überhaupt sehr beliebt, besonders jene, die hierorts gerne „Dachtel" genannt werden. Mit diesen wollte ich natürlich nie etwas zu tun haben, aber seit Bestehen dieser Kolumne (1988) nennen mich viele Leser trotzdem beharrlich „Kopfstücke-Verteiler". Sämtliche Beteuerungen, es handle sich bei meiner Arbeit lediglich um den größenwahnsinnigen Versuch, im Kopf Stücke zu entwickeln und diese dann aufzuschreiben, waren sinnlos. Seit es in Wien auch einen Friseursalon „Kopfstücke" gibt, ist mir aber sowieso alles egal.
Nur die Tatsache, dass der exzentrische Bildhauer Franz Xaver Messerschmidt (1736 — 1783) der Urvater des Namens „Kopfstücke" („Köpf-Stückhen") ist, finde ich aufregend. Denn: Ein Bewunderer wollte ihm einst seine skurrilen „Kopfstücke" um einen horrenden Gulden-Betrag abkaufen, aber FXM lehnte empört ab. — Das würde ich auch tun. Wahrscheinlich.

11. FEBRUAR 2003

ULP bleibt ULP

Schön, dass es immer wieder Menschen gibt, die sich den tollkühnsten Herausforderungen stellen. Zum Beispiel, indem sie sich entschließen, bei der Post ein Hochzeits-Telegramm aufzugeben. Über Internet.
Das Prickelnde daran ist, dass *www.post.at* keinen Weg weist. Also Anruf unter 0810 010 100 (Österreichische Post AG). Es hebt eine Dame ab, die aber die Frage nach dem Weg nicht beantworten kann. Sie rät, es unter 0810 100 190 (telefonische Telegramm-Annahme) zu versuchen. Dort teilt ein Mann mit, der Weg führe über *telekom.at/telegramm*.
Es geht los: Die entsprechenden Felder werden ausgefüllt, unter anderem auch das Datum der gewünschten Zustellung, logischerweise ist es das des aktuellen Tages. Senden. Antwort: „Error — das Datum liegt in der Vergangenheit."
Erneuter Anruf bei der Telegramm-Annahme. Etwas harsch teilt eine Dame mit: Man müsse das Datumsfeld frei lassen, soferne man eine Zustellung am selben Tag wünsche. Dann würde die Post zurückrufen, um den Tag der Zustellung zu erfragen. Und sodann mitteilen, dass das Telegramm am selben Tag zugestellt würde. Zusatzinformation: Die Zustellung erfolge durch einen Sonderboten, wodurch sich die Kosten um 2 Euro erhöhen würden.
Also zurück an den Start. Das Telegramm wird via PC abgeschickt (ohne Datumsabgabe), tatsächlich erfolgt nach einigen Minuten die telefonische Rückfrage Unserer Lieben Post, an welchem Tag zugestellt werden soll. Dann der erlösende Hinweis, das Telegramm werde HEUTE innerhalb von 6 Stunden zugestellt.
Wir lernen: Der Umweg ist das Ziel. Und außerdem, dass ULP ULP bleibt.

25. FEBRUAR 2003

Staatsschauspiel

Ob die neue Regierung in einer Woche oder erst am Jahrestag der Tat, also am 24. November steht, ist jetzt auch schon egal.
Mein Interesse als Wähler und Beobachter merkwürdiger Vorgänge gilt ohnehin nur einem einzigen Moment, denn ich frage mich: Wie wird das allerhöchste Angelobungsgesicht diesmal ausfallen?
Über die eisige Staatsvater-Miene vom Februar 2000 ist derart viel geschrieben und gesagt worden, dass UHBP jetzt unter einem unvorstellbaren Erfolgsdruck steht. Er weiß, ein Volk lauert auf ein Gesicht — auf jede Mundwinkel-Stellung, auf jeden Lidschlag, auf das kleinste Nasenbeben. Berühmte Publizisten werden ihre Wertung abgeben, egal ob sich ORF-Mück in seinen erdbraunen Analyse-Kampfanzug wirft, ob der ungnädige Hans Rauscher als ironischer Augenöffner in Erscheinung tritt oder ob der unbestechliche Professor Worm in der Karlich-Show einen Liebesbeweis abliefert — es ist mit Hunderten Expertisen zu rechnen.
Das alles ist dem Bundespräsidenten natürlich klar. Wir dürfen ja nicht vergessen: Der Bundeskanzler hat sich entschieden, die Koalitions-Befehlsvorgabe aus der Guglhupf-Zentrale Hofburg frech zu ignorieren. Das kann und darf auf die UHBP-Miene nicht ohne Auswirkung bleiben.
Ich glaube jedoch nicht, dass UHBP jetzt schon vor dem Spiegel übt. Vermutlich verlässt er sich im großen Staatsschauspiel auf künstlerische Intuition. Dann ist alles möglich, sogar völlig unmotivierte Heiterkeit.
Es wird wahrscheinlich Klestils letzter großer Auftritt als aktiver Bundespräsident. Zuvor wird uns aber noch *News* einschwören: *Ein Land fiebert, Mienen-Mania in Österreich.*

4. MÄRZ 2003

Opern-Flachballspiel

Eine kleine Nachbetrachtung zum Opernball. Sein internationaler Ruhm ist unterdessen so groß, dass z. B. die *Augsburger Allgemeine Zeitung* (ohne jede Ironie) berichtete, Herr Baumeister Lugner sei der *Veranstalter des Wiener Opernballs.*
Das wird dem schönsten Operndirektor der Welt wenig gefallen und seiner sogenannten Ballmutti erst recht nicht. Aber die haben ohnehin jenseits pfauenartiger Selbstdarstellung gleichsam als gemischter Chor einen Abend lang im Fernsehen (ORF, BR, Sat 1) mit der üblichen Herablassung *die* Medien richtig gestellt. Millionen Zuschauer können seither sicher sein: Wer ein Ereignis dieser Qualität mit einer gewissen Distanz und einigem Unbehagen betrachtet, gehört zu den Schuften.
Einer von diesen ist demnach der Publizist und Literat Joseph von Westphalen. In der *Süddeutschen* schrieb er über die Opernballübertragung:
„Das Ganze hätte als Kommentar nicht mehr als einen Furz verdient, wenn dieser bayerisch-österreichische Medienabend nicht ein gutes Beispiel dafür wäre, wie man Bedeutungslosigkeit plappernd ignoriert, wie angesichts quälender Stillosigkeit von Stil gesprochen, wie ein ödes Getümmel als rauschende Ballnacht verkauft wird."
Vielleicht ist uns in unserer Begeisterung über uns gelegentlich ein wenig die Sicht auf das Wesentliche verstellt. Vielleicht ist es z. B. höchst überflüssig, eine Ballmutti live in eine ZiB platzen zu lassen — mit einem Gewicht, als ob sie grad zur Unterhaltungsministerin bestellt worden wäre. Vielleicht wäre überhaupt der Begriff „Opern-Flachballspiel" günstiger als „Ball der Republik". Unter anderem mangels Anlasses zum Feiern.

27. MÄRZ 2003

Aus dem Erwinland

Am Sonntag endet der Wahlkampf in Niederösterreich, was sehr schade ist, weil dadurch sämtliche Quellen für „Erwins Heldensagen“ vorübergehend versiegen. Noch fehlt der letzte Beweis, dass der Landeshauptmann mit Aussicht auf die absolute Mehrheit Stift Melk eigenhändig erbaut hat oder sich den Verlauf der Donau selber ausgedacht hat, ehe er die Wachau schuf.
Es wäre trotzdem nicht überraschend, wenn am Sonntag sogar Lichtgestalten aus den roten Horden zu Erwin überlaufen.
Fiktion aus dem Wahllokal Klausen-Leopoldsdorf, Bezirk Baden. Die Ortsbewohnerin Daniela D. tritt ein.
Daniela: „Wo kann ich hier Erwin wählen?“
Leiter der Wahlkommission (LWK) nach einem Blick auf den Lichtbildausweis der Fragenden: „Bei mir ned!“
Daniela: „Was soll das heißen?“
LWK: „Du bist ja erst 13 Jahre alt ...“
Daniela: „Na und? Ich habe einen persönlichen Brief vom Umweltlandesrat bekommen, mit der großen Bitte, Erwin direkt zu wählen. Ein Landesrat wird ja wohl wissen, was er tut.“
LWK: „Des gibt's ned!“
Daniela (legt den Brief auf die Wahlurne): „Do steht's!“
LWK (liest): „Hm. Wahrscheinlich a Irrtum.“
Daniela: „Was heißt da Irrtum? Oder will mich der Landesrat womöglich pflanzen? Oder ist es üblich, dass Minderjährige sicherheitshalber auch angeschrieben werden?“
LWK: „Da hast an Erwin-Luftballon, baba!“
Der Brief ist Realität. Wie viele Kinder ihn ebenfalls erhielten, kann nur vermutet werden. Wir lernen: Man muss mit der Heranschmeißung an den Wähler früh anfangen.

5. JULI 2003

Schluss-Satz

Zu den ganz großen journalistischen Aufgaben zählt die Kreation namens *Schluss-Satz.*
Jedes Mal, wenn z. B. ein Fernsehmoderator eine Nachricht verliest, bebe ich seinem Schluss-Satz entgegen. Was wird er sagen? Wie setzt er den Punkt hinter seine Meldung? Oder gelingt es ihm gar, die berühmten drei imaginären Punkte im Sinne von „Denk dir selber was dazu!" unterzubringen?
Gut, ich gebe zu, was dabei herauskommt, zählt meistens nicht zu den ganz grandiosen Schöpfungen, aber es ist eben schwierig, zumal die potenziellen Träger der Goldenen Binse oft gar nicht aus ihrer Haut herauskönnen. Zu ihren großen Hits zählen jedenfalls:
„Bleibt abzuwarten, ob ..."
„Die nächsten Tage werden ja zeigen, ob ..."
„Bleibt nur zu hoffen, dass ..."
„Bleibt uns nur noch zu sagen, dass ..."
Dazu kommen natürlich noch Evergreens wie „Wahltag ist Zahltag!", „Am Wort ist der Wähler", „Darüber wird noch zu reden sein" oder „Das letzte Wort ist noch nicht gesprochen". Und natürlich allerlei elegante Varianten zu Volksmund-Weisheiten, also z. B. „Kommt Zeit, kommt Rad" oder „Liebe kann Zwerge versetzen."
Oft brütet der Schluss-Satz-Redakteur stundenlang über seiner Kreation, ehe er doch mit Altbewährtem ins Volle greift.
Der schönste Schluss-Satz ist übrigens immer noch das herzhafte „Und jetzt leckt's mich am Arsch!" eines Radiomannes. Er fiel 1928, kann aber leider nicht in die Hitliste aufgenommen werden, weil der Urheber nicht wusste, dass er noch live auf Sendung ist.

23. AUGUST 2003

Bellen, boll, gebollen

Jetzt wurde der 5. Geburtstag der Rechtschreibreform gefeiert, von einem Festakt habe ich allerdings nichts gehört. Schade, ein Wortfeuerwerk hätte mir gut gefallen, vor allem, wenn am Schluss in leuchtenden Riesenbuchstaben am Himmel ein Leitsatz der Rechtschreibreform erschienen wäre: *Wozu das Ganze?*
Unterdessen kommt eine inoffizielle Rechtschreibreform auf uns zu, die eigentlich eine Grammatik-Reform ist. Es bemüht sich: Die *Gesellschaft zur Stärkung der Verben.* Nämlich darum, die *schwachen Verben* allmählich in *starke Verben* umzumodeln. Das heißt: Es entsteht z. B. aus *zählen, zählte, gezählt* die Wortkonstruktion zählen, zall, gezallen. Das betrifft natürlich auch die Möglichkeitsform: Ein Satz wie *Von dem Mann wird gesagt, er prahle gern* verwandelt sich in ... *er prölle gern.*
Es ist nicht bekannt, wie ernst sich die Gesellschaft selber nimmt. Jedenfalls kann jeder Vorschläge über Internet (www.soviseau.de/verben/) einbringen. Einige Beispiele:

träumen, tromm, getrommen

schmerzen, schmarz,geschmorzen

bellen, boll, gebollen

stürzen, starz, gestorzen

Gut möglich, dass sich bald ein paar junge Dichter finden, die derlei begeistert in ihr Werk aufnehmen. In solchen Fällen reagiert auch die DUDEN-Redaktion, indem sie zitiert. Daraus folgt vielleicht, dass die Menschen es in ein paar Jahren als völlig normal empfinden, Sätze wie *„Schüssel knorsch mit den Zähnen, schwieg aber weiter"* zu bilden. Ob es in dieser Kolumne sprachliche Veränderungen geben wird, hängt von der Erlaubnis des Chefredakteurs ab. Kann sein, dass er glaubt, ich täcke im Kopf nicht ganz richtig.

22. SEPTEMBER 2003

Das tote Pferd

Staunend sitzt der Österreicher da und schaut dabei zu, was den Republikgestaltern alles einfällt, um Probleme zu lösen. Dazu stellte mir ein Leser *Gedanken zur aktuellen Situation im Gesundheitswesen* zur Verfügung. Es handelt sich dabei um die leicht modifizierte Variante einer schon etwas älteren Erkenntnis, deren Urheber leider nicht erforschbar ist.
Basis ist eine angebliche Weisheit der Dakota-Indianer: „Wenn du entdeckst, dass du ein totes Pferd reitest, dann steige ab!"
Im Gesundheitsmanagement werden allerdings andere Strategien angewendet:
Man besorgt sich eine stärkere Peitsche.
Man wechselt den Reiter.
Man sagt: „So haben wir das Pferd schon immer geritten."
Man gründet einen Arbeitskreis, um das Pferd zu analysieren.
Man bildet eine Task Force, um das tote Pferd wiederzubeleben.
Man stellt Vergleiche mit unterschiedlichen toten Pferden an.
Man ändert die Kriterien, nach denen zu beurteilen ist, ob ein Pferd tot ist.
Man kauft teure Spezialisten von außen ein, um das tote Pferd zu reiten.
Man überarbeitet die Leistungsbedingungen für Pferde.
Man erklärt: „Kein Pferd kann so tot sein, dass man es nicht doch noch reiten könnte!"
Man macht zusätzliche Mittel locker, um die Leistungen des Pferdes zu erhöhen.
Man engagiert einen Berater, der den Umgang mit toten Pferden schult.
Man erklärt, dass das eigene Pferd „besser, schneller und billiger" tot ist als andere.
Alles miteinander kennen wir aber aus TV-Diskussionen schon lange.

12. OKTOBER 2003

Sehr spitze!

Ein Wortbild der damischen Art lieferte die APA mit dem Titel: *„Vierblättriges Einbrecher-Quartett in Niederösterreich ausgeforscht."* — Hoffentlich hat sich der Autor von der sprachlichen Verrenkung wieder erholt.

Die *SN* über ein Mordopfer: *„Außerdem wurden Spuren von Knebelung, insbesondere der Nase und des Mundes, festgestellt."* — Ein Phänomen, insbesondere in Salzburg.

In der *Tiroler Tageszeitung* notiert ein Fachmann zum Benzinverbrauch eines Autos: *„6,4 Liter im normalen Fahrbetrieb sind sehr spitze."* — Derlei fällt wohl unter megaoptimale Steigerung.

In einem Fußballbericht des KURIER lese ich über einen Torhüter: *„Arzberger bot (...) reaktionäre Paraden."* — Es lebe die fortschrittliche Sprachkunst.

Die *Krone* erwähnte *„die im anglikanischen Raum üblichen Verwechslungen zwischen Austria und Australia."* — Verwechslungen aller Art sind ja auch das Salz in der Zeitungssuppe. (Altes angelsächsisches Gesetz.)

Der Lebensmittelmarkt *Hofer* preist eine Spitzensorte so an: *„In 100 g ungarische Salami sind 155 g Schweinefleisch enthalten."* — Die Lösung dieses irritierenden Mengen-Rätsels kennen nur die Salami-Produzenten.

In *Seitenblicke* enthüllte Dagmar Koller: *„Im Bett hab' ich stets alles, was über die Schnur gegangen ist, abgelehnt."* — Eine fesselnde Grenzziehung, vermutlich im Bereich der Hutschnur.

19. OKTOBER 2003

Prof. Plauderwastl

Keine Publikation ohne Bestenliste. In einem Ranking des Magazins Kärntner Monat („Die 100 wichtigsten Kärntnerinnen") steht: *7. Ursula Pasterk. Die Kabinettschefin von Bundeskanzler Schüssel sitzt im Vorzimmer der Macht.* Ein Irrtum, gewiss, aber ein äußerst anregender. Ich stelle mir vor: Es betritt z. B. Franz Morak den Macht-Vorraum, findet statt Ursula Plassnik Frau Pasterk (auch die *rote Ursel* genannt) vor, rennt verwirrtschreiend davon und verbirgt sich fortan im Burggarten.

Seit längerer Zeit trage ich im Kopf eine Schlagzeile der *Presse* mit mir herum. Sie hieß: *Demonstrant grundlos geprügelt.* — Bis heute ist mir aber kein Grund eingefallen, der Prügel für Demonstranten rechtfertigte.

Eine Verlockung der sensiblen Art war auf der Kreidetafel vor dem bekannten Wiener Kaffeehaus Prückel zu sehen: *Gefühlte Paprika* — Wo sonst, wenn nicht da, überkommt den Gast sättigendes Gefüll.

Im Lokal „Freizone", wo das Festival „Wean Hean" stattfand, hängt im Damenklo ein handgeschriebener Zettel, auf dem steht: *Für Gäste 20 Cent. Für keine Gäste 40 Cent* — Präziser ist derlei nicht darstellbar.

In der *Krone* wurde bezüglich eines unhöflichen Kellners das Wort *wirsch* verwendet. — Schön. Es zählt nämlich zu den ungelösten Sprachrätseln, dass der Duden auch das Wort *unwirsch* zulässt, obwohl es dieselbe Bedeutung hat.
*
Im *KURIER: „Die WEGA konnte die Situation befriedigen und die Streithähne trennen."* — Gehet hin in Befriedigung!

27. OKTOBER 2003

Alltagswahnsinn

Ohne jeden weiteren Kommentar ein Beispiel aus dem ganz normalen Alltagswahnsinn. Basis der Ereignisse: Paketsendung von Graz nach Götzis, Vorarlberg.
1. Paketaufgabe. Beamtin A in Graz versichert am Mittwoch, das Paket werde am Freitag eintreffen.
2. Nachfrage am Montag, weil das Paket nicht in Götzis eingetroffen ist. Beamter B hilft mit einer Telefonnummer weiter.
3. Dienstag. Beamter C bestätigt am Telefon via computergestütztem Paketverfolgungssystem die Aufgabe des Pakets. Sonst weiß er nichts und rät dem Kunden, selbst in Götzis anzurufen.
4. Beamtin D (Postamt Götzis) verbindet weiter.
5. Beamter E schaut in den Computer und bestätigt die Aufgabe des Paketes. Tipp: In Wolfurt würden die Pakete ausgeliefert. Der Kunde möge dort anrufen.
6. Beamter F schaut in den PC und bestätigt die Aufgabe des Paketes. Sonst könne er nicht helfen, nennt aber eine Mobiltelefonnummer eines Kollegen in Götzis, er sei „der wirklich Zuständige“.
7. Beamter G nennt zwei Mobiltelefonnummern.
8. Beamter H bedauert, er befinde sich in Wien.
9. Beamter I entpuppt sich als Beamter F. Er bedauert abermals.
10. Also wieder Anruf bei G. Der nennt nun die Telefonnummer des Kollegen J, der „wirklich weiterhelfen kann“.
11. Beamter J ist Beamter E. Er bedauert abermals, nennt aber noch eine Möglichkeit.
12. Beamtin K. bedauert: Bei ihr läge kein Paket. Ihr Rat: „Haben Sie schon nachgefragt, ob Ihr Paket in Graz überhaupt abgegangen ist?“
Der Kunde fällt in eine lange Ohnmacht, während der das Paket doch noch in Götzis eintraf. Angeblich.

12. NOVEMBER 2003

Synonymitis

Generationen von Deutsch-Lehrern ist es zu verdanken, dass die Mehrzahl der schreibenden Menschen von einer Psychose namens „Synonymitis“ befallen ist. Man erinnert sich an professorale Randbemerkungen zur Deutsch-Schularbeit: Rote Wellenlinie und das Wort „Wortwiederholung!“

Es hat sich offenbar so in den Gehirnen der Schüler festgesetzt, dass sich in der Folge blühendes Leben aus der schulischen Saat entwickelte.

Und so haben wir uns (beispielsweise im geografischen Bereich) an mehr oder minder verkrampfte Zweitnamen wie die Alpenrepublik, die Mozartstadt, die Donaumetropole, die Seinemetropole, die Murmetropole, die Ruhrmetropole, die Mainmetropole, die schwimmende Stadt, das Venedig des Nordens, die Ewige Stadt, das Nilland, den Großen Apfel oder die Zuckerhutstadt so sehr gewöhnt, dass es fast keinem mehr auffällt. Macht aber nichts, es gibt Übleres.

Das Angenehme für Autoren ist jedenfalls: Sie müssen nicht kreativ sein, sondern nur verwenden, was sich unbekannte Täter Jahre oder Jahrzehnte vorher ausgedacht haben.

Eine weitere kleine Auswahl aus der Kiste des Abgegriffenen: Kirche/Gotteshaus, Lokomotive/Dampfross, Kamel/Wüstenschiff, Geld/Rubel, Elefant/Dickhäuter, Schnee/Weiße Pracht, Schaden/Verwüstung, Sonne/Leuchtendes Zentralgestirn, Meteorologen/Wetterfrösche, Katze/Zimmertiger, Hund/Vierbeiner, Löwe/König der Tiere usw.

Die Synonymitis ist unheilbar, das steht längst fest. Ist ja auch kein Malheur, sondern lediglich ein interessantes Zeichen von Originalität, die von den Befallenen für eine solche gehalten wird.

2. FEBRUAR 2004

Sport-Stuss

Jahrelange trübe Erfahrung lehrt sportbegeisterte Österreicher: Es wird ihnen wohl nichts anderes übrig bleiben, als über Wortlawinen, abgelutschte Begriffe und puren Stuss von Reportern zu lachen. Ärgern ist sinnlose Vergeudung von Energie, zumal man ja auch daran denken muss, dass gesprochener Quatsch oder geschriebener Unfug ewigen Bestand haben.
Vermutung: Die Urheber dieser besonderen Form der Unterhaltung sind von ihrem Wirken dermaßen überzeugt, dass sie über ihre Kritiker nur verständnislos den Kopf schütteln.
Wem also z. B. zum Ski-Finnen Palander eine Bemerkung wie *Der Lappe wischte im Slalom die Konkurrenz auf* einfällt, der ist eben ein Vertreter des neuen Humors. Wie auch der Moderator, der diese Wortkonstruktion schuf: *Der neue Jaguar wurde der Öffentlichkeit zum medialen Fraß vorgeworfen.*
Im allgemeinen Phrasen-Rennen spielt aber das ständige Wiederkäuen von Unzertrennlichem die größte Rolle: Kein Krankl ohne *Goleador*, kein Prohaska ohne *Schneckerl*, kein Schachner ohne *Schoko*, kein Agassi ohne *Paradiesvogel*, kein Beckenbauer ohne *Kaiser*, kein Vogts ohne *McBerti*, kein Baric ohne *maximal*, keine Graf ohne *Gräfin*, kein Norweger ohne *Elch*, kein Seeger ohne *Norweger*, kein Maier ohne *Herminator*, kein Assinger ohne *Komantschen*, kein Sailer ohne *Blitz aus Kitz*, kein Raich ohne *Blitz aus Pitz*, kein Kanadier ohne *crazy*, kein Skispringer ohne *Adler* — wir alle hören und lesen derlei bis zum Überdruss. Aber man darf den gesamten Sport-Stuss nicht ernst nehmen. Seine Produktion ist ja nur *der wichtigsten Nebensache der Welt* zu verdanken.

4. FEBRUAR 2004

ULP und LKW-Maut

Eine überaus prophetische Gabe musste der gelernte Österreicher nicht haben, um vorauszusagen, wer letztlich die LKW-Mautgebühren zahlen wird: Die Konsumenten (seltsamerweise auch *Letzt*verbraucher genannt). Die Umlegung der Kosten spielt sich durch die beliebte Taktik der schleichenden Preiserhöhung ab.
Nur auf unser Präzisionsunternehmen ULP ist wieder einmal Verlass: Die Post weist auf ihren Rechnungen (die Paketversendung betreffend) den Posten *LKW-Maut* aus. Der Anteil für jeden Kunden beträgt 12 Cent pro Paket bis 25 Kilo.
Na hallo, denkt da der Paketversender. Wenn ich ein Paket von Wien nach Innsbruck schicke, wo fällt da zwischen Hauptbahnhof und Innenstadt LKW-Maut an?
Guter Mann, kontert die Post, unsere Pakete werden ja längst nicht mehr per Bahn transportiert. Wir sind — Umweltschutz hin oder her — total auf Lastler umgestiegen. Daher auch die Maut.
Natürlich. Zwar kenne ich einen Fall, da wurde ein Paket von Wien-Alsergrund nach Wien-Döbling geschickt, aber wer wird sich denn da wegen der dafür auch verrechneten 12 Cent aufpudeln? ULP ist da großzügiger. Und vielleicht ist eh alles in Ordnung, weil der LKW-Chauffeur zufällig über St. Pölten gefahren ist.
Irgendwie bleibt ULP ULP. Ein Wiener sandte einen Brief an das Kneipp-Kurhaus in Feldkirchen/Donau. Der Brief traf aber bald wieder beim Absender ein. Mit dem Vermerk: *Retour wegen neuer Straßenbezeichnung. Die neue Bezeichnung lautet nun ...*
Das nennt man Präzision. Hin und her schicken ist außerdem lustiger als gleich zustellen.

27. MÄRZ 2004

Nur auf a Hupferl

Im Internet kursiert derzeit ein launiger Text, in dem die kecke Behauptung aufgestellt wird: Keine Sprache hat dermaßen unverbindliche Maßeinheiten hervorgebracht wie die österreichische.
Der unbekannte Autor führt etliche Beispiele an. Z. B. *a wengerl* oder den *braden Weg*, der deshalb breit genannt wird, weil er lang ist. Derlei könnte man unter *Umgangsprachen-Logik* rubrizieren. Diese ist ja undurchschaubar, denn wenn jemand n*ur auf a Hupferl* vorbeikommt, kann das auch Stunden dauern, ohne dass sich jemand wundert.
Tatsächlich schwierig wird es, wenn ein solcher Besucher *um ein Euzerl* (Alzerl) zu lang bleibt. Existiert von *Euzerl* eine Mehrzahl? Könnte man also *um zwei Euzerln danebenliegen?* Waren irgendwann einmal 10 Euzerln *1 Euz*? Und wenn etwas um 100 Euz nicht stimmt, darf man dann schon *Den Unterschied möcht' ich Klavier spielen können sagen?*
Andere offene Fragen: Wie viel ist *a Lawine zoin*? Welcher Menge entspricht *a gaunza Oasch voller Leit'?* Wie groß ist ein *Fuzerl*? Wann mutiert es zum *Eckerl*? Wann zum *Stückerl*? Wie groß ist ein *Trumm* oder gar ein *Mordstrumm*? Wann wird aus einem *Tröpferl* ein *Tropfen*? Wann daraus ein *Schluckerl*? (Sicher ist nur, dass man sich in Österreich unter *a Flascherl Wein* einen Doppelliter vorstellt.)
Vieles davon ist (was die etymologische Herkunft betrifft) weniger rätselhaft, als es scheint. Man müsste sich halt intensiv mit der einschlägigen Literatur befassen. Willige Sprachforscher sollten sich auf etwas konzentrieren, was angeblich niemand weiß:
Von welchem Brauch leitet sich eine Wendung ab, wenn jemand, der etwas knapp verfehlte, *ums Oaschlecken ned!* sagt?

13. APRIL 2004

Hättiwari

Manchmal sitze ich da und erfreue mich an der Wortschöpfung eines anderen. Unweigerlich damit verbunden ist aber der Gedanke: Das wäre mir auch gern eingefallen.
Seit Jahren ist mein diesbezüglicher Favorit der *Trottelerkennungshund*, erfunden von Gary Larson. Es ist ja eine faszinierende Vorstellung: Man spaziert mit diesem Hund durch die Gegend, er beschnüffelt die Leute und wenn er leise knurrt, ist er fündig geworden. Ich, sein Besitzer, wüsste dann: Aha, ein Trottel!
Auf dem Gebiet der Synonyme und Umschreibungen wüten viele Autoren unkontrolliert vor sich hin. Nicht alles, was dabei herauskommt, ist so gelungen wie etwa der Vergleich des Salzburger Satirikers Christian Wallner: „News ist die Ganze Woche für Maturanten."
Selber ist mir im Lauf der Jahre auch einiges eingefallen, dem ich da und dort wieder begegne. Als im Herbst 1998 der 10. Geburtstag des *Standard* gefeiert wurde, erwähnte mich André Heller in seiner Laudatio als den „Erfinder einer unsterblichen Figur, die noch zu wenig bekannt ist, des Hättiwari". Der war damals grad 2 1/2 Jahre alt geworden — als Kürzel für den Konjunktiv-Weltmeister Gerhard Berger (Hätt' i net so viel Probleme, war i scho Weltmeister).
Tatsächlich sickerte mein *Hättiwari* auch jenseits der Formel I in den Sprachgebrauch ein. (Der derzeit in Wien gegebene Blödelabend *Hätti Wari Wäri* hat damit nichts zu tun. Dort steht *Copyright: Kabarett Simpl*, was ja auch stimmt, weil die Autoren Wäri erfanden.)
Hättiwari ist in Wahrheit eine zutiefst österreichische Figur. Manchmal sitze ich da und wünsche mir, dass es ihn gar nicht gibt.

24. MAI 2004

Geduldspiel

Jetzt habe ich sie endlich erlebt, die spannende Supermarkt-Situation, in der beliebte Varianten von Nervenkitzel eintreten.
Zunächst stelle ich mich gemäß den Gesetzen der Schlange bei der falschen Kasse an, vorher hat mich aber noch eine alte Frau („I hob's in die Fiaß!") überholt. Dann passiert überhaupt nichts, weil die Kassen-Papierrolle zu Ende gegangen ist. Alles steht.
Kaum ist die neue Rolle eingelegt, fährt ein nicht codierter Kübel mit roten Äpfeln übers Laufband. Alles steht. Die Suche nach dem Code erfolgt durch laute Zurufe quer durch den Supermarkt. Die Ohren klingeln, irgendwann kann der Code aber doch noch eingetippt werden. Sodann wird die These erhärtet, wonach der Mensch ein Irrtum der Natur ist: Die zahlen wollende Kundin verlässt plötzlich die Schlange und verschwindet hinter der Bierkisten-Mauer. Staunen ringsum, alles steht.
Die Kundin taucht wieder auf, legt einen mitgebrachten Salatkopf aufs Förderband und sagt: „Den hob i vagessn!"
Dem nächsten Schlangenmenschen fällt beim Kleingeldsuchen das Geldbörsel aus der Hand, die Münzen rollen in alle nur denkbaren Richtungen davon. Aufklauben und Ratgeben der Allgemeinheit („Durt liegt no a Kupferner!") setzt ein.
Ich komme dran. Endlich. Ich lege die gesammelten Waren (1 Joghurt, 1 Banane) aufs Band. Ganz vorsichtig, denn ich denke mir: Bei dieser Serie könnte sein, dass der Joghurt-Becher womöglich explodiert. Ich zahle. Aber nicht gleich, weil die Kassierin zuerst noch Münzrollen aufreißen muss. Ein Supermarkt-Supergau? Aber wo, nur ein Geduldspiel, für das ich geradezu geboren bin. Man muss nur dran glauben.

13. JULI 2004

Vordränger

Die Tätigkeit des Einkaufens ist nicht jedermanns Sache. Das hat auch mit dem Kundenservice zu tun. Wer wie ein Bittsteller behandelt wird, der geht halt lieber, als er kommt.
Einkaufen hat auch viel mit Warten zu tun, speziell dort, wo Personal nicht hinter einer Budel steht, sondern in der Tiefe des Raumes weilt. Meist unsichtbar. So irren die Kunden auf der Suche nach Ansprechpartnern hilflos durch die Regalstraßen und verwünschen innerlich jene, die sowieso schon weg sind.
Aber wenn man es erst einmal geschafft hat, dranzukommen, dann droht noch ein unberechenbarer Feind — das Telefon.
Schon lange stelle ich mir die Frage: Wieso hat das Telefon immer und überall Vorrang?
Es läutet — und schon ist der Wartende ausgebremst. Hat er besonderes Pech, sagt der Angerufene „Da muss ich erst nachschauen", schleppt einen dicken Folianten herbei und beginnt, irgendwelche Ziffernkolonnen zu studieren.
Genau genommen sind Anrufer die unverschämtesten Vordränger überhaupt. Sie haben einen enormen Startvorteil, denn sie wissen ja, dass fast keinem Menschen die Kraft gegeben ist, ein Telefon einfach läuten zu lassen.
Nein, die Hüter des Telefons gehorchen einem inneren, offenbar fürchterlichen Zwang und so heben sie den Hörer auf der Stelle ab bzw. drücken aufs Knöpferl. Sie müssen.
Der einzige Trost, den sie dem Wartenden spenden, ist im günstigsten Fall die berühmte „Was soll ich tun?"-Geste des Bedauerns.
Telefonische Vordränger sind allgegenwärtig, der Weg zur Linderung kann nur darin bestehen, sich ihnen anzuschließen.

3. SEPTEMBER 2004

Arnies Ö-Bild

Wir Steirer müssen zusammenhalten, sagte mir einmal ein anderer Steirer in Wien, und so rufe ich frohgemut über den Atlantik: Arnie, wir sind bei dir!
Der Gouverneur von Kalifornien wird ja nach seiner weltweit viel beachteten Parteitagsrede hierorts mit Misstrauen beäugt. Na gut, eine gewisse historische Unschärfe kann man dem berühmtesten Sohn der Steiermark seit Erzherzog Johann und Pepi Krainer I. wohl nachsagen. Die Behauptung *„Als Kind habe ich gesehen, wie Österreich nach dem Abzug der Sowjets ein sozialistisches Land wurde"*, ist aber mehr dem heiteren Bereich zuzuordnen, denn als Jung-Arnold Österreich in Richtung USA verließ, herrschte in Wien eine ÖVP-Alleinregierung. Und in seiner geliebten Steiermark sitzen bis heute Schwarze am höchsten Thron.
Wenn jetzt der Bundesgeschäftsführer der SPÖ *unseren Arnie (© Krone)* rügt, ein *abwegiges Österreich-Bild* gemalt zu haben, und es merkwürdig findet, dass sich Schwarzenegger *zu höchst seltsamer Österreich-Diffamierung hinreißen lässt*, dann wird ihn der Terminator beim nächsten Zusammentreffen vermutlich sowieso zerquetschen.
Als der Kino-Held vor einigen Jahren in einer anderen Rede erwähnte, er komme aus einem Land, in dem er nie eine Lektion Toleranz bekommen hätte, war ja die Aufregung auch groß. Es wurde sogar vermutet, die steirische Eiche sei vom Holzwurm befallen worden. Armer Arnie. Er musste immer mit dem Missverständnis leben. Seine Bemerkung in einem *Vanity Fair*-Interview, „Ich hasste diesen alten Scheiß" zum Beispiel. Die bezog sich schließlich nicht auf dieses schöne Land, sondern nur auf dessen klassische Musik und seine Museen.

5. SEPTEMBER 2004

ZiB-Mutation

Der Bildungssender ORF half in einer ZiB 2 unserem laut einer IMAS-Umfrage bedenklich anwachsenden Mangel an historischem Wissen nach. Und testete dabei die Zuschauer auf höchst raffinierte Weise, indem er Dwight D. Eisenhower als *Weltkriegspräsident* und Hermann Göring als *Hitlers Propagandaminister* vorstellte. Zwei Stunden später, in der ZiB 3, mutierten die Herren unauffällig zu *US-Nachkriegspräsident* bzw. *Reichsmarschall*, was beweist, wie schnell man mit ein wenig Nachhilfe Zeitgeschichte lernen kann.

Die *TV WOCHE* verriet über eine Kandidatin für „Liebesg'schichten und Heiratssachen“: *„Ute, 55, Osteopathin aus Niederösterreich, hat drei gescheiterte Ehen mit Ärzten hinter sich. Jetzt sucht sie einen Mann mit Niveau.“* — Interessant. Man wird sehen, ob die Ärztekammer das auf sich sitzen lässt.

Oft irrt der Mensch suchend nach einem bestimmten Artikel durch seinen Baumarkt — allein, er wird nicht fündig. Warum das so ist, dieses Rätsels Lösung liegt vielleicht in einem Inserat auf der Website der ÖH-Jobbörse: Dort sucht ein Baumarkt eine *geringfügige Verräumhilfe.*

Der KURIER berichtete: *„Fünf von vier Jugendlichen wissen nicht, wann eine Frau am leichtesten schwanger wird.“* — Diese 125 Prozent auf ein erträgliches Maß zurückzuschrauben, wird ein hartes Stück Arbeit für Sexualtherapeuten.

Die Handwerker-Kreation der Woche: „In Stein gemetzelt ist gar nichts.“ (Vizekanzler Gorbach im Ö1-Abendjournal.)

6. SEPTEMBER 2004

Ein ULP-Lamento

Es ist gut möglich, dass der Tag, an dem mir das Kürzel *ULP* einfiel, kein guter war. Viele Leserinnen und Leser haben es jedenfalls übernommen und mich im Lauf der Jahre unter diesem Stichwort geradezu lustvoll festgenagelt. Die Zahl von eintreffenden Unerfreulichkeiten aus dem Reich *Unserer Lieben Post* wuchs ständig, so dass ich allmählich einen unfrommen Wunsch zu entwickeln begann: Löse dich auf, o ULP!
Dies ging nur insoferne in Erfüllung, als sich der gelbe Riese von der Telefonie trennte. Ab dann nahm aber die Ungerechtigkeit gegen ULP ihren Lauf, denn für die Kunden blieb ULP ULP. Sie pfeifen bis heute auf *Telekom* — alles, was mit dem Telefon zu tun hat, fällt (zumindest in meiner Post) in die Abteilung ULP. Und das eben ist gegenüber ULP ungerecht, und zwar deshalb, weil sie im direkten Vergleich wesentlich besser abschneidet als die Telekom. Vor allem deren Durcheinander im Verrechnungswesen bringt die Leute auf die Palme.
Schon zu ULPs Solozeiten erblickte nur ein Bruchteil der bei mir abgelieferten Fälle von Zumutungen, Unzulänglichkeiten und kauzigen Schlampereien das Licht der Öffentlichkeit. Allein schon deshalb, weil diese Kolumne, wie hier schon einmal flehend erwähnt, „Kopfstücke“ und nicht „Poststücke“ heißt.
Interessant ist nur eines: Die langjährige Beobachtung von ULP und Telekom hat mich gelehrt, dass deren diverse Kunststücke mit dumpfer Regelmäßigkeit wiederkehren. Daraus lernen wir, dass dort nichts dazugelernt wird. Und meine Kunden mögen verzeihen, dass viele ihrer Beschwerden deshalb nur im Zentralarchiv landen.

16. OKTOBER 2004

Semmeltragödie

Vor mir liegt etwas, das unter dem Namen *Semmel* im einschlägigen Handel angeboten wird, und ich denke mir: Was ist aus dir geworden?
Ich kenne Leute, die sind seit Jahren auf der Suche nach einer Semmel, die so schmeckt, wie man es früher gewohnt war, aber alle befinden sich als Semmelforscher in einem Stadium tiefster Depression. Keine knusprig-resche Mehl-Speise („Goldbraun gebacken — so hat man's gern!"), sondern lediglich ein langweiliger Tatschker, der bei näherer Begutachtung nur Prädikate wie öd, fad, geschmacklos verdient und der im schlimmsten Fall in tausend Brösel zu zerfallen scheint.
Zwar gibt es keine offizielle Semmel-Börse, aber sowie irgendwo ein Geheimtipp auftaucht, machen sich wahre Semmel-Freunde schon auf den Weg. Es gibt angeblich einige wenige Bäcker, die Semmeln nach alter Rezeptur backen, und die machen die Erfahrung, dass die Leute ohne Murren bereit sind, wesentlich mehr dafür zu zahlen als für die maschinell gefertigte Ware. Allein der Anblick der im praktischen roten Nylonnetz angebotenen 10er-Packung jagt dem suchenden Semmel-Liebhaber jene Schauer über den Rücken, die das genaue Gegenteil von Wohlbefinden ausdrücken.
Der Albtraum schlechthin wäre: Verdorben durch die billige Massenproduktion haben es viele Bäcker schlicht verlernt, gute Semmeln zu backen. Und noch schlimmer: An die Stelle der Bäcker sind technokratische Semmel-Ingenieure getreten.
Leider fürchte ich, dass alles Gejammer vergeblich ist, weil die Ohren der Semmelmacher verstopft sind. Vermutlich mit staubtrockenen Bröseln.

19. OKTOBER 2004

Semmeltragödie (2)

Der fürchterliche Traum ging ungefähr so: Ich versinke in einem riesigen Meer von staubtrockenen Semmelbröseln, ein mehliger Strudel zieht mich in die Tiefe, ringsum schauen ganze Scharen von Bäckern bei dem Unglück zu — und freuen sich. Aber die Rettung naht in Gestalt von vielen Leserinnen und Lesern, die sagen: Es war nur gerecht, dass Sie eine Kolumne mit dem Titel *Semmeltragödie* geschrieben haben.

Es ist seltsam, aber seit Monaten hat kein Text an dieser Stelle mehr Reaktionen hervorgerufen, das Wehklagen über die miese Qualität der heutigen Semmel fiel auf äußerst fruchtbaren Boden. Die Esser sind unzufrieden, sie toben sich aus, artikulieren ihren ganzen Unmut über den Niedergang der Semmel, zwei fordern sogar die Wiedereinführung des mittelalterlichen *Bäckerschupfens*. Na ja, so weit will ich nicht gehen, immerhin habe ich aber jetzt (neben ein paar Geheimtipps über erstklassige Semmelbäcker) auch einiges dazugelernt. Bäckermeister Herbert Dejmek gibt mir in einigen Punkten recht und erklärt zum Beispiel: „Die Frische einer Semmel dauert nur ca. 4 Stunden, die meisten Bäcker produzieren jedoch bereits in der Nacht (1—5 Uhr), das Ergebnis ist: Feuchtes Wetter — zähes Gebäck. Heißes, trockenes Wetter — hartes Gebäck."

Schließlich schickte mir die Leserin Christine H. ein Gedicht des legendären Ernst Kein:

waun se ina no erinan kenan wia de semen imma frisch und gnusprig woan daun sans leida aa nimmer da jingste.

Stimmt. Trotzdem bin ich voller Zuversicht und hoffe auf die Semmelaufwärtsentwicklung.

15. NOVEMBER 2004

Kirchensteuerrätsel

Wie man weiß, zahlen die Bürger des Landes nicht gerne Steuern, weil es Lustigeres gibt. Eine besondere Position nimmt dabei die Kirchensteuer ein, ihr kann man sich aber (nach Begleichung eventueller Steuerschulden) auf Dauer entziehen — durch Austritt. Und so besteht der Verdacht, das Kirchenaustritte oft ein anderes Motiv haben, als ein offiziell angegebener unappetitlicher klerikaler Vorgang.
Wie rätselhaft andrerseits die Vorschreibungen zur Kirchensteuer sein können, weist ein Lehrer aus NÖ nach. Bei einer Aufstellung der Erhöhungen von 1998 bis 2004 stellte er in seinem Fall folgende Steigerungsraten (in Prozenten) fest: 8,6-1,8-31,0-1,5-14,4-18,2-25,1.
Das ist unorthodox und, na ja, sagen wir, ziemlich sprunghaft. Der begabte Mathematiker setzte sich hin und rechnete nebenbei aus, wie viel Prozent seine nominelle Lohnerhöhung in diesen sieben Jahren ausgemacht haben müsste. Es sind 148,6 Prozent, also rund das Zweieinhalbfache.
Zahlenspiel: Hätte er 1997 monatlich 1430 Euro verdient, müssten es 2004 (gemäß Rechenkunststücke der Kirchenbeitragsstelle) 3554,98 Euro sein. Und zwar netto. Dazu sagt er: „Oh, wie würde ich frohlocken und endlose Lobeshymnen anstimmen!"
Da nicht anzunehmen ist, dass in der Kirchenbeitragsstelle Zwettl oder in der Finanzkammer der Diözese St. Pölten durch ein lustiges Würfelspiel Erhöhungen festgelegt werden, muss es andere Erklärungen geben. Der Lehrer bat jedenfalls schriftlich um Aufklärung über die seltsame Diskrepanz und stellte die Frage, ob er lediglich ein Einzelfall sei. — Das könnte noch spannend werden.

17. DEZEMBER 2004

Schamgrenze

Mit der üblichen Brodelzeit von einer Woche geriet die *Format*-Meldung über die Notstandshilfebezieher Fortell/Wussow zum „Aufreger zwischen Not & Neid" (*News*). Es kocht.

Dabei wäre alles so einfach, man müsste sich lediglich an dem orientieren, was Alfred Dorfer gesagt hat: „Albert Fortells darstellerische Kraft in ‚Schlosshotel Orth' lässt Notstand erkennen. Deshalb geht's in Ordnung!"

Aber so spielt sich's halt nicht ab. Stattdessen preschen die üblichen Wortmelder auf die Walstatt und es blieb der omnipräsenten Tirilistin und Managerin Marika Lichter vorbehalten, die große Neid-Arie anzustimmen: „Nur weil die beiden keine Affären haben und kein Kokain schnupfen, will man ihnen jetzt irgendwie anders am Zeug flicken."

Rührend.

Nur altmodische Kollegen wie Harald Krassnitzer halten es für richtig, zum Thema Moral und Schamgrenze zu meinen: „Wenn ich so viel wie Fortell und Wussow verdiene, muss ich ein Gefühl dafür haben, wann ich zum Staat gehe, um mich dort zu bedienen." Aber hallo! Wer wird denn von der Peinlichkeit an sich sprechen?

Während Herr Fortell seine nunmehr erworbene Popularität für allerlei Medienauftritte nützt (zuletzt beim weiblichen ORF-Plauderwastl Nr. 1), um sein Recht zu untermauern, geschah auch dieses: Barbara Stöckl stellte in „Help" die Mutter eines behinderten Kindes vor und ließ diese erzählen, warum sie *keine* Notstandshilfe erhält. Der Fall ist so atemraubend, dass man vor Scham über das, wozu dieser Staat auch fähig ist, im Boden versinken möchte.

Hart ist das Leben. Bertl und Babs haben eben ganz andere Sorgen.

23. JÄNNER 2005

Gelder vor Ort

Die OÖN berichten über eine tüchtige Hebamme und schreiben über deren Werdegang: *„Als Ehrenamtliche hat sie beim Roten Kreuz Blut geleckt."* — Die Dame kommt übrigens aus Oberösterreich und nicht (wie man auf den ersten Blick meinen könnte) aus dem tiefen Transsylvanien.

Im Zuge der Berichterstattung über die Flutkatastrophe haben zwei (an sich schon lange bestehende) Wortkreationen eine Renaissance erlebt. Geradezu inflationär kam die Scheußlichkeit *„vor Ort"*. Sodann *„die Gelder"*. — Gedankenloses Übernehmen solcher Ungetüme ist kein Phänomen, sondern einfach nur dumm.

Die Wetterkindergartentante von Wien heute (*„Über Irland harren Regenwolken in den Startlöchern"*) beweist, wie sehr Fauna und Flora miteinander verquickt sind. Zum Schmetterlinghaus im Burggarten erklärte sie: *„Dort fühlen sich die Orchideen pudelwohl."* — Kein Wunder, im Mikroklima des ORF gedeihen ja auch die seltsamsten Pflanzen.

Wie die NÖN melden, beschloss der Gemeinderat von Biedermannsdorf, einem verdienstvollen Heimat-Autor *„den Goldenen Krawattenschieber der Marktgemeinde Biedermannsdorf"* zu verleihen. Gratulation. Österreich ist und bleibt ein Auszeichnungsparadies.

Etwas verspätet fand ich im Briefkasten Neujahrswünsche vor, die mit *„Ihre Mühlabfuhr"* unterzeichnet waren. — Leider war trotz intensiver Recherche nichts Näheres über einen möglichen Abtransport des Künstlers Otto Mühl herauszufinden.

3. FEBRUAR 2005

Findige Finder

In unserem wunderbaren Land wird ständig irgendetwas reformiert, und eines Tages wird man uns eine perfekte Nation nennen können.
Gut, man muss zugeben, dass hinter manchen Reformen eine Sinnhaftigkeit nur mühsam zu entdecken ist, wir dürfen aber nicht darauf vergessen, dass auch der Aspekt der Heiterkeit eine gewisse Rolle spielt.
Vor genau zwei Jahren ist der Prozess des öffentlichen Findens, also die Ablieferung von Fundgegenständen, reformiert worden: Die Polizei wurde zu Lasten des Magistrats von dieser lästigen Arbeit befreit. Nur unverbesserliche Raunzer behaupten seither: Wer etwas findet, ist selber schuld.
Denn das Finden bedeutet mehr denn je Amtsweg — wenn der Finder Pech hat, führt dieser um mehrere Ecken.
Ein aktueller Fall mit Unterhaltungswert: Ein Bürger findet auf der Straße ein Kfz-Kennzeichen. Er hebt das Nummerntaferl auf und trägt es ins nächste Polizeiwachzimmer. Es sind nur ein paar Meter. Freundlich, aber bestimmt wird er dort abgewiesen, der Finder möge das Fundstück zum Fundamt oder zum Magistrat transportieren.
Dazu hat dieser aber (aus Zeitgründen) keine Lust. Vor den Augen der Polizeibeamtin nimmt der findige Finder das Objekt, legt es wieder dorthin, wo er es gefunden hatte — und geht seines Weges.
Es erhebt sich die Frage, ob Polizisten etwas finden dürfen, und wenn ja, was tun sie dann? Wie groß ist die Wahrscheinlichkeit, dass sie so lange über das Taferl drübersteigen, bis sich endlich ein Zivil-Trottel findet, der es aufhebt und sich damit auf den langen Amtsweg macht?
Eine Findungskommission muss her!

5. FEBRUAR 2005

Ausdruckskunst

Zeitungstexte sind gelegentlich von dezentem Schwachsinn durchsetzt, was die Leser entweder ärgert oder belustigt. Den vielleicht schönsten Satz, den ich je fand, verdanke ich den *OÖN*. Unter der Schlagzeile *„Am Friedhof rührt sich nichts — Leichenhalle soll das ändern"* schrieb der Reporter über die derzeitige Aussegnungshalle: *„Im Sommer knallt die Sonne so stark herein, dass auch die trauernden Hinterbliebenen vor Hitze fast umkommen."*
So etwas muss einem erst einmal einfallen.
Wahrscheinlich bedarf es eines frühen Übungsbeginnes, damit die Autoren später ihre Blüten-Blütezeit richtig genießen können. Die Konstruktion außergewöhnlicher Satzgebilde beginnt sich natürlich schon in der Schulzeit zu entwickeln, wozu der Deutsch-Unterricht ausreichend Gelegenheit bietet.
Dankenswerterweise hat mir der Gymnasiallehrer Dr. Kurt Kralovec aus Melk eine prachtvolle Auslese zugeschickt. Über Jahre hinweg sammelte er lesenswerte Sätze und Gedanken aus Deutsch-Schularbeiten. Beispiele:
„Er war von oben bis unten betrunken."
„Der dicke Fritz tanzte wie ein schwangeres Soletti."
„Zum Geburtstag durfte ich mein Pferd in die Arme nehmen."
„Die Fetten sind schuld am Wohlstand in Österreich."
„Der kläglich wimmernde Mann war bereits tot."
„Als mein Vater meinen Geburtstagswunsch hörte, wurde er wahnsinnig."
„Ich mag den amerikanischen Präsidenten Wilhelm Busch nicht."
Derlei entspricht vielleicht nicht dem normalen Anforderungsprofil heutiger Journalisten. Aber es wäre für manche eine solide Einstiegsbasis.

11. FEBRUAR 2005

Polizeimärchen

Ausnahmsweise sage ich schon in der ersten Zeile dieser Geschichte, dass sie eine grandiose Pointe hat. (Wer jetzt sogleich von hinten zu lesen beginnt, ist selber schuld — so etwas tut man nicht!)
Also: Frau K. aus Wien begibt sich per Auto auf Einkaufstour, unter anderem besucht sie eine Apotheke in der Veitingergasse, weil Tochter und Sohn mit Grippe im Bett liegen.
Als die Frau mit den Medikamenten zu ihrem Wagen zurückkehrt, beginnt die Misere: Der Motor springt an diesem eiskalten Tag nicht mehr an. Nächster Schock: Handy zu Hause vergessen und weit und breit kein öffentliches Telefon. Natürlich.
In diesem Moment naht ein Funkwagen der Wiener Polizei. Aufgeregt wachelt die verhinderte Autofahrerin. Die Beamten (ein Mann und eine Frau) halten an. „Was ist los?" Frau W. erzählt, Frau Revierinspektor bedauert: „Starthilfe dürfen wir Ihnen nicht geben, aber wir könnten per Funk den Touringclub für Sie verständigen." Immerhin.
Gesagt, getan, doch der Touringclub sagt, was zu befürchten war: „Totale Überlastung, wir könnten frühestens in vier Stunden vorbeikommen."
Nun ist wieder die Polizei dran: „Wohnen Sie weit von hier?" „Na ja, eine halbe Stunde Fußmarsch wird's schon sein", sagt Frau W., „und tragen muss ich auch einiges."
„Wir führen Sie heim", sagt nun der Polizist. So geschah es und zuletzt boten die Beamten namens Yvonne Truppe und Markus Schnitzler noch an, die Einkaufspackerln ins Haus zu tragen.
Und nun die Pointe: Ist Frau W. in diesem Moment aus einem schönen Traum erwacht? Eben nicht, es war pure Realität. So was Märchenhaftes gibt's auch in Wien.

5. MÄRZ 2005

Ganz Österreich

Eine unter Journalisten besonders beliebte und daher ständig verwendete Floskel (vor allem in Überschriften) heißt schlicht „Ganz Österreich". Und dann folgt irgendein Faktum. Nun ist es aber so, dass dieses nicht ganz Österreich, aber doch viele Leute irritiert. Sie fühlen sich infolge anderer Ansichten missinterpretiert.
Aber der Reihe nach: Sowie der Journalist ein Tagesgespräch wittert, kommt „Ganz Österreich" zum Einsatz. *Ganz Österreich hofft* (meistens auf Goldmedaillen), *ganz Österreich fiebert* (nicht im Bett, sondern Goldmedaillen entgegen), *ganz Österreich jubelt* (über Goldmedaillen), *ganz Österreich ist enttäuscht* (falls Goldmedaillen ausbleiben), *ganz Österreich ist empört* (wenn uns Goldmedaillen von Ausländern weggeschnappt werden) usw.
Die Goldmedaillen können selbstverständlich wahlweise durch anderes ersetzt werden.
Zugegeben, es handelt sich um dezente Aufblähungen, was man ja auch von der beliebten Formulierung „Die Welt blickt nach Österreich" sagen könnte. Jedoch: Kleine Abweichungen von der Realität sind halt überhaupt sehr hilfreich. Es wäre befremdlich, würden wir z. B. statt *Geisterfahrer* korrekt *Autobahngegenstromfahrer* schreiben.
Das Geheimnis von „Ganz Österreich" liegt in der Tatsache verborgen, dass „ganz" eben nur aus vier Buchstaben besteht. Man möge sich vorstellen, wie die Titelzeile „Vermutlich die Mehrheit der Österreicher ist zornig über die Steuererhöhung" unterzubringen wäre. Das wären 78 Anschläge! Dagegen ist „Steuer: Ganz Österreich zornig" gleich was anderes.
Wir bitten um Nachsicht. Es ist ja alles nur für Sie!

19. APRIL 2005

Trottelwesen

Man möchte gar nicht glauben wie viele Menschen sich in öffentlichen Verkehrsmitteln durch andere Menschen belästigt fühlen. Einige Zeilen zum FGT (Fahrgasttrottel) an dieser Stelle haben zahlreiche Reaktionen ausgelöst. Da ich mich ausschließlich mit dem Tatbestand des Blockierens von Türen durch FGT befasste, konnte eine Ausweitung des Trottelwesens nicht ausbleiben.
Zu danken habe ich vor allem dem Leser Peter Plundrak aus Sollenau, der die Verhaltensmuster Mitreisender offenbar sehr gut kennt.
Der ÄuABT, auch Äußerer-Ausstiegs-Blockier-Trottel: Postiert sich am Bahnsteig vor der Tür angehalten habender Züge, behindert Aussteigende.
Der SVT, auch Störungs-Verlängerungs-Trottel: Drängt nach Störungen auch noch in hoffnungslos überfüllte Züge, weswegen oft nicht abgefahren werden kann.
Der SBT, auch Sitz-Blockier-Trottel: Belegt mit Taschen, Kleidungsstücken usw. mindestens noch einen Sitzplatz. Reagiert nur nach Aufforderung, aber das widerwillig.
Der BÜKT, auch Bein-Überkreuz-Trottel: Sitzt so mit überkreuzten Beinen, dass der Sitznachbar später Schuhsolen-Spuren auf der Hose vorfindet.
Der SAST, auch Schuhe-am-Sitz-Trottel: Putzt sich ungerührt ab.
Der ÜESZLT, auch Über-eineinhalb-Sitze-Zeitungsleser-Trottel: Fuchtelt vor dem Gesicht des Sitznachbarn herum.
Der SKHT, auch schwerhöriger Kopfhörer-Trottel: Zwangsbeglücker anderer Passagiere.
Der LTT, auch Laut-Telefonier-Trottel: Brüllt Belangloses (kommt im gesamten Stadtgebiet vor).
Selig lächelt nur der FGT. Er merkt ja nicht, dass er einer ist.

21. MAI 2005

Amtsminiatur

Ich habe einen Hang zur Amtsminiatur. Was bei dieser besonderen Form im Zusammenleben von Bürgern und Obrigkeit alles passieren kann, ist meistens belanglos, aber dafür recht seltsam.
Es beginnt immer ganz harmlos. Ein Bürger sucht das Bezirksgericht Döbling auf, um in der *Einlaufstelle* ein Schriftstück abzugeben. Er tut das und bittet um eine Eingangsbestätigung.
Ein Staatsdiener fragt: „Haben S' a Kopie?"
Bürger: „Ich hab' nicht gewusst, dass man eine braucht. Auf die Idee bin ich nicht gekommen, aber kann ich nicht jetzt hier im Haus kopieren?"
Staatsdiener: „Jetzt geht nix mehr, jetzt is es jo scho abgeben. Hätten S' gfrogt!"
Bürger: „Es ist wichtig für mich, die Abgabe bestätigt zu erhalten, weil es doch um die Einhaltung einer Frist geht."
Staatsdiener: Versinkt in Schweigen. Weder gibt er dem Bürger eine Eingangsbestätigung noch das Schriftstück zurück.
Der Bürger, nunmehr bereits im Stadium des leichten Zorns, fragt den Staatsdiener, ob dieser sein Verhalten für richtig hielte. Abermals argumentierte der damit, der Bürger hätte vorher fragen müssen — Tonfall gereizt.
Der Bürger beginnt am Verstand des Staatsdieners zu zweifeln, dreht sich um, geht. Er will allerdings nicht darauf verzichten, dabei etwas vor sich hin zu murmeln: „Der ist ja ein Trottel, der nicht versteht, worum es geht."
Jetzt ist Feuer am Dach. Der Staatsdiener rennt dem Bürger auf die Straße nach und — Tonfall aggressiv — brüllt: „Ihnan Namen hob' i, des is a Beamtenbeleidigung!"
Mit einer Drohung, aber ohne Erledigung endet der Amtsweg. Lachhafter Anlass, zwei Aufgeregte. Sehr merkwürdig.

5. JUNI 2005

Almwalking

Wie wir wissen, gibt es kaum etwas Peinlicheres als den Versuch deutscher Fernsehgrößen, die österreichische Sprachmelodie nachzuäffen. Es geht immer daneben. Noch ärger ist nur noch, was im Quiz „Wer wird Millionär?“ (RTL) passierte. Da wurde nach dem berühmten Wiener Café Hawelka gefragt und dabei geschah das Schauerliche für Österreich-Ohren: Der Moderator Günter Jauch sagte aus Unwissen nicht *Ha-awelka*, sondern *Hawellka*, er betonte also Hawelka auf dem **e** und nicht auf dem **a**. Dem Publikumsliebling Jauch verzeihe ich viel — aber das nicht.

tv media lieferte eine Vorschau auf den *„Krimihit CSI (deutsch: Crime Scene Investigation)“.* — Jetzt interessiert uns nur noch die Übersetzung von CSI auf Englisch.

Per Inserat lockt das Wellnesshotel Tuffbad Dörfl (Kärnten) mit einer griffigen Schlagzeile: *Almwalking im Lesachtal.* — Und wenn danach die Kraft noch reicht: Kühemelking oder Stallausmisting wär' auch schön.

Die Sängerin Jeanette Biedermann unterzog sich einer Augenoperation und der Videotext von ATV+ berichtet: *„Biedermann habe jetzt auf beiden Augen 120 Prozent Sehschärfe, wie es hieß.“* — Jetzt erhebt sich natürlich für manchen die Frage, ob das der Künstlerin für die Zukunft mehr Durchblick oder mehr Weitblick verheißt. Oder es ist so, dass eher der Urheber der Meldung einen Arzt braucht.

In Irland herrscht Platznot auf Friedhöfen. Lösungsvorschläge (Senkrechtbestattung) gibt es, u. a. erwähnt der KURIER aber auch diese: *„Die Bevölkerung wird ermutigt, Hinterbliebene einäschern zu lassen.“* — Das Ende naht.

17. JULI 2005

Versetzte Berge

Ein Titel der Tennengauer Nachrichten sticht ins Auge: *Hoher Göll verlegbar, EU-Gesetz ermöglicht neuen Standort.* — Demnach ist das Versetzen von Bergen kein leerer Wahn. Selbst wenn sie höher als 2500 Meter sind.

ORF-Online meldete: *In der Stadt Salzburg mussten durch Feuerwehrleute verstopfte Durchflussrohre gereinigt werden.* — Wer die bedauernswerten Verstopfer vorher herauszog, wurde leider nicht erwähnt.

Auch *Die Presse* stellte die neue US-Botschafterin in Österreich vor, bewegte sich aber in der Kurzbio vorsichtshalber im Gerüchtebereich: *Die Mutter dreier Kinder soll gut Deutsch und Englisch sprechen.* — Englisch ist ja nicht unwichtig, z. B. wenn Susan Rasinski-McCaw ihren Urlaub daheim in den Staaten verbringen sollte.

Hinweisschild der ÖBB: *Dieses WC wird vom „Brunnstein Stüberl" am Bahnhof Scharnitz betreut und steht Ihnen als Ansprechpartner zur Verfügung (Tel. 05 21/52 02).* — Gute Unterhaltung, so ein Häusel hat sicher viel zu erzählen.

Radio Wien in einem Bericht über eingeschleuste junge Frauen: *Die Mädchen wurden in Gürtel-Lokalen eingesperrt und mussten dort sexuelle Dienstleistungen über sich ergehen lassen.* — Ungeklärt blieb: Wer waren die Dienstleister?

Leider kam die Einladung zum Dorffest von Großwiesendorf (NÖ) zu spät bei mir an: *An 3 Tagen Weinkost und Malecke für Kinder.* — Der Verlockung, malende Klein-Tscheche-ranten zu sehen, hätte ich nicht widerstehen können.

25. AUGUST 2005

Wortgeflute, Abrunder

Passiert das Außergewöhnliche, kommt die Stunde der Schreibkünstler. Einer geheimnisvollen Gesetzmäßigkeit zufolge, verwandeln Katastrophen wie die derzeitige viele Reporter in eine Schar von Ausdrucksringern.
Zuerst wird die Natur vermenschlicht, indem sie sich *rächt* und also *zu-* bzw. *zurückschlägt* — selbstverständlich *unbarmherzig*. Dann versinken die Autoren selbst in einer Adjektiva- und Metaphern-Flut und wir dürfen uns z. B. fragen, wie es geht, dass Hochwasser *Verwüstungen* anrichtet. Und dass in unserer Zeit der Superlative von *Rekord-*Flut die Rede ist, muss keinen wundern.
Vernunft ist eine Tochter des Himmels, sagt Lichtenberg, und ich stelle mir vor, sie könnte sprechen. Vermutlich würde sie auf gut Österreichisch laut hinausrufen *„Geh bitte, bremst's euch ein bissel ein!"* Die Vernunft würde außerdem garantiert an ein kluges Schopenhauer-Wort erinnern: *„Man brauche gewöhnliche Worte und sage ungewöhnliche Dinge!"*
Zuletzt noch Anmerkungen zum *Abrunder*. So würde ich den beliebtesten und zugleich banalsten Reporter-Schlusssatz nennen: *„Experten sprechen von einem Schaden in Millionenhöhe"*. Lange schon frage ich mich: Wer sind die Experten? Woher saugen sie ihre Zahlen in der Geschwindigkeit? Sicher ist nur, dass an der diffusen Schaden-Angabe keiner vorbei will. In Innsbruck unterbrach der TV-Moderator die spannende Schilderung eines Kollegen, der sich vor reißenden Fluten positioniert hatte. Urplötzlich zog der Studio-Mann der Sprache der Bilder den Abrunder vor: Ob man schon abschätzen könne usw. Man konnte.
Es wird sich niemals ändern. Auch das könnte die Vernunft gesagt haben.

31. AUGUST 2005

Statistikerseele

Öffentliches Wirken wie zum Beispiel das Verfassen einer täglichen Zeitungskolumne, fördert allerlei Wunderliches zu Tage. Eines Tages schrieb mir eine Leserin, sie würde bei sich zu Hause gerne ein Kabinett mit meinem Kolumnenfoto tapezieren.
Gut, es besteht der Verdacht, die Dame wollte mich pflanzen, aber ich machte ihr jedenfalls einen Vorschlag: Ich würde in der Altpapier-Abteilung des Hauses die Bereitstellung der für die Tapeziererei erforderlichen 70.515 alten Zeitungen organisieren, sie brauche diese dann nur noch abzuholen, die Fotos ausschneiden und aufkleben. Leider hat sich die Leserin nie wieder gemeldet.
Nun aber zur Zahlen-Realität. Unserem großartigen Archiv, einem emsigen Studenten und dem Segen der Elektronik verdanke ich eine wertvolle Information. Das heißt, wertvoll ist sie nur für mich allein, weil in mir eine statistische Seele haust:
Dies hier ist die Kopfstücke-Kolumne Nr. 5000.
Und es bedeutet: Ausgeschnitten und nebeneinandergelegt, ergibt das eine Fläche von ungefähr 724 Quadratmetern. Was fange ich damit an? Leider nichts, genauso wenig wie mit der sich errechnen lassenden Lesedauer. Für eine laut gelesene Kolumne benötige ich ca. zwei Minuten, macht bei 5000 Stück ca. 166 Stunden. Ich könnte also mit einem Lesemarathon in einem Zug (knapp sieben Tagen und sieben Nächten) ins Buch der Rekorde kommen. Soferne man für das Antreten keine Zuhörer benötigt.
Ende der Statistik. 5000 Stück ist ja nicht so viel. Nur eine hübsche Zahl. Man soll aber die Jubiläen feiern, wenn sie fallen, z. B. indem man an diesem Tag über nichts schreibt. Und das ist, wie oben zu überprüfen, relativ einfach.

Abservieren!

Mein Lieblingskellner, weltweit, ist der Herr Herbert, der mich z. B. im Falle von Sonderwünsche mit solchen Ansagen erfreut: „Wenn die Revolution kummt, san Sie der Erste, der fällig ist."
Der Mann ist nicht ohne Schmäh — im Gegensatz zu manchen Kellnerkollegen.
Szene aus dem berühmte Café Bräunerhof: Dort wurde Frau K. von einem Ober zunächst rüde verscheucht, weil sie unwissend an einem „Mittagessen-Tisch" Platz genommen hatte. Also wählte Frau K. einen „erlaubten" Tisch — und setzte eine offenbar ungeheuerliche Tat, indem sie das Möbel um ca. zwei Zentimeter in ihre Richtung verschob, um besser sitzen zu können.
Das war dem Herrn Ober zu viel. Was sie sich einbilde, hier einen Tisch zu verschieben, wenn das jemand mache, dann höchstens er, sie hätte gefälligst zu fragen, wenn sie da etwas bewegen wolle. Und ob sie nicht wüsste, wie man sich in einem Kaffeehaus zu benehmen hätte. Sein aggressiver Tonfall verstörte Frau K. dermaßen, dass sie das Verlassen des Lokale ankündigte, was den Ober zur Bemerkung veranlasste, sie solle ruhig gehen, wenn ihr etwas nicht passe. Sie ging.
Draußen aber überkam sie ein solcher Zorn, dass sie noch einmal reinging und den Geschäftsführer zu sprechen wünschte. Es sei niemand da, sagte der Ober, sie möge sich via Internet beschweren. Seinen Namen mochte er nicht verraten, näherte sich aber Frau K. bis auf wenige Millimeter, was sie als sehr bedrohlich empfand. Er herrschte sie an, sie möge ihm sofort aus dem Weg gehen, ein paar Beschimpfungen gab er ihr noch auf den Weg mit.
Ist ja nur ein Einzelschicksal. Aber trotzdem ein Fall zum Abservieren.

INDEX

IMPRESSUM

HERAUSGEBER: KURIER Redaktionsges.mbH. & Co.KG,
1070 Wien, Lindengasse 52

GRAFISCHE GESTALTUNG: Andrea Schraml
LEKTORAT: Franz Hofmann
PRODUKTION: KURIER Marketing
DRUCK & BINDUNG: Ueberreuter Print und Digimedia GmbH, 2006

ISBN 3-200-00782-6, ISBN 978-3-200-00782-6